CNS PUBLISHING & MEDIA
湖南文艺出版社
HUNAN LITERATURE AND ART PUBLISHING HOUSE
博集天卷
CS-BOOKY

图书在版编目（CIP）数据

食南之徒 / 马伯庸著 . -- 长沙：湖南文艺出版社，2024.4

ISBN 978-7-5726-1609-9

Ⅰ. ①食… Ⅱ. ①马… Ⅲ. ①长篇历史小说－中国－当代 Ⅳ. ① I247.5

中国国家版本馆 CIP 数据核字（2023）第 256767 号

上架建议：畅销 · 长篇小说

SHI NAN ZHI TU
食南之徒

著　　者：马伯庸
出 版 人：陈新文
责任编辑：欧阳臻莹
监　　制：邢越超
出 品 人：周行文　陶　翠
特约策划：李齐章　王　维
特约编辑：万江寒
营销支持：霍　静　文刀刀　李美怡
封面设计：主语设计
插图绘制：施晓颉
内文排版：百朗文化
出　　版：湖南文艺出版社
　　　　（长沙市雨花区东二环一段 508 号　邮编：410014）
网　　址：www.hnwy.net
印　　刷：北京天宇万达印刷有限公司
经　　销：新华书店
开　　本：680 mm × 955 mm　1/16
字　　数：236 千字
印　　张：17
版　　次：2024 年 4 月第 1 版
印　　次：2024 年 4 月第 1 次印刷
书　　号：ISBN 978-7-5726-1609-9
定　　价：56.00 元

若有质量问题，请致电质量监督电话：010-59096394
团购电话：010-59320018

第一章

咔嗒！咔嗒！咔嗒！

火镰砸在燧石上，迸出一连串耀眼的火星，直直扑入干燥的苔藓堆中。

微弱的火点如雨后蘑菇一般纷纷冒头，令周围的枯叶惊恐地蜷起身子。与此同时，一股悠长的气息从侧面吹过，火势陡然变旺，几乎要从青铜质地的烤槽里溢出来。

此时天色将晚，槽内的火光映着一张男子的胖圆脸，看面相三十出头，白皙的双颊高高鼓起，双眼在热力的刺激下眯成一条线，整个人好似一只打瞌睡的肥狸猫。

眼看火旺起来，这胖子从地上爬起来，顾不得鼻头沾的点点苔藓，回头扯开嗓子：“开杀！”

在他身后的军营门口，“汉”字旌旗下一字摆放着十几只野兔和山雉。士兵们听到指示，立刻掏出刀子，开始宰杀猎物，褪毛剥皮。

“肉块的大小要切均匀！穿串的时候要肥瘦相间！”

胖子大声叮嘱了几句，然后小心翼翼地从身旁的竹筐里取出几个灰白色炭块，一一喂给槽火，温度很快变得更加炙热。

胖子满意地拍拍手，转头高喊：“赵尉史，先把我那两串腰子拿来！”一个老吏模样的中年人几步赶过来，手里递过两根细竹签，竹签上各穿着两枚血淋淋的新鲜兔腰子。

“唐县丞，这是刚割下来……”

赵尉史话没说完，胖子一把抢过竹签横置在烤槽之上，然后一屁股坐在地上，就这么托着下巴，一脸虔敬地守在烤槽旁。

赵尉史无奈地摇摇头，他的这个上司叫唐蒙，乃是豫章郡番阳县的县丞。堂堂朝廷命官，居然亲自上手烤肉，未免太不成体统。可唐蒙对大汉官员的尊严似乎毫不在意，他更在意的是火候，不时拨动槽内精炭，或者转动竹签，偶尔还费力地弯下大肚腩，用嘴去吹一吹火，比批阅文书还上心。

过不多时，县兵们聚拢过来，每个人手里都捏着十来根竹签，上面穿着大小不一的兔肉和雉肉块，都是最新鲜的肉，颜色粉嫩，甚至还滴着血。

唐蒙仔细地一一查验，谆谆教导：“兔肉质柴，要先抹点脂膏，放在两侧小火烤；雉肉质嫩，搁在中间旺火烤。烧烤上应天时，下合物性。若是错乱了，可是要遭天谴的。”他絮叨完了，还是不放心，索性霸道地抢过所有的肉签，亲自一串串往烤槽上摆。

赵尉史心虚地看看周围，忍不住劝道：“唐县丞，咱们毕竟是来打仗的，这么吃……合适吗？”

要知道，他们这支县兵队伍此时正参与一次边境军事行动。这才刚刚抵达一天，唐县丞就公然在军营前烧烤，未免太高调了。赵尉史虽说刚刚履职，也忍不住劝上一句。

唐蒙满不在乎：“王主帅刚才不是传令诸营埋釜造饭吗？我们是遵令行事。”赵尉史皱了皱眉头，别的营都是酱菜汤加掺麸子的硬麦饼，谁会在营门口这么精细地烤肉？如果敌人突然袭击，岂不危险？

唐蒙一边翻弄着肉串，一边哈哈大笑：“老赵你真是瞎操心，这仗啊，根本打不起来。”

赵尉史一怔，他们千辛万苦来到大汉南境，不是为了打仗吗？别说他，就连周围的县兵们都露出疑惑的表情。唐蒙见肉串还要烤上一阵，索性伸直手臂，指向南方：“你们看见那道山岭了吗？”

众人顺着他的手臂看去，只见远处是一道巍峨苍翠的山岭，山势连绵不断，宛若巨大的长城横亘在视野之中。

“那道山岭叫作大庾岭，地势险要，只有一个阳山关可以通行，是南越国和咱们大汉的分界线——南越国你们知道吧？”

有人点头，有人摇头。

唐蒙索性拿起一根竹签，在槽边的土地上一边划拉一边说起来：

“这个南越国啊，是南边的一个小国。它跟咱们大汉之间，被五道莽莽山岭所分隔。这五岭分别叫作大庾岭、骑田岭、越城岭、萌渚岭和都庞岭，从豫章郡一直绵延到长沙国，几乎挡住了大半个大汉南境。”

随着解说，竹签在泥地上画起线条来。这些线条简洁明了，寥寥几笔，便勾勒出五座山岭的大体走势。这些山岭彼此相连，如同一条张牙舞爪的狰狞长龙。紧接着，竹签又在龙身上方勾了一个“汉”字，下方勾出“南越”二字。于是泥地上显现出一幅上北下南的地理图，如同拨云见雾，让整个南边格局一目了然。

唐蒙把竹签往南越国境内狠狠一戳，那签子竟立在了土地之上。

“本来呢，南越国是大汉藩属。可最近南越王蠢蠢欲动，居然打算称帝，跟咱们大汉天子平起平坐。”

“他们也配?!”有人愤愤不平。

“是啊，天无二日。朝廷哪里受得了这个？就派了大行令王恢来兴师问罪……”

他正说着，那四枚兔腰子突然嗞嗞冒出油来，几滴浊脂落入槽中，在火中发出悦耳的“嗞啦”声。唐蒙从腰间小布袋里抓出一撮黄褐色粉末，这是用粗盐与花椒磨碎的混合物。他握拳倒转，细细搓动，只见粉末从指缝之间缓缓漏下，均匀地撒在半熟的腰子上，换了文火，这才继续道：

“……大行令是干吗的？那是负责藩属邦交的朝廷大官。皇上为啥不派个将军过来？说明大汉根本不打算真打，只是吓唬一下南越国而已。”

众人纷纷点头，唐蒙双手一摊：“所以嘛，大行令一个长安精兵也没带，只从会稽、豫章两郡征召了一批县兵。你说就咱们这样的乌合之众，打得过谁？”周围的人听罢，俱是松了一口气。这些县兵其实都是普通百姓，一提打仗就哆嗦。如今听自家县丞一番自嘲，才算如释重负。

唐蒙熟练地把腰子翻了一面，对赵尉史笑道：“老赵啊，别杞人忧天了。天塌下来，有两千石的大官们顶着。咱们既然出来了，只管安心享受就好。”这时腰子开始散发出浓郁的焦香，他毫不迟疑趴到槽边，狠狠地吹起气来。

赵尉史摸了摸额头，不知该说什么才好。他环顾四周，忽然发现一桩古怪事：

此时阳山关外的山头，每一处高地都飘起了炊烟，那应该是其他汉军营地在埋釜造饭。大庾岭气候太过潮湿，木头和树叶里的水分特别重，一烧火就浓烟滚滚，格外醒目——唯独唐县丞起的这个火头，虽说炽热无比，烟气却几近于无。

“唐县丞，咱们营的这个火头，怎么不太生烟呢？”他好奇地问。

唐蒙大为得意，一指槽底：“老赵你不知道，我带来的这几块炭，叫作桑炭，是用桑树烧出来的精炭。无烟无焰，火力旺盛，乃是烤炙上品。”他炫耀似的拿起那两串兔腰子，只见表皮焦黄，上缀一层细粉，隐隐有花椒的香气传来。

他轻轻冲竹签吹了一口气：“而且这桑炭还有一个妙处，用它烤出来的肉会带有一股桑木香气，滋味美妙——来，你先尝一口？”

赵尉史迟疑地接过一根竹签，张嘴一咬，口腔内顿时汁水四溅。这腰子烤得外焦里嫩，腥鲜交错，一股极致的脂香从口腔直冲头顶，有飘然升仙之妙。待到油味稍散，赵尉史细细再一咂嘴，舌头上还残留着一层辛香与椒香，回味无穷。

但快感过后，袭上心头的是一种沉重的罪恶感。烤个腰子而已，又是配桑炭又是撒椒盐，未免奢侈太甚！赵尉史忍不住内疚起来。

唐蒙坦然拍了拍肚腩，发出厚重的砰砰声："奢侈过甚？你想想，天下至真者，莫过于食物。好吃就是好吃，难吃就是难吃，从来不会骗你。咱们要不精心侍弄，怎么对得起人家？"

赵尉史觉得这是歪理，可又不好反驳，只好低头默默把另一个兔腰子也吞下去，香得他又是一阵哆嗦。一抬头，唐蒙已经迅速吃掉了另外一串，带着嘴角来不及擦去的油渍，重新坐回烤槽之前。

此时槽上那一大把肉串陆陆续续都熟了。在唐蒙的细心"呵护"下，每一串都烤得外焦里嫩，油香丰足。县兵们排起长队，每人分得两串，一串兔肉一串雉肉，再配一块在槽底烘软的麦麸饼。

"老赵啊，这里的山雉肥得很，脂膏丰腴，我告诉你怎么吃才不浪费。"

唐蒙热心地拿起一个麦麸饼，从中间掰开，举起一串雉肉倒转，让还未凝固的肉油滴下来，浸入麦麸饼的芯中。滚烫的油脂迅速渗透下去，粗白色的麦芯很快被染成深褐色。

赵尉史看看左右，发现那些县兵都这么吃。唐县丞在番阳做了五年县丞，估计这些人早被这位老饕调教明白了。他索性把心一横，如法炮制，闭着眼睛享受起这令人负疚的快感。

别说，被肉油这么一浸，麦麸饼的粗糙口感变得绵软，嚼起来毫不扎嘴。赵尉史又咬下一口兔肉，感觉有一股隐藏的香味，忍不住发出一声满足的呻吟，再也顾不上去追究唐蒙的不务正业了。

唐蒙分发完烤串，坐回烤槽之前。这样肉串可以随手放在槽上，保持温度——这是县丞的小小特权。他独自一人靠在山坡上，吃一口麦麸饼，就一口雉肉，待吞咽下去之后，再拿起兔肉串咬一口，慢慢咀嚼，双眼百无聊赖地望向远处那道翠绿山岭。

此时天色几乎完全暗下来，夜幕遮蔽了大庾岭的大部分细节，只保留了它高耸险绝的轮廓，黑暗中，带着一种拒人于千里之外的冷峻气质。泥土里那幅随便划拉的地图，在昏暗中隐隐浮现成一片模糊的图景，仿佛在提醒唐蒙，在山岭的另外一侧，还存在着另外一个中原人所不熟悉的陌生世界。

听说岭南的风土别具一格，有很多中原难得一见的食材，不知吃起来是什么滋味啊……唐蒙忍不住在脑海中浮想联翩。这时一个幼小的身影，在脑海中不期然浮现，令他握着烤串的手微微颤抖了一下，下意识伸向前方，仿佛要把美食递给那身影似的……

就在这时，营地的北坡下方传来一阵脚步声，有几处灌木丛猛烈地摇曳起来。唐蒙心生警惕，赶紧把最后一口雉肉吞下，定睛去看。下一个瞬间，十几个人影从树林里猛然蹿出来，这些人身披褐衫、下着短绔，右肩缀着几根羽毛。

"南越兵？"

唐蒙立刻判断出对方的身份，冷汗不由得"唰"地冒出来。他刚跟手下夸完海口说不会开战，敌人就来袭营……不对啊，汉军在北，阳山关在南，怎么南越兵从北边摸过来了？

唐蒙正要回头示警，不料一个南越将军几步冲上坡顶，拔出铜剑就要刺他肚子。

唐蒙身子肥胖不及闪避，情急之下飞起一脚，狠狠踢向烤槽边缘。脚尖恰好踢到把手，把整个烤架凌空掀翻。那些还未燃尽的桑炭碎渣，一下子飞散开来。其中一块火炭高高弹起，正好砸在那逼近的军官脸上，"嗞"的一声与皮肉紧贴，令他发出撕心裂肺的惨叫。

唐蒙知道此时若是退了，肯定跑不过对方，索性飞身扑了上去，利用体重优势一下子把那军官扑倒在地。后者脸上痛极，陡然又被这一座肉山压住，登时动弹不得，连铜剑都丢去了一边。

更多的桑炭，滚落在草坡之上。这一带野草丰茂，枯枝遍地，经这些炽热的碎片一滚，山坡上登时冒出七八条赤蛇。它们游走于草木之间，所到之处无不火光四起。一会儿工夫，两人便被浓密的烟雾所笼罩。

那军官兀自挣扎，唐蒙不懂搏击，只得死死把他压住。随着烟雾越发浓密呛人，两人渐渐都没了力气。唐蒙的右手无意中触到对方的腰，如深陷绵软泥中。他急忙抽回手，手上湿湿的，似乎沾了一手软泥，同时鼻子嗅到一种令人心生愉悦的气味。

“好甜！”唐蒙迷迷糊糊的，冒出了一个古怪念头……

一根青筋，在王恢的额头轻轻绽起。

身为大行令，王恢的日常职责是处理朝廷与藩属之间的关系，什么麻烦都见过了。可此刻望着帐下的两个人，他一时竟不知该如何是好。

跪在左边那个，是南越国的一个左将，他的右脸颊上有一大块触目惊心的新鲜烫伤，身子不时因疼痛抽搐着；站在右边那位，是这次跟随自己南下的番阳县丞，胖乎乎的脸上黑一道白一道，活像一只蜀中貔貅。

在他们身后，是一大片烧得光秃秃的山丘，至今仍有余烟袅袅。一座军营孤零零地立于其上，好似黑狗身上的一块斑癣。

一个时辰之前，王恢正在中军大帐研究舆图，突然接到消息，说汉军一处营地突燃大火。他急忙率中军精锐赶来救援，没费多大力气便生擒了这一小批南越兵，顺手救下死死压在南越军官身上的唐蒙。

这场小小的胜利，却让王恢很烦躁。

他这一次率军到大庾岭，只是摆出姿态施压而已，没打算真开战。但如今南越公然袭击大汉军营，如果不追究，有损大汉颜面；如果追究，那可就真打起来了……左右为难，可真是个烫手芋栗！

思忖再三，王恢决定先对付左边的麻烦。他用马鞭一指那个南越军官，居高临下喝问道：“你叫什么名字？”

“在下黄同，在南越军中担任左将一职。”军官老老实实回答。这是个五十多岁的老兵，阔鼻厚唇，中原音讲得很流利。

“你一个藩国裨将，居然敢公然袭击天军营寨，到底是受何人指使？”王恢厉声质问。黄同吓得连连叩首：“在下冤枉，冤枉……”

“冤枉？这军营难道不是你烧的？”

黄同哀声道：“真不是啊，明明是这位……”他看了眼身旁的唐蒙，唐蒙立刻跳起来大叫：“我那是不畏牺牲，阻止你们去袭击中军大营！”

他胸口一挺，显出大义凛然的模样。黄同慌忙解释道：“下官原本是在大庾岭以北巡哨，没想到天军乍临，把阳山关前围得水泄不通。我们急切想寻个空隙，撤回关内，无意中撞进了这位将军的防地。下官只有归家之意，实无挑衅之心啊！”

王恢冷笑：“无意撞进来？我军连营数十里，你为何偏觉得那里是空隙？”

黄同也是一脸茫然：“下官在傍晚时分仔细观察过。大庾岭北侧的山丘之上，皆有汉军炊烟飘过，唯有此处没有。下官以为这里并无天军驻守，遂带队趁夜钻行，哪知道……”他叹了口气，把脑袋垂下去。

王恢把视线挪到唐蒙身上：“唐县丞，我记得那时诸营都在就地造饭，为何唯独你的营中不见炊烟？”唐蒙立刻来了精神，眉飞色舞道：“因为下官带了几斛桑炭。这种炭用桑木闷烧而成，无烟无焰，热力健旺，烤起肉来那真是……”

“等一下！”王恢打断他的话，感觉第二根青筋也绽起来，“你在军营里烤肉？”

“没有，没有，是在军营门外烤的，我们自己打的野味。”唐蒙怯怯解释了一句。

“你哪来的烤槽？”

“呃，自己带的……”

王恢大怒：“临阵交战，军中饮食以速为要，你居然还优哉游哉地烧烤！万一贻误了军机怎么办？”唐蒙慌忙伏地请罪：“反正您打算不战而屈人之兵，所以我……对，我想让士兵吃得饱些，好有力气长期对峙。”

“谁跟你说我要不战而屈人之兵的?!”

“如果朝廷有心开战，应该派一位将军来。大行令您是负责邦交事务的，带着一群县兵，能打得过谁呀？”

第三根青筋终于在王恢的脑门成功绽起。

他确实没指望这些临时征调的县兵打仗，但……这种事不必公开讲出来吧？

王恢正要出言呵斥，唐蒙却忽然转过头去，看向黄同，抬起右手。黄同以为他要扇耳光，吓得头一缩，随后才看到，这只肥厚的手上面沾着一块黑乎乎的污泥。

唐蒙对黄同道：“其实你不是在阳山关的北部巡哨，而是刚刚从东边赶回来的吧？”黄同脸色登时一僵：“胡说！”唐蒙把手指凑到自己面前，先用鼻子嗅了嗅，然后伸出舌头，小心翼翼地舔了一下。

这个举动，让在场所有人脸色大变。就在王恢爆发之前，唐蒙赶紧恭敬道：“王令明鉴，这不是污泥，而是仙草膏啊。”

王恢脸色铁青：“你在说什么？”唐蒙道：“闽越国有一种仙人草，也叫草粿草。此草晒干之后，煎取汁液，与米粉同煮，放凉便会凝成玄色软膏，叫作仙草膏。其性甘凉，可解热毒，是闽越人穿行山林的必备食物——即是我手中此物了。”他说得口水几乎都要流出来。

“然后呢？”王恢感觉自己的耐心即将耗完。

“我适才与黄左将缠斗之时，无意间沾了满满一手。想必是黄左将也嗜好此物，随身携带。”

唐蒙伸手一扯黄同的布腰带，上面果然还沾着几块黑渍。

“这仙草膏风味绝美，只是难以久存，不出三日必会发酸。所以闽越国之外，几乎没什么机会吃到。”说到这里，唐蒙再次把那根指头竖起来，啧啧道：“好在黄左将身上带的仙草膏只是微酸，尚可入口。”

王恢听到最后一句，陡然怔住了。

闽越国在南越国的东边，也是个不安分的小藩属。仙草膏是闽地独有，三日即会酸坏。黄同既然随身携带此物，且还未发酸，岂不说明此人刚刚从闽越国返回？

身为大行令，他敏锐地嗅到了一丝阴谋的气息。

唐蒙见王恢反应过来了，索性蹲下身子。他拿起树枝，迅速画出“大汉南境”与“南越”的格局图，然后在两者的左侧又添加了“闽越国”的边境轮廓。那根树枝从闽越国边境画了一条线，直接连到大庾岭的位置。这一下子，黄同的行动路线就变得十分清晰了。

这里是三国交界，北有大汉，南有南越，东边还有一个闽越国。在南北对峙的敏感时刻，一支南越国的精锐小队从闽越国返回大庾岭。王恢意识到，这个黄同只怕身上肩负着什么重要的外交使命。

不过刚才卫兵搜查过他全身，并无任何简片丝帛。王恢沉思片刻，突然对黄同道：“闽越王捎给南越王的口信，可是约定互尊为帝，联手抗汉？”

黄同猝然被问，不由得“啊”了一声，旋即醒悟，赶紧把嘴巴闭上。可惜为时已晚，他那一瞬间的失神，已然暴露出足够多的信息。

王恢冷哼一声，没有再多问什么，吩咐手下把黄同拖走。接下来的审讯干系重大，得回中军大营才能继续展开。他望向下首的唐蒙，眼神一时间变得复杂。

这家伙私设烤架，违背军纪，论律本该重罚。但他阴错阳差抓到了黄同，而且还从仙草膏这个细节，牵扯出两国勾结的阴谋。真不知道这胖子到底是福缘至厚，还是大智若愚。

王恢一甩袖子，语气和缓了些：“唐县丞，你肆意妄为，本该军法处置。不过念在你擒获敌将，姑且功过相抵。接下来，你可要更加用心才行。”

“谨遵王令吩咐。”唐蒙乐呵呵地深深作揖，然后抬起头，讨好似的问道，“……那我，能不能搜一下？”

“搜什么？”

唐蒙一指那支垂头丧气的南越小队：“除了黄同，其他人身上说不定也携有仙草膏。能不能容下官搜检一下，献与王令品尝？”

第四根青筋在王恢额头猛然绽起，他狠狠瞪了一眼唐蒙，没好气地一摆手：“我不要那鬼东西！你自己留着吧！”

一个水刻之后，王恢押解着南越国的俘虏离开，而唐蒙则心满意足地提着一个布袋回军营，笑得眼睛眯成一条缝。他运气很好，有四个南越斥候腰间的竹筒没有损毁，里面的仙草膏保存完好，被他统统倒进袋子里。

番阳县兵们关切地围拢过来。他们不太理解唐县丞的古怪性格。但如果一个人总是能带来美味的食物，他自然会赢得其他人的敬爱，这一点人类和其他动物并无区别。

唐蒙把手里的袋子晃了晃：“今天你们有口福。我记得西边那个山头，好像有个野蜂窝，你们去几个人，设法刮些蜂蜜回来，浇在这仙草膏上味道绝美。”

他让一个县兵转过身，拿起一块残炭，在其背襟上画了几笔，把方向指示得很清楚。这县兵带着几个同伴，喜滋滋地离开了。唐蒙小心翼翼地打开布袋，把仙草膏倒入一个陶盆。这东西颤巍巍地抖动，很容易碎掉，必须仔细侍弄。

赵尉史凑过去，小心地问王令到底怎么说，唐蒙笑呵呵道：“王令说我功过相抵，真是最好不过。”赵尉史大为不解：“您擒贼的功劳都给抵没了，这也算好事？”

唐蒙“啧”了一声：“老赵，这你就不懂了。过大于功，要受罚挨打，不合算；功大于过，下回上司有什么脏活累活，第一时间会想到你，也是麻烦多多。只有功过相抵，上司既挑不出你的错，又不敢大用，才能落得个清静。”

赵尉史更糊涂了：“别人天天盼望建功升官，怎么唯独唐县丞你避之不及？”

唐蒙不屑道：“升官有什么好？前朝有个宰相叫李斯，一人之下，万人之上，厉不厉害？到头来被推出去杀头，临死前对儿子说，很想念父子俩一起牵着黄犬出东门的悠闲日子。我干吗不一步到位，直接去东门遛狗？”

“那您就打算……一直做个县丞啊？”

唐蒙一拍胸口，更加理直气壮：“夫唯不争，则天下莫能与之争。孝文、孝景二帝提倡黄老，讲究无为而治。我这么做，是为了缅怀先皇，遵其遗志啊。”

赵尉史没想到，这个县丞能把胸无大志说得如此雅致，一时无语。

很快县兵们抱回一大块野蜂巢。唐蒙从里面抠出蜂蜜，直接浇在陶盆里面，给众人分食。唐蒙收缴的仙草膏不算多，每人只能分上小半勺。但对这些县兵来说，已是极难得的奢侈，个个吃得心驰目眩，神意扬扬。

赵尉史犹犹豫豫地尝了半勺，仙草膏那爽滑的口感，配合着蜂蜜的甘甜，一瞬间渗入四肢百骸，将暑气一点点挤出身体，别提多惬意了。

他对唐蒙的话，忽然有了一丝理解。如果每日都能这么吃，确实要比做官开心多了。赵尉史花了好久，才从回味中清醒过来，耳畔忽然听见一片参差不齐的酣畅歌声。唐蒙带头领唱，声音醇厚响亮，语气里满是幸福：

“人生不满百，莫怀千岁忧，黄老独清静，脂膏复何求。”

第二章

蝉鸣阵阵，如沸如羹。

王恢捏住毛笔，在竹简上写下一行指示。不防一滴汗水从额头滚落，恰好落在墨字之上，将其洇成一个小黑团。他懊恼地用小臂擦了擦脑门，从口中吐出一口热气。

汉军在阳山关前与南越国已对峙一个多月了，眼见到了六月底，天气日渐炎热起来。对一个燕地出身的人来说，南方这种湿热实在难熬。一贯注意仪表的王恢，也不得不改换成一件无袖短褂。

他拿起刀来刮掉墨字，正要重新提笔凝神，忽然一个亲随从外面走进来，在他耳边说了几句。王恢脸色微变，匆匆来到军营门前，见到一个白袍公子正站在辕门之下，饶有兴趣地观察门上的一只黑色鸣蝉。

这公子不过二十多岁，眉目锋锐，尤其是颈项挺拔细长，有如一只优雅的长鹤立于浅滩。

“古语有云：五月鸣蜩，六月精阳。久闻岭南物种长大，没想到连蝉也比中原大了一圈，真是开了眼界。”白袍公子缓缓感慨了一句，这才把视线移到王恢身上，微微一笑，“在下庄助，自长安奉陛下钦命而来。”

王恢闻言一惊。“庄助”这个名字来头可不小，他是辞赋大家庄忌的儿子，年纪轻轻就被皇帝拔擢为中大夫，随侍左右，乃是朝中冉冉升起的一颗新星。王恢不敢怠慢，连忙施礼，可庄助站在原地不动，嘴角含笑。

王恢开始还觉得诧异，等到目光对视片刻，才意识到自己如今正披着一件短褂，双臂裸露在外面，有如蛮夷。反观人家，大热天的依旧把深衣裹得一丝不苟，白皙的面颊不见一滴汗水。

衣冠不正，不可施礼。庄助这是在隐晦地批评他，身为朝廷命官，岂可如此袒露肉身。王恢顿觉尴尬，赶紧回到卧榻旁换回官袍。

换得袍子，两人这才进了大帐，各自跪坐。王恢吩咐随从端来一杯解暑的蔗浆。庄助正色推辞："五色令人目盲，五音令人耳聋，五味令人口爽。我身负皇命，要时刻保持清醒，只喝清水就够了。"

这一会儿工夫，王恢就碰了个两个不软不硬的钉子，他只好换了杯温水给庄助——这水不是烧温的，从河水里打出来就这样。庄助这次举杯一饮而尽，可见他其实也渴极了，只是要极力维持风度。

王恢暗暗有些好笑，面上却依旧肃然："庄大夫此来，可是为了之前那条奏报之事？"

一个月之前，王恢擒获了南越密使黄同，从他嘴里问出一条惊人的消息："闽越国暗结南越国，欲支持其称帝。"他立刻遣使飞报长安，原以为皇帝会回信指示方略，没想到陛下居然干脆派一位心腹之臣前来宣旨。

庄助缓缓把杯子放下："之前王令送去的奏报，陛下十分重视。他有口谕在此，内不稳则外不靖，您在大庾岭的应对甚为妥当。"

"陛下年方不过二十一岁，却毫不操切，深谙韬光养晦之道啊。"王恢真心诚意赞叹道。

当今天子是六年之前登基的，可秉政的一直是窦太后。今年五月太后去世之后，各方势力皆在蠢蠢欲动。对刚刚亲政的年轻皇帝来说，首要任务是维持长安朝堂的稳定，至于边境藩属，姑且镇之以静，这是最稳妥的应对方法。

“闽越国也罢，南越国也罢，不过是两只夏日飞蝗，趁热鼓噪罢了。一俟秋风吹至，迟早灭之。”庄助冷笑一声，习惯性地把手按在剑柄之上。

若换了别人说这话，王恢只当是吹牛，但庄助这话未必。几年之前，闽越国进攻东瓯国，东瓯国向大汉求援。正是庄助力排众议，只身一人赶至会稽，手刃了一个不服命令的司马，逼迫会稽太守出兵，一举吓退了闽越国，大得朝野赞赏。

这年轻人看着文弱，骨子里的狠劲可不容小觑。皇帝这次派他来，想必也是有用意的。王恢心想。

“那么……陛下可还有其他指示？”

庄助喝干了第二杯水，淡淡道：“我来之前，已经说服闽越国具表请罪，国主答应送世子到长安去做质子。”

王恢一惊，差点直起身子来。他竟是先解决了闽越国才来的？这效率也太快了吧？庄助淡淡一笑，仿佛这只是一件微不足道的小事：“接下来，我会前往南越国宣谕，让他们也知难而退。”

王恢点点头。闽越国只是小国，真正难对付的，是这个雄踞岭南的南越国。如果通过外交手段，让南越王主动打消称帝的念头，最好不过。不过他看看庄助身后，并无随从仆役，亦无旗仗鼓吹，不太像是一个使团：“就你一个人去？”

“没错，就我一个。”庄助傲然道，“南越王窃居帝号，这一次我代表陛下去面斥其僭越，一人一旄节足矣。”

王恢在心里“呵呵”了一声，大概猜出庄助的心思了。

近年来，长安的一些年轻郎官热衷于出使各种外邦藩属，要么说几句硬话狠话，要么动剑动刀乃至杀人，动静越大越好。只要他们能活着回朝，便可以博得一个强项刚直的美名。但对朝廷来说，这可不是什么好事，惹出一堆麻烦，却只成就了他们个人的名声。

当然，王恢不会蠢到直接讲出来，苦口婆心提醒道："南越国可不比闽越国那种小地方，那可是坐拥三郡的大国，民风彪悍，朝堂形势复杂，最近十几年来对大汉的敌意越发深重。庄大夫这趟差事，恐怕会相当凶险啊。"庄助笑起来："说来正好有一事相求。在下从长安走得急，没带什么得力的手下在身边。这次想从王令这里借两个人随行。"

王恢心想："你刚刚还趾高气扬地说一人足矣，这就来找我借人了？"嘴里却忙问是哪两个人。

"一个是那个被俘的南越左将黄同，我正好缺一个熟悉南越情形的向导。"

王恢表示没问题。该审的都审完了，这个人留下来也没什么价值，这次正好让庄助带回南越，也算是释放善意。

"庄大夫确定，他会为大汉所用？"

庄助嘴唇微微一翘："他既交代了闽越和南越结盟的机密，便再没有回头路了。"王恢哈哈一笑，这位庄大夫的手段果然够狠辣，又问："还有一人呢？"

庄助道："王令在奏报里提到，黄同的身份之所以被识破，是因为他随身携带唯有闽越才产的仙草膏。不知是您麾下哪位幕僚目光如炬？我这次出使，正需要这么一位伶俐人随行臂助。"

王恢的表情一瞬间变得尴尬："这个……不是我的幕僚，看破此事的，乃是番阳县的一个县丞。"

说完他把唐蒙的事讲了一遍。庄助听完，微微眯起眼睛："这个人有点意思嘛，竟然现场能画出一幅五岭形势图？那图还在吗？"

"哦，他用树枝在地上随便划拉出来的，早磨没了。"

庄助正色道："舆图之术，讲究分率准望、高下迂直，非胸中有丘壑者不能为之。此人能随手绘出，还借此判断出敌人的行进路线，可见于这一道十分精通，正是我急需的人才，王令可否把这位贤才让给我？"

王恢叹道："此人确实有点小聪明，但口腹之欲太盛，行事不分轻重，恐怕会耽误庄大夫的事啊。”庄助轻笑一声，压根不信：“吃食无非是用来解饥果腹，怎么会有人沉迷于此？莫非是王令不忍割爱，故意贬损？”

王恢一听这话，不好再劝了：“不如我叫他来一趟，庄大夫可以自行判断。若觉此人可用，我绝不阻拦。”庄助摆了摆手，从席子上站起来：“既然要考察真性情，便不要有所准备。我们直接去番阳县的营地一趟便是。”

他说走就走，王恢只好起身跟随。

番阳县的营地这里之前遭过一场火灾，如今地面上又冒出星星点点的软茵，南国植被的恢复程度，着实惊人。两人抵达营地之后，发现只有赵尉史留守，唐蒙不在。

王恢的脸色登时阴沉下来，身为主官，居然不坐镇在营中，简直胡闹！他问人去哪里了，赵尉史一脸惶恐地指向营地右侧下方的密林：“唐县丞去那边……呃，勘察敌情了。”

王恢冷哼一声，这种鬼话他一个字都不会信。他看了眼庄助，后者面无表情。两人让赵尉史带路，朝着那片密林走去。

这片密林是典型的岭南物候，圆柏相挨群立，上有藤萝连缀，下有灌木拱卫，浓密的绿意几乎把日头遮得照不进来。暑气和瘴气在林间结成无数肉眼看不到的蜘蛛网，让一切穿行的生灵都困在其中。

赵尉史一边朝前走，一边喊着“唐县丞，唐县丞”。身后两人注意到，他的视线不是看向前方，而是往上瞟，心中无不生出浓浓的疑惑。他们在密林里走了一阵，赵尉史的呼唤总算得到了回应。

“在这儿呢。”

声音是从头顶的树上传来的。两人刚刚抬起头，突然听到“咔吧”一声树枝断裂，一团白乎乎的东西扑通掉在两人面前。庄助下意识地从腰间拔出佩剑欲砍，却被王恢拦住：“等会儿……好像是个人？”他再一看，不由得青筋绽起。

眼前躺在地上的是一个仰面朝天的胖子，身上几乎全裸，只在腰间缠着一件犊鼻裈，肉乎乎的四肢摊开，白皙的肚皮朝天凸起，活像一只青蛙——不是唐蒙是谁。

王恢气得差点抢过庄助的剑去扎那大肚腩："唐县丞，你不留守在营地，在这里做什么？"唐蒙一骨碌爬起身，一扬右手："我……我是去抓这个了。"只见一条灰黑色的蛇被他牢牢抓住后颈位置，正无力地摆动着尾巴。

两位主官同时往后退了一步，王恢叱道："你为什么要上树去抓蛇？"

"这蛇叫过树龙，习性向高，不爬到树上很难抓到啊。"唐蒙的回答似乎永远抓不住上司的重点。王恢眼皮一跳，几乎是咬着牙："我是问你，为什么抓它?!"

唐蒙兴致勃勃一手把蛇提起来，一手顺着蛇身往下一捋，蛇瞬间不挣扎了："我听说把这玩意儿拿来炖汤，可以避瘴去湿，祛风止痛，所以想抓一条尝尝味道。"

拿蛇来炖汤？这一下子别说王恢，就连庄助都有点绷不住了。中原从无食蛇的习惯，光是看那恶形恶相，就恶心不止，这家伙居然连这种鬼东西都吃？

庄助勉强压住胃部的不适，皱眉道："你为何要吃蛇肉？"唐蒙回答："岭南那边把蛇称为茅鳝，遇蛇必捕，不问长短，一律炖作肉羹。我想他们既然能吃，咱们也可以试试。"

王恢赶紧喝道："别废话！你快过来。这位是中大夫庄助，刚从长安赶到，要找你问话。"唐蒙连忙施礼，然后抬头喜道："据说蛇肉可以舒筋活血，最适合长途跋涉之后食用，庄大夫有口福。"

说完他双手捏住蛇，往前一递。陡然见一个狰狞蛇头顶到面前，庄助脸色霎时变得煞白，整个人后退数步，一个趔趄差点被树根绊倒。

唐蒙这才意识到唐突，赶紧把蛇收回来，赔笑着解释道："大夫莫惊，莫惊，这蛇没有毒。”庄助略带狼狈地伸出双手，正了正头上的进贤冠。王恢尴尬得想挖个坑把自己埋了，他冷着脸朝地上狠狠一指，唐蒙不情愿地把那条蛇放进草丛，算是让它逃过了一场鼎镬之灾。

见蛇被放下，庄助这才如释重负：“唐县……”可他只说了两个字，突然止住了。眼前这胖子只缠着一件犊鼻裈，双手抱臂，这么谈事委实不成体统。他皱皱眉头，一挥袍袖：“回营再说！”

于是三人从密林中离开，返回番阳县的营地。唐蒙先换回一身深衣官袍，这才出来重新见两位中朝官员。庄助不想再客套，直接开口道：“我听说你只靠仙草膏，就看破了黄同的身份？”

唐蒙谦逊道：“欲知大釜里的肉是否炖透，不必品尝，只消掀开盖子闻闻味道就够了。食物至真，从不骗人，下官侥幸揣测对了而已。不过……”

“不过什么？”

“不过当晚我们就把仙草膏吃光了。您若是问这个，现在可没有啦。”

庄助总算理解了，王恢额头上的青筋为何那么多。他脸色一沉：“唐县丞，你好歹也是朝廷官员，总是围着吃食打转，成何体统？”

唐蒙正色道：“下官可不是为了口腹之欲，而是为了大局才这么做的。”庄助一怔：“什么？”唐蒙道：“久闻百越之地，食材甚广。只要设法搞清楚南越人都吃什么，就能估算出他们的粮草虚实。”

“那不至于亲自去吃……吃那个吧？”庄助努力不去想象一条蛇在汤里翻腾的景象。唐蒙一脸严肃：“孙子有云：食敌一钟，当吾二十钟。万一我军深入南越国，需要就食于当地，多抓点能吃的食材，也是为王令运筹帷幄提供帮助。”

王恢忍不住冷哼一声，这家伙真敢胡说八道，为偷吃点东西把《孙子兵法》都搬了出来。庄助伸手递给他一根树枝：“这大庾岭前的山势布局，你画一张出来我看看。”

唐蒙有些莫名其妙，看王恢面无表情，只好蹲下身子开始画。他的画工很拙劣，地面上满是凌乱线条，全无美感可言。可在庄助和王恢眼中，这图再清楚不过了，曲者为峰，平者为原，远近高低各有差异，一会儿工夫，地上便显现出了大庾岭北麓的山势，简洁清楚。

庄助蹲下身子，用指头随便量了两座山头的距离，折算下来与实际远近差不多。这一点，连王恢中军大营里的那幅舆图都做不到。他一脸不可思议地抬起头："你之前专门测量过附近地势？"

唐蒙摸了摸脑袋，有些腼腆："也没有，就是跑得多了，多少路程自然就谙熟于心。"

"你为何要跑那么多路？"

"这不是为了多找点食材……呃，是为了摸清南越军的粮草虚实嘛。"

庄助一阵无语，合着这家伙为了一口吃的，居然把前线山头跑了个遍。他若有所思地盯着这个胖子，心情有些复杂。

舆图这种技艺，易学难精。唐蒙只是走过几趟，就能把形势还原到图上，可见在这方面有着惊人的天赋，这样的人可不多见。至于贪吃的缺点，倒也不是什么大罪过。

庄助沉思片刻，开口道："我这一次奉天子钦命，要出使南越，如今身边还缺一个副手。你有没有兴趣？"唐蒙诧异地望向庄助，不是画舆图吗？怎么又跳到出使南越去了？

庄助耐着性子又重复了一遍要求。唐蒙大袖一摆，干脆地回答："承蒙大夫错爱，恕在下无能，难堪重任。"庄助以为他嫌官位太低，忍不住嗤笑了一声。中大夫可是有机会随侍皇帝，做自己的副手，乃是升官的不二途径，这小县丞眼界忒低了。

"唐县丞，你可要想清楚。出使敌国，这本身就是莫大的荣耀。若侥幸有所建树，陛下更是会不吝封赏。这样的机会，千载难逢。"庄助强调了一句。

唐蒙正要开口，忽然面色一变，捂住肚子，"哎哟"一声整个人佝偻着腰。庄助正要上前搀扶，却见这胖子勉强抬起头，痛苦道："哎呀呀，又犯病了……”庄助眼皮一跳：“什么病？”唐蒙一边揉一边说：“估计是吸多了瘴气，好几天了，没事就会犯一下。”说完又躺倒在地，连连喘息，大肚腩有规律地抖动。

岭南多瘴气，罹患瘴疠再正常不过。而瘴气之病，症状万千，唐蒙这病想什么时候犯，想什么时候好，全由他自诉，谁也无从验证真伪。

面对在地上徐徐滚动的唐蒙，庄助一时间有些手足无措。他家学渊源，辩才无碍，面对什么人都可以词锋滔滔。可偏偏遇到这种不要脸面的无赖，却不知该如何应对。

他实在无法理解，都把立功机会送到嘴边了，怎么会有人拒绝？

在一旁的王恢注视着庄助脸色阴晴不定，心中有些紧张。几年之前，那个会稽的司马也是如唐蒙一般拒绝配合，结果被他一剑斩杀。这次庄公子会不会故技重施？那家伙虽说惫懒，一剑杀了也有点可惜……

还好，庄助的左手虽按在剑鞘上，右手到底没有动作。他盯了唐蒙半天，末了长长吐出一口气，淡淡对王恢道：“看来人各有志，不必强求。王令，我们回中军大营吧。”王恢看了唐蒙一眼，摇摇头，也转身离开。

待两人走远了，唐蒙这才从地上一骨碌爬起来，催促旁边的一个县兵：“赶紧！刚才那条蛇被我捋了一下脊梁骨，一时半会儿醒不过来，赶紧去草丛里抓回来！”

县兵匆匆离开，唐蒙回到帐篷里，迫不及待地把官袍脱下来。这鬼天气穿深衣，又在地上滚了那么久，简直要捂出白毛汗来。旁边赵尉史实在憋不住：“这么好的机会，您为什么要放弃？”

“屁！什么好机会！”

唐蒙拿起一块湿布，拼命擦拭脖颈的一块厚肉：“那个庄大夫，一上来就先让我画图，还拿指头去丈量，可见是个特别挑剔的家伙。这种人做上司最麻烦了，年轻气盛，野心勃勃，为了立功会不停地折腾。跟着他出使南越，不被累死也要被烦死。”

“可是……那毕竟是一个京官的前程，多辛苦都值了！”

“哎，老赵你还没明白吗？官秩越高，风险越高。长安城里每年被砍头的大官，加起来得有几万石。同样是躺在地上，咱们活着躺下来不好吗？”

赵尉史知道自己这位上司歪理最多，默默闭嘴。唐蒙发完这一通议论，县兵已经把大蛇拿了回来。唐蒙一撸袖子，先把蛇身去了鳞皮和内脏，切成几段丢进大釜里头，又陆续放入姜片、野葱、夏菊、鲜蘑菇和一条浸满了醋汁的布条，开始炖起来。

赵尉史摇摇头，转身干别的去了。唐蒙自己炖了一阵，掀开釜盖，只见浓褐色的汤汁咕嘟咕嘟冒着密集小泡，肉段不时浮起翻滚，一股奇异的香味弥漫在整个营地中。番阳县兵们本来对蛇肉有点怵，但闻到这种异香，都颇有些动心。唐县丞别的不好说，对食物的品鉴没出过错。

唐蒙见熬得差不多了，用木勺盛出一勺黏稠的羹，凑到嘴边刚尝了一口。赵尉史忽然匆匆跑过来：“唐县丞，中军来令，请您签收。”

唐蒙点点头，汤里还有一缕腥气未散，得加点柑橘皮杀一杀。他盖好釜盖，从赵尉史手里接过文书。中军每天都发军令过来，无非是提醒夜间警惕、整饬军械云云，签个字交还就行了。

唐蒙漫不经心地拿起一支毛笔，刚要在竹简尾部签名，却忽然“嗯？”了一声，嘴唇开始哆嗦起来。赵尉史发觉上司表情不对，凑过去一看，也倒吸一口凉气。

这赫然是一条叙功令，说番阳县丞唐蒙勇擒敌将，颇见锐意，特拔擢为大行丞，参谋军机。

唐蒙可没被这些冠冕堂皇的话唬住。他在长久的“摸鱼”生涯里，早练出了敏锐的嗅觉。这与其说是叙功令，毋宁说是一封绑架信。

他本是地方官员，如今多了这么一个“大行丞”的头衔，便要受王恢节制。如果唐蒙拒绝跟随庄助南下，王恢可以用军法斩了他；如果他挑唆番阳县兵们鼓噪闹事，借故不去，王恢可以用军法斩了他；如果他称病，王恢可以指控他托词不前，用军法斩了他……

一力降十会，人家摆明了强行耍横，唐蒙纵有万般小手段也施展不出来。没想到那个文质彬彬的庄公子，出手居然会如此简单粗暴，甚至不屑于掩饰。

他沮丧地捏着竹简，一时间心乱如麻。赵尉史好心舀了一碗蛇羹过来，唐蒙木然拿起勺子尝了一口，却根本品不出味道。他的全部心思，都放在一个疑惑上。

“庄大夫到底看中我什么？”

“你到底看中他什么？”

在中军大营内，王恢问了同样一个问题。他不明白，庄助为何不惜用威胁的方式，也要把这么一个惫懒的家伙征调过来。

庄助正负手站在一张舆图之前。这是绘在绢帛上的中军大图，精美雅致，只是地理关系不够精准，连山川走势都很含糊，只能观其大略。他听到王恢的问题，缓缓转过身来：“王令你是不是觉得，我这一次去南越，是去沽名钓誉、赚取名声？”

他问得这么直接，反而让王恢有些狼狈。不待对方回答，庄助转过身来，双眼射出锋锐光芒：“不瞒王令说，这一次在下出使南越，其实还负有一重使命……不，毋宁说，这才是在下此来真正的使命。”

王恢一听还有密旨，连忙挺直身体。庄助正色道：“自高祖、孝惠、孝文、孝景数帝以来，南越国不服王化六十余年，所凭恃者，无非是五岭天险而已。这次我去岭南的使命，是要窥其虚实、寻其破绽，为大汉凿空五岭，开创一条用兵坦途！”

他伸出拳头，重重砸在了案几之上，引带着王恢“嗞”地倒吸一口凉气。

好大的口气！好大的雄心！那南越国自秦末立国，一直抗拒大汉王化。五道山岭高逾百丈，横亘千里，如一道巨墙拦住了汉军南下的步伐，历代诸帝无不望之兴叹。只要能破开这条锁链，那汉军便可以轻而易举地冲入岭南腹地，灭掉南越国，建立不世功业。

王恢惊讶地望向这个年轻人，从后者的灼灼眼神里看到一种急切的渴望。那是一种凶猛、昂扬的欲望，比点燃了脂膏的火堆更炽热，比百炼的长剑更锋利。

这种眼神王恢很熟悉，如今长安的每一个年轻人，无论坊间游侠还是当朝郎官，无论府中小吏还是军中校尉，甚至包括天子，都是这样的眼神。他们带着勃勃生机，像乳虎入林一般睥睨着每一只猎物，不惧犯错，不守陈规，不惮去抓住任何一个建功立业的机会。这是弥漫整个长安的热切风气，而且与日俱浓。

王恢突然心生羡慕。自己曾几何时也是如此雄心勃勃。只可惜岁月不饶人，如今的他，只是在大庾岭前维持对峙，就已精疲力尽了。

“既如此，预祝庄大夫此行顺利。”他半是恳切半是怅然地祝贺道。

“承王令吉言。”庄助微微调整身姿，收敛锋芒，“我既然要凿空五岭，地理乃是关键所在。正缺一个可以记录山川形势之人，把沿途地理默记于心，再绘制成图，进呈天子御览——王令该知道，行军打仗，有一份舆图有多重要。”

王恢微微点头，可他又皱眉道：“此人确实有些小聪明，只是举止轻浮，这么重要的任务，别被他耽误了。”

庄助呵呵一笑，将一卷竹简扔给王恢：“王令对于手下之人，还是要多了解一些才好啊。”

王恢接住一看，原来这一份是唐蒙的行状履历，是从中军帐内调取的，此前他从没认真看过。在庄助的提示下，他仔细读了一遍：唐蒙是沛县唐氏一族的子弟，文法吏出身，积功拔擢为县丞，至今在番阳县丞的位子上已有五年。

庄助指头一点，王恢立刻看出这份履历里的不寻常之处。

朝廷对县丞的任免之策，向来奉行“非升即迁”。以三年为期，一个县丞要么治绩出色，升迁上调；要么表现欠佳，降职转任，唐蒙若想在番阳县丞这个职位上待五年，必须保证自己连续两年既不会出色到被拔擢，也不至于差到被降职，这难度可不低。

“这家伙是故意的？为什么？”王恢有点难以置信。

庄助顿了顿，神情耐人寻味：“原因我不知道，但一个人愿意花这么多精力在偷懒上，至少不会是个蠢材。”

第三章

一艘狭长战船鼓足风帆，正逐浪于大河之上。

这条大河有五十余丈之阔，水面在艳阳下泛起半透的翠绿色泽。放眼望去，整条河道好似一条无头无尾的粗壮绿蟒，浪花此起彼伏，有如一层层鳞片相互挨挤，驱动着蛇躯朝东南方向蜿蜒游去。

此船五日之前从阳山关出发，上面除了船工，一共有三人：一个是南越军的左将黄同，另外两个则是汉使庄助和副使唐蒙。此时三人皆站在船头，向着东南方向眺望。

“两位天使，我们即将进入珠水。”

黄同站在船头，恭敬地回头报告。他的脸颊上有一大块触目惊心的新鲜烧伤，一讲话，总会牵动新疤，让恭敬的表情裂开几道缝隙，露出些许怨毒。

唐蒙正躲在船帆的阴影之下，擦拭着脸上层出不穷的汗，听到黄同说话，忍不住开口问道：“我们不是一直在郁水里航行吗？为何突然变成珠水了？”

黄同走到船舷边缘，抬手朝大船前方一指：“您且看。”顺着他手指的方向，庄助和唐蒙看到前方数里开外的江心位置，嵌着一块浅灰色礁石。这礁石体量有十围不止，因为长期被江水冲刷，形状浑圆，如同一枚硕大的隋侯珠。

船工们正喊着号子把战船撑离江心，避免撞上这枚定江石珠。

“此礁名叫海珠石，相传是西王母所遗阳燧宝珠所化。本地人以此为标志，只要过了海珠石，江流便可称为珠水。”

“哦，这么说来，你们南越的都城番禺就快到了吧？”庄助问。

“正是。一过海珠石，番禺港就很近了，就在珠水江畔。”

庄助点点头，见唐蒙仍在那里擦汗，轻咳一声：“唐副使，该去换官袍了。”唐蒙瞪圆了眼睛：“换官袍？这时候？”

此时天气闷热，江风熏蒸，黏腻的暑气像藤蔓一样死死缠住人身。唐蒙本已晒得头昏眼花，若再换上全套官袍，他怀疑自己会变成一块在炉中焖烤的豕肉——这种烹饪手法很美，但前提是自己并非食材。

庄助见唐蒙不肯动，压低声音道：“等下要在众目睽睽之下入城，你代表的可是大汉的体面！”

体面？这种鬼天气还计较什么体面？庄大夫你难道感受不到现在多热吗？唐蒙气呼呼地看向庄助，却发现对方早早就把官袍换上了，白皙的肌肤上一滴汗也没有。

这是与生俱来的能力，羡慕不来。唐蒙无可奈何，一跺脚，低声嘟囔了一句“又不是我要来……”，悻悻走下甲板，回到自己的房间。

一进屋，他先打开一块绢帛，那上头用炭笔草草绘着这一路的路线略图。唐蒙拿起毛笔在上面添了海珠石、番禺城、郁水、珠水几个墨字，这才开始换起衣袍来。

这一路上，庄助要求他一直待在甲板上，观察沿途山水，默记于心，到晚上再绘制成草图。可怜唐蒙这些天来蜷缩在船帆下的一点点阴凉里，强忍着江风熏蒸，汗出如雨，苦不堪言。

这才刚出发，就已经辛苦成这样，再往后日子可怎么过啊……唐蒙一想到这点，就悲从中来。你庄公子想要建功立业，自去奋斗便是，何必拖着不相干的人遭罪。

这时仆从送进一碟新鲜橄榄，这是地方官员刚刚进献上船的，上面还撒着甘草粉。唐蒙心想不吃白不吃，先去抓了一枚放入口中。

别说，这橄榄初入口略有苦涩，嚼开之后，徐徐化开一片生津的清甜。唐蒙闭目细细品味，感觉内心的烦闷似乎消散了一些。南越这地方虽说热气难熬，食材倒真是丰富，每天都会有新鲜瓜果进奉上来，在这趟恼人的旅途之中，这算是唯一的慰藉。

随着橄榄的清香在口中一层层地弥散开来，唐蒙的念头慢慢变得通达：是了！是了，这苦差事左右逃不掉，何不趁机享受一下？久闻岭南食材丰富，索性利用陪同汉使之便，狠狠地胡吃海塞一通，最好耽误了正事，让庄大夫把自己赶回去。

成事不足，败事有余，这还不简单吗？唐蒙想到这里，心情复振，他换好官袍，强忍着酷热再走回甲板上，另外两个人还在兴致勃勃地聊着。

“黄左将，咱们从大庾岭登船，五日可抵都城番禺。那么其他四岭关隘到番禺，是否也花费同样多的时日？”庄助身体半靠船舷，似是随口闲谈。黄同不敢怠慢：“正是如此，南越各地重镇，皆有水路连接，到都城的时间都差不多。”

庄助听着听着，白皙的面孔上多了一丝忧虑——

孙子有云：“兵之情主速，乘人之不及。”汉军面对的是崇山峻岭，南越军却可以利用岭南水路来去自如，从容调度。这边一天累死累活，辗转五十里，那边躺在船上舒舒服服一天走一百五十里，这仗怎么打？

历代皇帝为何都对南越国无可奈何：一曰山险，二曰水利，这实在不是人力所能克服的。

黄同见庄助神情有异，以为自己说错话了，颇有些惴惴不安。这时唐蒙忽然开口问道：“珠水流域如此广大，可有什么特别的水产？”

黄同“呃”了一声，脸上的疤痕微微扭曲。这人是自己毁容的元凶，现在却成了大汉副使，实在尴尬。他耐着性子回道：“若说特别之处，郁水珠水之间，有一种嘉鱼，腹部多膏，肉质肥嫩，可称极品佳肴。”

唐蒙两眼放光，不顾仪态一把抓住他的肩膀：“那么等会儿我们进了城，是否可以吃到？”黄同愣了愣，摇头道：“如今嘉鱼还在积蓄腹膏，一般要到十月之后，才是最好的时令。”

唐蒙一阵失望，忽然转念一想：“这船上可有钓竿？我先钓几尾上来，尝尝味道也好。”黄同苦笑着解释：“嘉鱼一般栖息在深水河床的小石之下，水流湍急，下钓极难。要等到冬季枯水，派人下水翻开石头，拿网子去捞。”

“这样啊，那你给我讲讲，本地人都是如何烹制法？”唐蒙心想过过干瘾也成。

他毫不见外，黄同也只好如实回答：“我们南越的烹饪之法，一般是把嘉鱼直接放在干釜之上加热。很快这些腹膏便会融解成汁，自去煎熬鱼肉。因为膏与肉本出同源，天然相合，所以煎出来的鱼肉格外鲜嫩。”

开始黄同的语气还很僵硬，可一谈起本地吃食，他就渐渐放松下来。他当初就是因为贪吃仙草膏，才被唐蒙识破，本性也是个饕餮之徒。唐蒙听得垂涎欲滴，又追问起细节。两个人你一言、我一语，反倒把庄助晾在了一旁。

庄助对吃食毫无兴趣，实在不明白这两人为了一条鱼的做法，居然可以摒弃仇恨、忘记酷暑，简直不可理喻。眼见他俩聊得没完没了，庄助实在忍不住咳了一声。黄同这才意识到不妥，连忙敛起声息，说“下官去准备入港事宜”，匆匆走下甲板。

他一走，甲板上陷入沉默。

唐蒙和庄助的出身、经历、喜好皆大相径庭，前者又是被后者胁迫而来，实在没什么可聊的。庄助咳了一声，问了一句：“适才黄同讲的地理，你都记下没有？”唐蒙说都已记下。然后两人就没话讲了。

为了避免尴尬，他俩不约而同走到甲板旁边，手扶船舷，向缓缓后退的河岸望去。

南越国的景致，带着一股旺盛到凶狠的勃勃生机。只见珠水两岸密密麻麻立着各色树木。冠盖般雄壮的榕树、扇鞘般挺立的棕榈，还有肥叶低垂的鱼尾葵，它们交错相挨。而这些大木之间有限的空隙，则被木槿、刺桐以及更多叫不上名字的奇花异草所填塞。几十种芜杂浓郁的香气弥漫在半空，被热风熏蒸熬炼，融成一体，形成一种岭南独有的气味。

庄助目视前方，忽然扬声吟诵起来："伯夷死于首阳兮，卒夭隐而不荣。太公不遇文王兮，身至死而不得逞。"

这是他父亲庄忌最著名的篇章《哀时命》，这两句的意思是：伯夷叔齐饿死于首阳山，终究默默无闻，全无荣耀；如果姜太公吕望没遇到周文王，也是生不逢时。

庄助来南越一心欲求大功业，有感而发，随口吟出。不料唐蒙在旁边，居然接着吟了下去："生天地之若过兮，忽烂漫而无成。"庄助眉头一扬，颇为意外："你也读过《哀时命》？"唐蒙点点头："读过几次，尤其喜欢这两句——我生于天地之间，一生匆匆而过，却一事无成。"

庄助哼了一声，这样的句子有什么好喜欢的？他随口品评道："《哀时命》的作法，其实还是《离骚》伤春悲秋那一套，气质衰朽哀伤，美则美矣，却不合时宜。"

唐蒙一脸意外，你做儿子的，当着外人的面批评自己父亲的作品，合适吗？庄助却毫不在意："唐县丞，我知道你念这两句诗，心有怨气。但你得看清楚，如今时势已变，大风起兮云飞扬。看到漫天云卷之时，就该乘势而起。男儿想要建功立业，可不能学伯夷、叔齐，而是该效仿吕望，今岂不正当其时吗？"

唐蒙难得也严肃地回答道："庄公子误会了，我念那两句诗不是哀伤，是真心喜欢。庄公子你欲在长安扬名，我却只想终老番阳而已。庄子有教诲，先是一事无成，方有无用之用啊。"

庄助冷哼一声，他本想借此勉励几句，没想到唐蒙为了偷懒，连庄子都扯出来了。他摇摇头，把视线重新放到船头。此时在远方已隐约可见高大的灰褐色城垣，那应该就是南越的都城番禺了。

大船很快进入一条分岔的航道，偏向岸边驶去，很快番禺城的外城高墙清晰可见。这城垣乃是夯土构造，高逾六丈，几与长安城的高度相仿。庄助仰头望了一阵，忽然问道：“唐副使，你观此城如何？”唐蒙观察了一阵：“跟咱们那儿的城池长得差不多，就是少了点东西。”

这番禺城四角有敌台，城头设有马面和女墙，主体风格与中原城池无异。唯一的区别是，面向珠水这一面的城门，直接正对码头，并没在外围修一圈瓮城。

庄助冷笑起来：“南越人大概不相信有军队能打到番禺城下，没必要多修一道瓮城御敌，真是何等自信！记得画下来，以后呈给陛下。”

说话间，大船缓缓驶入临城港口前。这番禺港的规模颇大，水面上少说也有二三十条大船进出，小船更多，如水蚊子一样钻来钻去，桅杆林立。十几道灰色栈桥像蜈蚣足一样，从岸边一直延伸到江中，栈桥上各色人等川流不息，喧闹不已，忙碌中透着井然秩序，可见日常贸易体量颇大。

一条大船恰巧从他们的船旁开过，唐蒙深吸一口气，捕捉到一丝奇妙的香气。他嗅觉很好，能分辨出来这船上装的应该是运赴海外的香料。

在船上的这段时间，唐蒙仔细钻研过南越的贸易。它北邻大汉，东接闽越、东瓯等国，南边与都元、邑卢没、谌离等海外诸国通过水路联系，是四方行商的重要枢纽。

然而南越国有一条叫作“转运策”的法令：中原商队走到五岭关隘即停，不得踏足国境，接下来的路只能委托南越本地商队代为南运。而海外诸国的商船，抵达番禺之后也不得继续前进，只能委托南越本地商队北送。靠这一条法令，南越便把南北货运牢牢垄断在手里，收入之丰，简直是堆金积玉。

很快船已在栈桥前停稳下锚。两名汉使走下船去，港口外早有一个南越官员上前迎接。此人皮肤黝黑，颧骨高高凸起，托着一对细眼向两侧分开，始终保持着一个瞪人的姿态。

官员自称叫作橙水，是番禺城的中尉，主管城中治安，这次是特来迎候汉使的。他讲的虽是中原话，但发音生硬呆板，不知道是不擅长还是故意的。

唐蒙观察了几眼，发觉这家伙还挺有意思：头束中原式的短髻，却有两缕头发垂在耳侧；穿的衣服也非深衣，更像是改良过的窄身短衫；脚上还踩着一对夹趾竹屐——每个细节，似乎都有意与中原强调区别。

唐蒙好奇，去问黄同："他怎么姓橙，是橙子的橙吗？"黄同道："橙水是揭阳橙氏的子弟，因为当地盛产橙子，所以当地大族都姓橙。"他说出这名字时，脸上的烧伤微微变化，似乎有些尴尬。唐蒙更有兴趣了："揭阳的橙子很好吃吗？"黄同道："揭阳最有名的，其实是燕窝。"唐蒙更好奇了："燕窝？那是什么，难道鸟巢也可以……"

话没问完，庄助在旁边用剑柄狠狠磕了一下他的腰，唐蒙疼得悻悻闭嘴。

橙水先请汉使出示文书，慢条斯理地查验起来，好像生怕是冒牌货。唐蒙和庄助站在烈日下耐心等了好一会儿，橙水这才把文书还回去。

验完文书之后，码头旁的一个乐班开始奏起乐来，竽笙瑟鼓一应俱全，只是旋律荒腔走板，根本分辨不出是哪一段雅乐。在这滑稽的乐曲声中，橙水引着他们来到城门前，准备开门入城。

庄助正要迈步入内，突然眉头一皱，右手一按剑鞘，厉声对橙水道："为何入城不走中门？"这时唐蒙才注意到，番禺城的正门依旧紧闭，橙水打开的，是旁边一道狭窄的偏门。

面对质问，橙水的脸好似一片扁平的木牍，没有任何表情："好教大使知。都城中门，干系重大，非大礼、大祭或大酋出行，向来不能开的。"庄助剑眉一扬："本使亲持旄节，行如大汉天子亲临，难道还不配南越开城迎候吗？"

"北人入城，例走侧门。"

这个"北人"，是南越民间对大汉、闽越、东瓯等国之人的统称，多少带着点贬义。橙水如此说，其实是嘲讽这两人不够资格，不配让南越以最高礼节迎接。

庄助闻言大怒，"锵"一声拔出长剑："区区一个藩国中尉，也敢阻挠上朝天使！"剑尖如迅雷一般伸出，在橙水咽喉半寸前停住。

面对突如其来的锋锐，橙水面无表情，甚至还往前挪了挪，让剑尖微微刺入喉结。他身后的卫士吓得纷纷拔出刀剑，把两个使者团团围住。现场登时剑拔弩张，只有那个乐班在一旁兀自鼓吹着乐曲。

唐蒙看着一片明晃晃的刃光，有些紧张地咽了咽唾沫。他不明白，为何庄助坚持要走正门，侧门不是一样能进嘛。橙水顶着剑尖，慢条斯理道："南越虽是小国，自有规矩。若给你们开了正门，下官也只好自刎谢罪。贵使不如一剑杀了我，成全我一个不畏跋扈、守忠殉职的名声。"

他这话说得阴阳怪气，庄助反而不知该不该刺下去，但这么撤下去又嫌丢脸。眼看两人僵在了原地，黄同慌忙过来，先把庄助的长剑按下，然后转头对橙水沉声道："橙中尉，你注意点分寸！"

橙水瞥了他一眼，拖起长音："哟，黄左将，心疼了？到底是秦人出身，已经开始替老乡讲话啦。"黄同闻言脸颊一阵抽搐："你这说的什么话？这是为了两国邦交，和我是不是秦人有什么关系？"橙水道："风闻你之前被汉军俘虏，如今生还不说，还带回两位汉使。若非有乡梓之情，岂能如此幸运？"

黄同气得大喊："橙水你到底什么意思！我带汉使过来，是两位丞相都批准过的！又不是我自作主张！"橙水冷下脸："上头只让你带汉使过来，可没说一定要从中门入城。你们秦人体贴故国，我们土人可不理解。"

黄同嘴角一阵抽搐："我是边将，你是城尉，都是奉命行事。说什么秦人、土人，有意思吗？"橙水丝毫不为所动："我们土人心思简单，只知道守着南越的规矩，别的一概不管。”

唐蒙对这一番对话莫名其妙，尤其是称呼，更是一头雾水。庄助事先做过功课，便悄声解释了几句。

当年秦皇统一六国之后，派遣一支秦军跨过五岭，开辟了南海、象与桂林三郡。那支秦朝大军就地转为三郡民户，在当地繁衍生息。秦末大乱之时，一个叫赵佗的秦将趁机封闭岭南关隘，合三郡而独立，关起门来自称“南越武王”，这才有了南越国。

所以南越开国之初，人口即分为两类：一种是中原秦军及其后裔，自称“秦人”；一种是岭南数百个大小部落的土著，统称为“土人”。在开国初期，大部分土人还是茹毛饮血、断发文身的蛮夷，秦人占据绝对优势。随着时光推移，初代秦人慢慢老去，土人也逐渐开化。此消彼长，如今十几年来，秦、土已呈分庭抗礼之势。

那个橙水既然出身揭阳橙氏，应该是当地土人，而黄同属于秦人子弟，难怪两个人的态度针锋相对。

“你注意到没有？黄同管南越王叫国主，橙水却称南越王为大酋，连称呼都有细微不同。”

“这是为啥？”

“这是因为赵佗为了整合南越，身兼数职。‘南越国主’是在秦人中的身份，他还有个‘百越大酋’的头衔，是给岭南部落土著一个统属的名分。”

唐蒙忍不住咋舌，好家伙，这南越国内部真够复杂的。庄助转头望着兀自吵架的两人，眼神有些异样：“南越武王赵佗的家乡，是在恒山郡真定县，他乃是最纯正的秦人。他在位时，秦人处处压着土人一头。如今赵佗才去世三年，土人就已经嚣张到可以公开顶撞秦人了？有意思，很有意思……”

那边黄同吵不赢橙水，转回身来，一脸苦涩：“庄大使，唐副使，咱们要不暂时先停一宿再说？”庄助眼睛一瞪：“不成！今天我一定要从正门进入，此乃大节！”

黄同正在为难，唐蒙忽然笑嘻嘻地扯住他的胳膊：“黄左将，你适才说，珠水嘉鱼最好的季节，是十月之后对吧？”黄同不解，怎么这又扯到吃食了？

“但七月也可以捞到，对吧？”

“对是对，就是口感……”

唐蒙道：“吃到嘴里的遗憾，总比吃不到嘴里的完美要好。要不我们在港口这里姑且等等，劳烦黄左将弄几条嘉鱼来尝尝鲜，再进城不迟。”黄同还没说话，庄助先勃然大怒：“什么时候了，你还惦记这……”

话没说完，唐蒙按住他的肩膀，暗暗使了个眼色，压低声音：“庄大夫，那个橙水明显是受人指使，我们先找个理由拖延一下，免得落入算计。”

庄助登时回过味来。橙水刚才的举动，确实有点蓄意挑衅的意思，似乎等着他们闹大。唐蒙这个吃嘉鱼的提议，恰到好处。汉使拿这个做理由，便可以名正言顺地留在船上，不失面子地回避掉城门之争。

庄助仍心有不甘：“这只能拖延一下罢了。难道橙水不开中门，我们就一直在码头吃鱼吗？”唐蒙先是露出一个“这样也不错”的表情，见庄助又要瞪眼，赶紧笑眯眯转向黄同：“黄左将，你说嘉鱼乃名贵之物，是不是只有番禺城里的贵人们才吃得到？”

“正是。这种鱼一打上来，就被官府收走了，寻常人家可没资格吃。”

“那你能不能联系一下相善的贵人，通融几条给我们？”

唐蒙挤挤眉毛，黄同立刻会意：“明白了，明白了，这件事交给我。”然后他走到橙水那边，说副使突然想吃新鲜的珠水嘉鱼，会在港口停驻一日，暂时不进城了。

吃嘉鱼？橙水看向唐蒙一眼，面露鄙夷。那个大使年轻气盛，多少还有点使臣样子，这个副使肥头大耳，居然为了一口吃的，连正事都不顾了。中原居然派来这等庸碌贪吃之徒，当真可笑。

不过既然汉使夙了，橙水也不为已甚，冷着脸又强调了几句规矩，带着护卫大摇大摆离开。黄同随后安顿好船只，也拜别两人，匆匆进了番禺城。

返回坐船的半路，庄助问唐蒙："你现在可以说了，到底打的什么主意？"唐蒙笑眯眯道："秦人、土人既然矛盾极深，橙水不开门，城里总有愿意开门的。黄同能从哪一家贵人府上借来嘉鱼，说明哪家府上会帮咱们。先搞清楚哪些人愿意做朋友，再去做事，您看是不是这个道理？"

庄助有些吃惊地望向唐蒙，看不出这家伙吃嘉鱼的背后，居然还有这么多考量。唐蒙得意地搓了搓手："无论成败，咱们至少还能弄几条嘉鱼吃吃，怎么算都不亏。"

庄助脚下一个趔趄，他一瞬间觉得，自己可能被骗了。这胖子苦心孤诣搞出这种布局，大概真的只是为了那几条鱼。他凝神沉思片刻，正要对唐蒙开口说些事情，谁知唐蒙发出一声欢快的叫声，三步并作两步冲到前头。

只见栈桥旁一个商贩刚刚放下挑子，挑子两边分别装着七八个圆如人头大小的青果，外壳看起来颇为厚实，坚如木盾。唐蒙跟那商贩交涉了几句，捧回两个青果，对庄助喜滋滋道："天气太热了，咱们弄两个胥余果解解渴。这玩意儿我风闻已久，还没吃过呢。"

庄助眉头一抬，他听过这名字，也见过用其果壳制成的水瓢，但真正的胥余果，还是第一次见。他记得典籍说过，这种大果的木皮极厚，但内里厚蓄甘汁，至为清凉，最适合解暑不过。

南越的天气湿热难忍，庄助适才又跟橙水争辩了一通，正觉得口干。唐蒙高高兴兴借来庖厨的刀，狠狠削去两个果子的顶盖，抱回船舱里，在每人的案几前摆上一个。

唐蒙跪定之后，迫不及待地双手捧起，像倒酒坛一样把汁水倒进嘴里，喝得极为畅快。庄助看着半浊的汁水顺着他的嘴角流到袍子口，一脸嫌恶地收回视线，为难地盯着眼前的青果。

这东西也太像没了天灵盖的人头，难道要像禽兽吸食脑浆一样？万一洒在袖口、衣襟等处，未免脏污，就不能先倒在漆碗里再喝吗？

唐蒙喝过一轮，看见庄助还没动。他哈哈一笑，说“你等会儿啊”，闪身离开船舱，不一会儿拿回两根米黄色的细管，分别插进青果的缺口里。

南越这边多用芦苇做燃料，唐蒙在庖厨的灶台下挑选了两根粗细合宜的苇杆，掐头去尾，变成两根中空小管。他给庄助比画了一下，庄助觉得这个喝法还算雅致，小心翼翼衔住一端，轻轻一吸，一股清凉黏糯的汁水便涌入口中，清凉直抵灵台，整个人忍不住打了个激灵，体内暑气为之一散。

船舱里一时间变得很安静，只有吸吮胥余果汁的声音。两个人各自衔住苇杆，微眯着双眼，任凭那甘甜沁入魂魄，抚平心火，让人恍惚忘却外界的暑热与烦愁。

“唐县丞，你从哪里学来这么多奇技淫巧？”庄助松开芦苇管，忍不住问道。

唐蒙咧开嘴笑：“这也不算什么新鲜学问。番阳湖边的渔民，若遇到尿撒不出来的情形，就拿苇杆插进阳物前端，一吹气就能导出尿来。”

“喀喀，喀喀！”庄助突然发出一阵剧烈的咳嗽声。唐蒙慌忙起身要去捶背，庄助却不许他靠近，双手扶住案几咳了许久方停，只是再也不肯去碰那苇杆了。唐蒙尴尬道：“我去给庄大夫取个木碗……吧？”庄助一边狼狈地用绢帕擦嘴角，一边“唰”地拔出长剑来。

唐蒙吓得往后一跳，不至于为这点事就动手吧？谁知庄助把长剑一旋，横在膝前，肃然道：“唐县丞，你坐下。在入番禺城之前，也该有一桩事要与你讲清楚了。”

“啊？”唐蒙有些莫名其妙。

“你可知道，为何我坚持要从中门入城？”

第四章

“你可知道，为何我坚持要从中门入城？”

庄助严肃地盯着唐蒙，上半身挺得笔直。唐蒙只好乖乖跪坐回毯子上：“愿……愿闻其详。”

庄助之前喝饱了一轮胥余果汁，声音变得洪亮：“眼前这个南越国从何而来、因何而起，想必你是知道的。”

唐蒙点点头。庄助伸出修长的手指，缓慢地抚着长剑的剑身，语气凝重：“大汉周边，外邦不少。但夜郎也罢，匈奴也罢，都是天生自起之国，与中原没有多少干系。唯独南越不同，它本是大秦的岭南三郡，国主赵佗本是秦吏，国民本是秦兵。举国无论官制、律法、服饰、语言乃至建筑样式，皆依秦制而来，与我大汉可以说是系出同源。”

讲到这里，庄助手指一弹剑身，舱室之内登时回荡起铮铮之声，有如龙吟。

“高祖定鼎中原之后，南越国作为前朝残余，合该内附归汉，恢复三郡建制才是。只因那赵佗闭关自守，加上五岭险峻，朝廷一时不能攻取，才让岭南暂时孤悬在外而已。”

正巧一艘满帆的大商船从舷窗外飞驰而过，庄助向窗外瞥了一眼，继续道：“这番禺港的贸易何等兴旺，那是因为大汉每年出口大量铜器铁器、丝绢布匹、漆物瓦当到南越，又从南越买回珠玑、犀角、香料等物。可因为转运策，中原商人连南越国境都不能进入，只能委托南越商贾来行销，好处都让他们赚了——你说朝廷为何要做这赔钱买卖？”

唐蒙摇头。

“那是为了示之以善意，笼络南越人心。自高祖迄今，本朝历经四帝六十余年，与南越时而对抗，时而敦睦，无非五个字：让实而守虚。何为让实？货殖之实利，可以谈，可以让；何为守虚？唯有一处虚名，绝不可退后半寸。”

说到这里，庄助身子前倾，盯住唐蒙一字一顿道：“南越不是外邦，而是大汉暂未收回的岭南三郡。这是朝廷大节之所在。这个名分，每一位出使南越的使臣，都得时刻铭记于心。”

惫懒如唐蒙，此时也老老实实俯首称是。名分看似虚无缥缈，却是万事之本。名不正则言不顺，言不顺则事不谐。强势如赵佗，也不得不挂一个“百越大酋”的虚名，才能赢得诸多部落的服膺，就是这个道理。

庄助的声调微微放低：“这些南越国人，最喜欢沐猴而冠，在名分上搞各种小动作。这次橙水故意不开中门，就是一种试探——若南越国是大汉藩属，汉使前来，须以国主之礼开中门迎接；若两国是对等关系，我等汉使自然只能走偏门。”

唐蒙这才恍然大悟，原来这开门之争看似简单，还有这等微妙用心在里头。庄助道：“我等如果不经心走了偏门，等于在虚名上退了一步。南越人必然会趁势鼓噪，长此以往，这名分可就守不住了。”

庄助把长剑重新收入鞘中，语气舒缓了一些：“唐副使久在地方，不知邦交往来，素无小事。一语不慎、一礼不妥，都可能会被对方顺杆往上爬。这一次虽说你只负责舆图地理，但也需谨言慎行，日常交往一定要留个心眼。”

唐蒙心想那正好，我什么都不做，不就正合适了？谁知身子一动，肚子突然不争气地叫了一声。原来两人适才聊得太久，外面已经日落，到了用夕食的时辰。

唐蒙正要起身去安排吃食，门外传来一阵敲门声，黄同的声音隔着门板传来：“两位大使，下官寻得嘉鱼了。”唐蒙眼睛一亮，连忙起身去开门。庄助见他那一副兴高采烈的样子，摇摇头，不知刚才那一番苦心，这家伙能领略几分。

门外站着两个人，站在前面的是一个身披蓑衣、头戴渔笠的老者，手里用草绳拎着三条鱼，他身后站着黄同。

那老者把鱼绳递过来，唐蒙接过去端详，这些鱼都有一尺之长，黑背白腹，长吻圆鳞，头部还散布着一片白色珠星。鱼尾兀自一扭一扭，可见是刚刚捞上来的。

唐蒙大喜，抓着鱼左看看右看看，催促黄同快趁新鲜送去庖厨。黄同看了庄助一眼，对唐蒙说：“下官知道一个烹制嘉鱼的独门秘法，不如来献个丑？”唐蒙连声说什么秘法，倒要见识一下。

“若大使有兴趣，可以在旁观摩，我绝不藏私。”

黄同说完便拎着鱼朝庖厨走去，唐蒙二话不说，紧随其后。庄助打算也回自己的舱室休息，一抬头，却发现那老渔翁还站在原地。他陡然觉得不对，一握剑柄，整个人杀气毕现，厉声喝道：“你是何人？”

那老渔翁摘下斗笠，露出一张中年人的忠厚面孔。此人脸庞方正，眉疏目朗，唇髭左右分撇有如鱼尾，下颌乌亮的长须垂至胸口，乃是最为经典的中原理须之法。他深施一揖：“在下吕嘉，特来为尊使送嘉鱼。”

庄助瞳孔一缩：“吕嘉？那个南越右丞相吕嘉？”老人一捋下颌长髯，算是认可了他的猜测。

庄助把长剑缓缓放下，神色却更加凝重。南越袭用秦制，国中分置左、右丞相，执掌政务。这位吕嘉担任右丞相，可以说是南越王之外最有权柄的秦人。庄助委实没想到，黄同去借鱼，却借来这么一位大人物。

不过此事倒也不突兀，黄同出身是秦人，攀附上秦人丞相这条线，也是顺理成章。

庄助这么一愣神，吕嘉已经抬步迈进舱门，双手一抬解下蓑衣，显现出长期身居上位者的雍容气度。庄助眉头微皱：“本使还没觐见南越王，吕丞相先跑出来私见，只怕不合规矩吧？”

吕嘉呵呵一笑，也不回答，直接一撩短袍，盘腿坐在了适才唐蒙的位子上。他注意到桌上喝剩下的两个胥余果，拿指头在上面一点：“其实这胥余果在木皮内侧，还附有一层白肉，状如凝膏，口感绵软香甜，那才是真正的精华所在。如果喝完汁液就扔掉，未免买椟还珠了。”

“本就是果腹之用，在我看来并无什么分别。”庄助淡淡回了一句。他已从最初的震惊中恢复过来，吕嘉再位高权重，身份也不过相当于中原一个王国的国相，区区两千石而已，不必诚惶诚恐。

吕嘉注意到了对方态度上的微妙变化，他身子轻轻前倾，主动开口道：“这一次老夫来访，是为了向尊使澄清一件事。”

“什么？”

“这一次的变故，绝非国主本意。”

“哦？”庄助略带讥讽，“吕丞相说的变故，是称帝之事，还是开门之事？”

吕嘉微微露出苦笑：“两者皆是。”

“非国主本意，说的又是哪一位国主？”庄助毫不客气地追问。

“两位国主皆非此意。”

庄助哈哈大笑起来，笑声中有毫不掩饰的嘲讽之意。

南越国一共有两位国主。第一位是开国之主、南越武王赵佗。赵佗寿数惊人，足足活了一百零七岁，从高祖、惠帝、文帝、景帝一直活到当今皇帝登基，在南越国简直就是神仙一般的存在。这位枭雄已于三年前去世，因为他活得比儿子还长，所以直接由孙子登基，即如今的南越王赵昧。

赵佗曾自称“南越武帝”，后来在汉朝施压下自去帝号；赵昧最近蠢蠢欲动又想称帝，还偷偷与闽越国串联。吕嘉说这两位国主皆无此意，是在说笑吗？

庄助笑完之后把面孔一板，等着吕嘉解释。

吕嘉捋了捋胡髯："我们南越偏居一隅，国力不及大汉十一。腐草之萤不敢与皓月争辉，所以武王生前，早就为国家规划好了方略：韬光养晦，恭顺称藩。这八个字，就是我南越国运的压舱之石，只要遵照恭行，则国家无忧。"

庄助暗暗点头。那赵佗活了一百多岁，早成了人精。这八字对汉国策，总结得极为精辟。吕嘉见他面露赞同，又长叹一声道："可惜总有些目光短浅的宵小，为了一己之私，竟要把这压舱石抛下水去，撺掇国主做出愚行！"

庄助眼神微动："哦，让我猜猜，这些宵小莫非都是土人？"

吕嘉击节赞叹："跟聪明人讲话，就是省事！我们南越一共两位丞相，在下忝为右丞相，左丞相叫橙宇。鼓动国主重新称帝的，正是以橙氏为首的土人一派。"

庄助两条眉毛不期然动了一下，这可有意思了。土人丞相怂恿国主称帝，秦人丞相连夜跑来跟汉使诉苦。他没有急于表露态度，吕嘉继续道：

"陛下天性谦冲，本无挑衅上国之心，奈何如今宫中几位得宠的嫔妃都是橙氏之女。外有奸臣游说，内有枕边吹风，日说夜说，殿下耳根子软，一时被他们蒙蔽，让汉使见笑了。"吕嘉说到这里，气愤地伸出巴掌用力拍了拍案几，震得两个胥余果差点滚下去。

"那些蠢材实在是目光短浅，格局狭陋！也不想想，当初先王明明称帝，为何又自去帝号？是他老人家怯弱吗？错了，先王知道南越国无法与大汉抗衡，与其争以虚名，不若务之实利，这才有了八字国策，保了两国几十年和平。"

庄助微微颔首。抛开一些小摩擦不谈，大汉与南越之间确实不动兵戈多年。究其原因，是两边奉行的国策互有默契：北边让实而守虚，南边避虚而务实，相安无事。

“老国主在位之时，这些土人从来不敢聒噪。等到他一去世，他们橙氏便萌生了野心，为了自家的一点点好处，竟打算哄骗国主称帝。殊不知，一旦称帝，中原贸易必然断绝，那可是每年几十万石的货殖！关乎国家命脉！先王于我有知遇之恩，我绝不能坐视这些人挖南越的根子！”

听到这种激愤之言，庄助轻笑，心里如明镜一般。别看吕嘉说得大义凛然，最后几句还是露了馅。

要知道，南越国的对外贸易是由吕氏一系把持，真要商路断绝，最疼的就是他们家。吕嘉连夜跑过来这么着急地向汉使解释，到底是为了自家利益。如此看来，橙宇推动国主称帝这件事，也不是纯粹只为一个虚名，也是为了打击秦人的命脉。

赵佗才死了三年，两派矛盾就激化到这个程度，可见新君的御下之术大有问题啊。庄助在心中暗想，开口问道：“凭您这位老臣的资历，都无法说服国主吗？”

吕嘉的声音里，透着深深的疲惫与无奈：“唉，别提了，我每次一提出意见，橙宇等土人大臣就跳出来，阴阳怪气地说什么秦人是外来户，骨子里心向中原。他们土生土长在岭南，才是真正为南越着想。我只要一反对称帝，橙宇就质疑我，是不是觉得国主不配做岭南人的皇帝——你说这话让我怎么答？”

庄助听着有点耳熟。黄同、橙水刚才争吵也是这种风格，上来就死咬住对方的身份，无论对方说什么，都说对方用心险恶，没想到南越朝堂也是这种水准。

“其实秦人已在南越繁衍三代，与土人除相貌之外，实无区别。唉，又何必结党互伐，硬要搞出个分别呢？”

听到吕嘉这貌似坦诚的抱怨，庄助忍不住撇了撇嘴。秦人在南越国仍旧占有优势地位，这时跟土人说不要搞族属分别，只是为了保住自家地位，捡便宜卖乖罢了。

但他到南越来，不是为了公正执法的，于是他又问道："所以这次橙水不肯大开中门，也是左丞相橙宇的授意喽？"

"正是如此。他们存心挑衅，就是想诱骗汉使动手。只要把事情闹大了，土人便会趁机鼓噪，说汉使骄横无礼，让民众心存反感，为将来称帝做铺垫。幸亏大使识破了奸计，否则麻烦可大了。"

庄助表情微微一尬，这事若非唐蒙阻止，只怕已经打起来了。吕嘉恳切道："老夫这次乔装登船，入夜私访，就是想亲自向尊使陈说一下利害，希望庄大夫你能明白我南越的苦衷，避免误判。"

"误判？不管是谁怂恿，你家南越王打算称帝，总是事实吧？这哪里是误判？"

庄助看得如明镜一般。土人一派久居人下，如果想要攫取更大的权力，就一定要先把局势搅浑，才有机会——称帝，就是最大的一潭浑水。

吕嘉急忙解释："主上是否称帝，目前秦、土两派还在拉锯，尚无定论。汉使这个节骨眼上来到南越，如凤凰落于轻舟之端。小舟正自左右摇晃，凤凰要如何驻足，才不致让小舟失衡倾覆，总要细细商议才好。"

庄助闻言大笑："吕丞相这比喻有意思，真可以写成一篇辞赋了。但我有一个疑问。连吕丞相这样的老臣，都劝不住国主，我们两个外来的使臣能做什么？"吕嘉双手撑住案几，直视着庄助："老夫此番来访，不是求大使做什么，而是希望大使不做什么。"

"嗯？"

"若老夫猜得不错，庄大使此来，是要当面质问我家国主是否称帝，对吧？"

"那是自然。"

"若大使如此，南越人必生同仇敌忾之心，只会让国主更快称帝。届时你们大汉将别无选择，只能开战。"

"开战便开战！"庄助毫不犹豫地表态。

吕嘉露出一丝笑意："但五岭天险，汉军打算如何突破？"庄助嘴角微微一颤，这可问到痛处了。吕嘉道："打，汉军打不过来；不打，上朝的权威丧尽。对贵朝来说，一旦开战就是两难局面，所以最好还是防患于未然，方为上策。汉使此来南越，不就是出于这个目的吗？"

他把大汉的困境分析得一清二楚。庄助一时寻不出破绽，便问道："那你们要我如何？忍气吞声吗？"

"国主称帝，土人必然坐大，绝非你我所乐见。在这件事上，尊使与老夫目标相同，只要你我里应外合，必可说服国主，挫败称帝之议。"

吕嘉把双方立场摆得清清楚楚，庄助摸了摸下巴，只可惜自家须髯还未留成形，捋起来总少了几分洒脱。

吕嘉见他不吭声，生怕这家伙年轻气盛，不愿妥协，又多恭维了一句："昔日陆贾陆大夫出使南越，只凭一番言辞便说动先王，自去帝号，奠定了两国几十年修好之基。庄大夫年少有为，决断明睿，未来成就不会输于陆大夫。"

庄助笑起来："我可比不了陆大夫，如今连番禺城都没办法进去，纵然想帮吕丞相，也是有心无力。"

吕嘉见庄助开始谈起条件，知道有希望，顿时如释重负。他看了一眼外面："再过数日，恰好就是武王三年忌辰。南越王将会率领文武百官出城，前往白云山的先王墓祠设祭奉牌，祈祷一夜再返回番禺，大使不妨同行观礼。"

庄助眼神一亮，这确实是个绝妙的安排。白云山就在番禺城外，他身为汉使，拜祭赵佗乃是应有之礼。祭祀次日，顺理成章地同南越王一起返回番禺，届时走中门也就名正言顺了。

吕嘉不失时机道："如果大使没意见，我就去安排。等大使顺利进了城门，见到了老夫的诚意，再议不迟。"庄助满意地点点头，吕嘉考虑得面面俱到，他实在没什么可添加的。吕嘉见汉使同意，也很高兴："你们先在这船上安歇，至于居中联络之事，就交给黄同好了。他做事情，两边都会放心。”

说到这里，吕嘉的眼神一闪。庄助知道，这个老家伙早猜出黄同被自己要挟，索性放手任用。果然能身居高位者，都不是寻常人。

庄助思忖片刻，沉声道：“我需要最后确认一下，你们秦人对于大汉与南越的关系，到底持什么态度？”吕嘉一拍胸脯，语气慷慨激昂：“秦人一向秉承先王八字方略，只想一切维持如旧，别无他求。”

听到这明确无误的承诺，庄助伸出修长的手指，轻轻敲起案面来。

吕嘉的话，不必全盘相信。但秦、土两派围绕“称帝”而大起矛盾，应是确凿无疑。他这一次来南越，背负着凿空五岭的任务，“凿空”未必真要凿穿山岭，击破人心也是一样的效果。如今两派闹得不可开交，倒是个绝好的分化之机。

“好，就依吕丞相所言。”

两人相视一笑，互施一礼，一桩大事就此议定。吕嘉明显放松下来：“等一下大使好好品尝一下嘉鱼的味道，静候佳音便是。”他一边说着，一边看向船舱外面，却迟迟不见菜端上来，脸上略带困惑。嘉鱼无论烹还是煎，应该不至于耗费这么久才对。

两人浑然不知，此刻在庖厨里，大汉与南越国正进行着另外一个层面的对抗。

船灶呼呼地冒着火光，灶上搁着一尊盛满水的三足铜鬲，蒸汽向上翻涌着，把鬲上架着的一具陶甑笼罩在云雾之中。唐蒙和黄同并肩蹲下，死死盯着不断被蒸汽掀动的盖子。

陶甑里面，并排躺着两条嘉鱼。两条长短几乎一样，但若仔细观察，会发现有微妙的不同：右边那条的鱼鳞似乎没刮掉，左边那条下面多了几根白色的东西。

守在灶前的两人偶尔会对视一眼，眼神里尽是恼怒。怒意之深，简直比他们在大庾岭前那次生死相搏还强烈一些。

之前他们俩刚一进庖厨时，气氛还算和谐。黄同建议说七月嘉鱼不够肥，煎之不美，不如清蒸，唐蒙从善如流。可一到杀鱼的环节，两人却发生了严重的分歧。

因为唐蒙发现，黄同杀第一条鱼时，居然没有刮鳞。他大为愤怒，说杀鱼怎么可以不刮鳞？黄同坚持说岭南从来都是这种做法，还语出讥讽："今天在番禺城门前受辱，都没见大使你这么激动……"

唐蒙实在无法容忍，抢过另外一条嘉鱼，说别糟践东西了，亲自撸起袖子处理。一刮之下他才发现，这嘉鱼的鳞片居然是在鱼皮下面，看来是岭南人手笨不会处理，只好带鳞吃下。

他在番阳县做县丞好多年，那里背靠彭蠡大泽，鱼类甚多，杀鱼经验很是丰富。只见唐蒙手里小刀上下翻飞，把鱼鳞一片片挑出来，然后开膛、挖腮，去净肚内黑衣，动作一气呵成。然后他还削了几小根甘蔗，搁在鱼身下方。

黄同忍不住："好好的嘉鱼，怎么要用甘蔗铺底？"唐蒙眼皮一翻："我们番阳从来都是如此。"黄同没吭声，但呼吸明显变得急促，显然无法接受。

"在大庾岭前被俘时，都没见黄左将你这么委屈。"唐蒙不失时机地嘲讽了一句。

好在两个人的其他厨序都差不多，无非是放些葱白、姜丝，再淋入一点稻米酒。一俟铜鬲里的水开，便把两条嘉鱼放入陶甑开蒸。

随着水声咕嘟，庖厨里陷入一种微妙的安静，只听得到滚水的声音。黄同不动声色地将左手大拇指按在右腕上，而唐蒙则偷偷瞄着窗外的光线角度。两个人用不同的方式，计量着时辰，因为这对蒸鱼来说至关重要。

水面上一只白鸟振翅飞过，迅速掠过船边。两个人几乎同时身形一动，齐声说差不多了。黄同快了一步，顾不得蒸汽烫，迫不及待地掀开盖子。

只见甑内两条嘉鱼并排躺在陶盘里，俱是通体白嫩，软玉横陈。一股蒸鱼特有的清香，缭绕在四周，令人食指大动。

唐蒙拿起一双竹筷，先伸向黄同那一条。他本以为鱼身没有刮鳞，口感必然欠佳，可谁知一入口，那鳞质变得微脆，与鱼肉相得益彰，味道意外地奇妙且带层次。唐蒙细琢磨了一下，大概是因为嘉鱼腹部自带膏脂，一蒸之下，油花层层渗出，等于先在甑里把鱼鳞煎熬一遍，自带风味。

那边黄同的惊讶，也不输于唐蒙。他的筷子一触到鱼身，鱼肉竟自溃散开来，只见肉色如白璧无瑕，看不到半点血丝或杂质，只在表面浮动着一层浅浅的油光。他夹起一块送入嘴里，几乎是迎齿而溃，立时散为浓浓鲜气，充盈于唇齿之内。他之前愤怒，是担心甘蔗的甜腻会破坏鱼鲜，没想到蔗浆蒸开之后，甜味几乎消失，反而有了提鲜的妙用。

两人把两条鱼都品尝了之后，不约而同地陷入沉默。良久唐蒙方开口道："看来阁下不去鱼鳞，是'因鱼制宜'，颇有道理啊……"

"我们南越盛产甘蔗，居然没人想到，这东西也可以烹鱼。"黄同也感慨道。

适才那点"血海深仇"，就此烟消云散。唐蒙看看盘中两条残缺的嘉鱼："都动过筷子了，这样的菜端给两位贵人不太合适，还剩一条，另外烹过吧。"黄同立刻点头："对，对，咱们再烹一条便是，不去鳞，铺上甘蔗……啊？你怎么知道？"

对方既然说"两位贵人"，自然是识破了吕嘉的身份。

唐蒙起身从水缸里捞出最后一条嘉鱼，笑嘻嘻道："那老渔民的手背白白嫩嫩的，哪里是常年在江上风吹日晒的模样，身份必然不凡。你适才跟在他后头，嗓门都不敢放开，还不说明问题吗？"

"就这些？"

"原来我还不确定，现在一看你的反应，便确定了。"

黄同懊恼地抓了抓头，北人就喜欢用这种诈术，真是防不胜防。唐蒙笑嘻嘻道："其实我不用诈，只看你烹饪便知。只有地位尊崇的大户人家，才会把鱼吃得这般精细。喂，你侍奉的这位，到底是哪家贵人？这么会吃。”

“吕嘉吕丞相。”黄同认输似的低声回答。

唐蒙“哦”了一声，对这个人名没什么印象，反正都是庄公子去应对。他把嘉鱼“啪”地甩在案板上：“时辰不早，尽快上灶吧。”

他正要侍弄，黄同伸手拦住，正色道：“适才大使烹鱼，是不是还浇了点稻米酒？”唐蒙一点头：“不错，这是用来驱腥的。”黄同道：“我们南越日常烹鱼，也用酒来驱腥。不过我家贵人别有一种驱腥之法，待我唤来，给大使品鉴一下。”

他对唐蒙的态度，有了一丝微妙的变化。先前还只是公事陪同，如今却更像是迫不及待与同好分享心得。

唐蒙对此自然是乐于听从。黄同示意稍候，走出庖厨对随从道：“去把那个小酱仔喊来。”随从应声而出，过不多时，船外传来一个清脆的女子叫卖声：“卖酱咧，上好的肉酱鱼酱米酱芥末酱咧，吃完回家找阿姆咧。”

那声音清澈干脆，字字咬得清楚，一口气报出一长串名字连气都不喘，如一粒粒蚌珠落在铜鼎之上。

声音由远及近，过不多时，一个黄毛丫头来到了甲板上。这小姑娘看面相十六七岁，四肢瘦得似竹竿一样，皮肤黝黑，头上却插着一朵素白色的栀子花，两只大眼睛忽闪忽闪。她背着一个半人高的大竹篓，整个人晃晃悠悠，感觉随时会掉下水似的。

小姑娘熟练地跳上甲板，把大竹篓卸下来打开。只见竹篓里面分成十几个小草袋，每个草袋里都塞着一个人头大小的陶罐。

黄同告诉唐蒙，在番禺码头，徜徉着很多卖东西的小商贩。卖胥余果的就叫果仔，卖鱼的叫鱼仔。这个小丫头专门卖各种荤素酱料，是番禺港最活跃的一个小酱仔。

“贵人想要什么酱？”小姑娘问。黄同朝篓子瞥了一眼：“你这里可还有枸酱？”小姑娘迟疑了一下：“还有一点，三文钱一贝。”黄同道：“我们不是吃，是烹鱼要用。”

“那也要三文钱一贝。”

黄同“啧”了一声，这酱仔真是认死理，也不看看跟她讲话的是谁。他懒得计较，说那就三文吧。

小姑娘转身从最下面的草袋里掏出一个小罐子，罐体偏白。看得出，她对这个小罐颇为珍惜，外面还裹了一圈用麻草编的套子，怕它无意中摔碎。

黄同探头过去闻了闻味道，点点头，说“你取出来吧。”小姑娘从腰间取下一片贝壳，先在袖子上抹了抹，探入罐子一刮，递给唐蒙：“喏，试吃不要钱，但只能尝一口。”

只见这一片大白扇贝壳里面，多了一团黑乎乎的糊糊，像稀粥一样水津津的，质感黏稠。黄同说：“大使你先尝尝？”唐蒙伸出舌头在贝壳边缘舔了一口，眼神霎时一凝。

这……这是什么东西？

寻常的酱料，多是佐盐腌渍，口味都很重。但这个枸酱不咸不酸，入口微有清香。唐蒙咂了咂嘴，舌头敏锐地捕捉到回味中的一丝辣意。那辣意醇厚，冲劲十足，却如同一只白鹿跃过密林间隙，稍现即逝。

等到唐蒙回过神来，口腔里已满溢津液。他还想再尝一口，小姑娘却把贝壳收回去了，一脸警惕：“再尝，可要额外付钱。”唐蒙把唾液咽下去，开口问道：“这酱叫枸酱？怎么写？”小姑娘摇头：“我不识字。”

“可是用狗肉熬的酱？”

“不是不是。”

唐蒙也知道不是，那酱里一点肉腥味都没有，又问：“那么可是用枸杞熬出来的？”小姑娘摇头：“也不是，不是。”却不肯往下说了。

唐蒙想了半天，也想不出第三种“苟”字发音的食材。黄同在旁边咳了一声：“怕主家等得心急，先把鱼烹上吧。”唐蒙道：“黄左将，这枸酱味道虽说相对清淡，但放到鱼里，多少还是会喧宾夺主吧？”

“我不是用这酱本身，而是用它的汁水。”黄同解释了一句，从怀里掏出三枚秦半两，扔给小姑娘。小姑娘认真把铜钱收入囊中，然后用贝壳盛出满满一壳枸酱，再用另一片贝壳盖住，递给黄同。

黄同捧着贝壳来到陶甑旁，用力一挤，便有黏稠的汁水沿着缝隙滴下来，淋在鱼身上。唐蒙伸出指头接过几滴，放在唇角品尝了一番，顿时恍然大悟。

刚才那股难以捉摸的辣味，在汁水里更加明显。唐蒙仔细分辨了一下，这其实就是酒味，但口感比稷酒和稻酒更清爽，用来给鱼去腥，可谓极为得适宜。

黄同得意道：“这番禺城里除了吕府，也只有她家才有这种酱。可巧就在近前，让大使见识一下南越烹鱼的妙处。”

说完黄同把酱汁淋到鱼身上，把贝壳还给小姑娘，直接上甑开蒸。小姑娘细致地把贝壳上的枸酱刮回罐子里，收拾东西正要走，却被唐蒙拦住。

“这位姑娘，你这竹篓里还有些什么酱？”唐蒙问。

“哦，那可多了。这里有兔醢、雁醢、鱼露、卵酱、芥酱……便宜的也有麸酱和舂粉做的米酱，这要看你吃什么东西了。吃炖鸡，得配肉酱；吃肉脯的话得配蚁酱；如果是鱼脍的话，生食自然是芥酱最好。”

别看小姑娘耿直不太会讲话，一说起酱料来却如数家珍，一听就是惯熟的生意。唐蒙听得有这么多种酱，真是百爪挠心，复问道：“那……这种枸酱可还有吗？”小姑娘摇头说：“如今只剩一点点罐底，一贝壳都刮不满。你还想要多的，只能等下个月再说。”

黄同在一旁沉下脸：“这是北边来的汉使，吃点酱是看得起你，一个小酱仔莫要狐狸心思。”然后转头对唐蒙道：“这些土人不知礼数，还请大使见谅。”唐蒙这才注意到，小姑娘是个岭南土著，怪不得黄同的态度不太客气。

小姑娘一听问话的胖子居然是个北人，脸色微变。她赶紧移开视线，把竹篓一背，硬邦邦道：“没货就是没货。”转身欲走。

黄同面子有些挂不住，大喝一声：“我们还没问完话，你去哪里！”伸手一抓那竹篓，不许她离开。哪知小姑娘是个倔脾气，像耕田的牛一样低下头，硬是朝船边挪去。

黄同没想到她这么倔强，不由多施加了几成力气。两个人互相这么一拉拽，竹篓上的藤绳登时绷不住，一下子断裂开来。整个篓子连同小姑娘瘦弱的身躯一起跌倒在甲板边缘。篓盖大开，那些盛着酱料的陶罐纷纷滚出来。

小姑娘似乎很怕高，一到船边就吓得大叫。唐蒙赶紧想要去搀她，却不防左脚踩在那个装枸酱的小白罐上，整个人登时失去平衡，一个倒仰朝舷外翻去，“扑通”一声掉到珠水之中。

水花高高溅起，恰好洒在刚刚从船舱里走出来的吕嘉和庄助身上。

第五章

“阿嚏！”

唐蒙在马上打了一个大大的喷嚏，唾沫星子如飞矢溅出好远。庄助嫌恶地一抖缰绳，催促坐骑超前一个身位，以避其锋芒。在前面带路的黄同装作什么都没听见，继续朝着白云山的方向走。

三天之前，唐蒙在珠水意外落水，这件事迅速传遍整个番禺港，每个人都添油加醋，衍生出了无数版本。比如“汉使看中酱仔美色，用强不成反被推下水”，比如“汉使贪吃肉酱，腹泻腿虚跌落甲板，屎尿齐污”，甚至还有更荒唐的，说“汉使乃是江中鼍龙所化，一闻到鱼酱味道，便现出原形嗷的一声跳回水中”。那几日里，汉使彻底沦为番禺港的笑谈。

庄助一度怀疑，是橙水在背后刻意推动流言。那个人讲话阴阳怪气，最擅长使这种下作手段。

至于唐蒙，他入水受了寒气，打喷嚏不止，只能卧床安歇。熬到第三天，他强打精神，炖了一釜发汗的麻黄鱼头汤。可一口鲜汤还没尝上，吕嘉传来消息，说南越王即将启程前往白云山祭祀先王。唐蒙欲哭无泪，只好挥别鱼汤，被庄助拖着早早上路。

白云山距离番禺城不远，有一条秦式直道相连。道路两侧除了繁茂的植被，还有一片片散碎的水田，许多戴斗笠的农人在其中弯腰忙碌。扶犁的扶犁、插秧的插秧，除了他们驱赶的耕畜是一种头生盘角的灰牛，放眼望去，景致与中原地区并无太大差异。

汉使一行沿着这条直道，不过一个时辰便抵达了位于白云山山麓的武王墓祠。

赵佗去世之后，陵寝坐落在白云山中，但具体位置秘而不宣。继任的南越王在白云山山脚下另外修起一座墓祠，供后人设祭之用。大概是国力所限，这座墓祠比中原太庙要寒酸太多，不过是一座单檐殿宇，殿下无台，殿前无阙，孤零零地坐落在一片苍劲龙柏之间。墓祠上方挂着一块牌匾，上书“武王祠”三字。

一个时辰之后，南越王赵眜便会抵达这里。他们只要在墓祠门口耐心等着“偶遇”就成了。

眼下时辰还早，庄助围着墓祠转了一圈，忽然指着祠顶那块木匾，大发感慨：“你们看看。周秦之世，本无此物，萧丞相修建未央宫时，才第一次在前殿题额，从此遂有悬匾之法。看来南越不光袭用秦制，汉风对其也影响至深。不愧是中原故郡，事事都要学北边。”

唐蒙正捧着半个胥余果，抠里面的果肉，闻言抬起头来：“说起汉风，庄大夫，你刚才注意到沿途看到的农田景象没……阿嚏！”庄助厌恶地站远了几步，讥讽道：“唐副使，你怎么净惦记着吃食？”唐蒙摇摇头：“不是，不是。您看他们耕作的方式，有何特别之处？”

“岂不是中原处处都有的景象？”

唐蒙一拍果壳：“没错，正是中原的寻常景象，所以在这里才不寻常。我刚才在路上看到沿途那些农民，不是在水田里直接撒种，而是把秧苗在别处种好，再移栽到田里。这在中原叫作别稻移栽之法，推广不过十几年光景，南越就已经学会了。”

庄助神色微讶：“他们学得这么快？”唐蒙掰着手指算了算：“当然

快啦。用这种法子种稻，比直接撒种的产量高出四成。如今已是七月底，他们还在抢种秧苗，说明一年至少可以种两季。好家伙，这南越每年的水稻亩产，得冲着十二三石去了。”

唐蒙在番阳县丞任上待了五年，对农稼之事甚是熟稔。不用多做解释，庄助已醒悟这意味着什么。

南越的气候得天独厚，又得了中原耕作技术，蓄积必然丰饶。国之大事，唯耕与战。南越国既有五岭天险凭恃，粮草也足堪支应，怪不得南越王会起异心。

“朝中总有些无知官僚，只为些许蝇头小利，竟把如此重要的农稼之术外传！”庄助愤愤道。唐蒙的神情却很微妙，轻声喟叹：“也不好这么说，农稼毕竟是仁术。粮食多收几石，就能少饿死几个人哪。”

“养肥了山中猛虎，对自己有什么好处？”庄助反唇相讥。

“田地就在外面摆着，就算朝廷禁绝外传，难道南越就学不到了吗？”唐蒙对这个话题，意外地固执，“左右禁不住，不如由官府出面主动传授，大张旗鼓，让南越百姓都知道吃饱肚子是谁给的恩德，长此以往，人皆归心——庄大夫说让实利而守虚名，不就是这么个道理吗？”

庄助没想到唐蒙会冒出这么一番议论，他想了想，一挥袖子：“你把这件事记下来，待回到长安，我会启奏天子。”

唐蒙知道，这是上司委婉地表示谈话结束。他抬头看看日光，笑嘻嘻道：“这里有些闷，南越王还要一个时辰才到，我想去附近透透气。”庄助看了他一眼，默契地点点头：“你去吧，我这里有黄左将照顾，只是不要走太远。”

本来黄同想跟着唐蒙一起出去，被庄助这么一说，只好留下来。

唐蒙走出墓祠，随便选了条山路，朝着白云山的深处走去。庄助一早就吩咐他，设法勘测一下白云山的地势。对唐蒙来说，与其和上司在这里尴尬对望，还不如出去溜达一下，在没人看到的地方偷懒，于是态度难得积极起来。

这座白云山不算大，目测宽不过八里，长也只有十几里。若论气势，远不能与巍峨的五岭相比。但此山胜在山体跌宕，峰峦众多。唐蒙简单目测了一下，这附近至少有三十几座大小山峰，植被厚密，高低交错，如同一团揉皱了的绿绒布。

唐蒙一边顺着山势闲逛，一边在随身携带的绢帛上勾画，说不出的惬意。约莫半个时辰，前方出现一条潺潺而下的溪水。他正好走得乏了，大喜过望，飞奔到溪边，先美美喝了几大口清冽甘甜的溪水，突然嗅到一股异味。

唐蒙如同一只警觉的肥野猫，脖子迅捷转向溪水上游，昂起下巴，鼻翼翕动。他努力分辨了片刻，分辨出这是一种酸臭味，微微有些呛，但稍稍回味一下，能从这酸臭中品出一丝醇厚。

在幽静山林里，怎么会有这种层次丰富的味道？唐蒙起了好奇心，把地图绢帛塞回袖子里，缘溪上溯，很快看到一处山间岩洞。

唐蒙仔细分辨了一下，确认味道是从那洞里传出来的，信步走了过去。甫到洞口，他立刻感觉到一股清凉扑面而来，暑气为之一散，再定睛一看，只见洞里面摆满了大大小小三四十个陶罐。不用开盖，仅凭味道就能分辨出里面盛放着各种酱物与腌物，少说也有十几种品类——那股异味的根源即在这里。

一个老头从洞深处走出来，略带警惕。唐蒙递了一枚铜钱过去，老人家态度立刻变热情了。此人应该是秦人出身，中原话很流利。两个人攀谈了几句，唐蒙才知道这里是个洞窖。山洞比外面相对阴凉，门口又有溪水，很适合存放腌渍之物。

“番禺城的酱园，大多都在白云山周边，但只有我家品质最好。”老头见他穿着不凡，以为是哪个进山纳凉的贵人，便有意夸耀了一句，“武王生前，他老人家最喜欢吃我家的东西。”

“哦？你家是御用的……”唐蒙意识到自己用词有误，连忙改口，“是王家专用的吗？”老头得意道：“那倒不是，不过武王经常派人来我家采买，不信你尝尝。”

他殷勤地拿起一片贝壳，从罐子里舀出一点豆豉酱递给唐蒙。唐蒙尝了一口……好家伙，这小小一罐豆酱里装的盐，能活活齁死大庾岭前的全部汉军。

老头见唐蒙皱眉头，连忙解释道：“我父亲和武王是同乡，所以我们张记酱园的配方，保留了北方的原味。其他家的酱物味道太淡了，吃起来没劲儿——这话可是武王亲自说的！”

唐蒙一想，也有道理。赵佗是恒山郡人，那边普遍嗜咸。一个人小时候养成的口味，无论后来走了多少地方，无论长到多大年纪，都很难改掉。

老头忽然又落寞起来：“可惜啊，现在嗜咸的人越来越少，如今的南越王不爱吃，我几个儿女也不爱吃，都爱吃石蜜、饴蜜之类的甜物。这几十罐酱我坚持要做，可一直卖不出去，只能存在这里，唉……”

唐蒙宽慰了老人几句，忽又问道：“对了，你们张记酱园，做不做枸酱？”他那天晚上对枸酱的印象最为深刻，那种稍现即逝的奇妙，至今念念不忘。

老头一怔：“枸酱？那玩意儿只有甘蔗手里才有。”唐蒙一头雾水：“甘蔗是谁？”老头说是个码头卖酱的小姑娘，头上总戴着一朵栀子花。唐蒙反应过来了：“哦，是她呀。”

唐蒙脸上闪过一丝愧疚。那晚他被水手救上船之后，甘蔗已经不见了。听说她被狠狠鞭打了一顿，撵下船去，不知后面怎么样了。

“为什么你们不做枸酱？”

“不会做啊。”老张头讲话倒是坦诚，“枸酱那东西怪得很，酱不像酱，酒不似酒，那味儿偏偏却能勾走人的魂儿，回香无穷。番禺城的大酱工们一起琢磨过，可连这酱到底是用什么原料熬制的，都没搞清楚过，只能确认一件事，肯定不是用的枸杞。”

唐蒙更加好奇：“这是甘蔗那个小姑娘的独家秘方？”老头摇摇头：

“嗐，这不可能。她一个孤儿，每天跑码头做酱仔，就算有秘方，又哪来的精力去熬蒸腌渍？”

“孤儿？”

老张头道：“这丫头啊，从小有母没父。她母亲本来是在宫里做厨子，后来犯了大错，投水自杀。她一个人每天从白云山进各种酱货，扛去码头贩卖。啧，真是苦，真是苦。”

唐蒙暗道：怪不得那姑娘面黄肌瘦，原来竟是个孤儿。

“所以她的枸酱，也是从别人手里弄来的？”

老张头点头：“对，我们都这么猜测，可惜谁也不知她从哪里进的货，她也从不肯说。好在那玩意儿走货量很少，每两个月也就两小罐。大家可怜她，由着她卖个糊口钱。”

“那如今在哪里能找到她？”唐蒙急切道。

老头捋了捋胡子，貌似沉吟。唐蒙掏出五枚铜钱，说：“你给我拿一罐鱼露吧。”老头冷哼一声，唐蒙如梦初醒，硬着头皮说：“我要那罐豆豉酱好了……”老张头这才接过钱：“这款豆豉酱你仔细品品，真不一样，武王都说好。”唐蒙懒得争论，说好好。

老张头喜滋滋拿起一罐给他，然后说：“贵人想要找她，可以去西边瞧瞧，沿着溪水上去就行。那边还有个大酱园，甘蔗一般会去那里进货。”

唐蒙怀抱着豆瓣酱罐，按照老头的指引一路溯溪而上，很快看到另外一处僻静岩穴。他刚刚迈步欲上前，远远地就听到一个熟悉的声音在大喊：

“为什么今天不能卖给我啊？”

声音清脆响亮，确实就是那天的小酱仔。唐蒙探头张望，只见她站在酱园门口的石头上，蹙眉挺胸，一手叉腰，一手扶着竹篓，委屈得像一根没发起的小豆芽，头顶那朵栀子花都发蔫了。

对面的酱园管事不耐烦道：“今天国主来祭祀先王，晚上要在白云山住下，附近做好的酱都调空了。下一批酱熟得五天以后，到时候你再来好了。”甘蔗急得身子一晃，语气多了一分哀求：“我前几日没出门，今天再不出去卖货，可挨不到五天以后啦。”

酱园管事奇道：“我记得你刚进完一批，这么快就卖光啦？”甘蔗左手捏住右胳膊，咬着嘴唇不吭声。

远处的唐蒙知道答案。那一晚在船上，甘蔗扛去的一竹篓坛罐尽皆摔碎，对这种小商贩来说，几乎是全部家当的损失。小姑娘胳膊上有鞭打的伤痕，估计被打伤卧床了好几天，今天实在熬不下去，不得不强拖病体来进货。

酱园主人见她神情黯淡，换了个语气：“甘蔗姑娘，其实你何必这么为难，只要你把枸酱的秘方卖给我，便不必这么辛苦。”甘蔗面色一变：“这个不行，绝对不行！”她气鼓鼓地扛起竹篓，毫不犹豫起身，一瘸一拐地离开。酱园主人摇摇头，回到岩穴里去。

唐蒙有心跟甘蔗打个招呼，可又怕对方反应激烈。这姑娘性子太要强，而且似乎对北人有敌意，他只好偷偷在后头跟着，寻思找个机会给她点补偿。

甘蔗背着竹篓在林子里穿行，身影比河边的芦苇还纤弱，走起路来晃晃悠悠的。大概是大病初愈，她走一段就要放下竹篓歇歇，就这么不知不觉走到一汪水塘前。

这是溪水从岩边分流出来的一个小塘，形状如掌，水质清澈见底，半边水面都被各色水生绿叶遮住，甚至可以看到几条游鱼，浮空似的飞着。甘蔗走乏了，跪在池塘边双手捧着清水啜了几口。也许是太饿了，她抬起脸怔了一阵，伸手去扯水面的叶子。

那水生植物从水下伸出一根长柄，柄端分出三枚椭圆形绿叶，样子颇似茨菇。甘蔗伸手一扯，扯动整株植物离开水面，下面的根茎居然像藕那么粗。甘蔗饿得没什么力气，费力拽了半天，才把它拽上来，撅成数节，连根带叶放入篓中。

看甘蔗的举动，大概是打算弄点野菜果腹。唐蒙心下惭愧，决心露面去帮帮她。他刚一迈步，却见水塘另外一侧走来两个汉子。这两个汉子头裹圆巾，身着短衫，身上带着一股酸味，大概是附近酱园的酱工。

两个酱工一见甘蔗，眼睛一亮："甘蔗，怎么不去卖酱，反而在这里捞绰菜呀？"

甘蔗不理他们，一个酱工笑嘻嘻道："听说你前一阵恶了一位贵人，挨了顿打，这会儿好点没？我来帮你看看伤口。"说完就去扯甘蔗的袖子。甘蔗瑟缩着身子躲开，继续埋头去拽野菜。

这更激起对方的调戏心理，第二个酱工伸手去摸她的脸："看你卖酱那么辛苦，都瘦了，不如来我家算了。只要把枸酱的配方当嫁妆，亏待不了你。咱们白天熬酱，晚上熬人。"

他自以为说得俏皮，不料甘蔗"啪"地打开他的手，冷冷道："回去熬你家的猪仔吧，只有它不嫌你脏。"另一个酱工哈哈大笑起来，笑得这汉子脸面挂不住，抬起大巴掌怒道："你一个小酱仔，敢骂老子？"说完抬手就要打。

甘蔗眼神里闪过一丝恐惧，但并不躲闪或求饶，而是梗着脖子，死死盯着那酱工，仿佛要用目光支撑自己。

那酱工受不了这样的注视，大手刚要扇下，这时一个陶罐从侧边飞出来，"咣当"正中他的脑壳。这倒霉鬼身子一歪，直接扑倒在地，一罐黄褐色的豆酱全落在脑袋上。旁边同伴吓得一个趔趄，脚下一滑，也跌倒在地。

这突如其来的变故，把甘蔗吓了一跳。她一抬眼，看到一个胖子从灌木丛里走出来，再定睛一瞧，居然是那天在船上的可恶北人，脸色霎时难看了几分。

唐蒙不太熟练地抽出佩剑，笨拙地挥舞一下，厉声道："你们两个，光天化日之下，做的好勾当！"那两个酱工一见长剑寒光湛湛，再看来人衣袍华美，当即唬得面如土色，什么都不敢说，从地上爬起来跑掉了。

待得两人消失在树林深处，唐蒙才长舒一口气。他可没用过剑，真打起来肯定白给。他试图把长剑插回鞘里，却尴尬地连续失败了三次，不得不把双腿并拢夹住剑鞘，才算把剑插回去。

甘蔗见他一副笨手笨脚的样子，忍不住“扑哧”笑了一声，旋即又变回警惕的神情。唐蒙看看她，一指地上破碎的罐子：“你如果要买酱，那边有个张记。”甘蔗一撇嘴：“老张头家的东西咸死了，根本卖不出去，我才不要从他那里进。”

这其实是唐蒙故意抛出的一个破绽，就为引甘蔗开口。只要肯开口，接下来就好办了。唐蒙附和道：“他家的盐确实是放得多了点，把本味都给遮住了，实在可惜。”借着讲话的机会，他走到池塘边，顺手帮着甘蔗一扯，把一整根植物从水里拔出来。甘蔗也不说谢谢，自顾自扔进竹篓。

“这叫什么？”唐蒙问。甘蔗觉得这人没话找话，头也不抬，冷冷道：“绰菜。”唐蒙想了想，没听过，大概又是什么岭南特有的物种：“这能做什么用？”

“焯热了直接吃，能哄饱肚子睡觉。睡着了就忘了饿了。”甘蔗冷冰冰地回答。

唐蒙见她揪叶子时手腕都在发抖，大概是虚弱得实在没力气了，赶紧道：“啊，对了，甘蔗姑娘……前几天的事，实在对不住。”甘蔗浑身一僵，冷笑起来：“是我瞎了眼，不该上贵人的船，须怪不得别人。”唐蒙道：“这里有两吊钱，你拿去，权且算是赔罪。”

甘蔗没料到，这家伙居然真拿出钱来。她狐疑地接过去，在手里掂量了一下，沉甸甸的，成色十足，不是那种轻薄的榆荚钱，眼神更疑惑了——这个贵人特意追到白云山里，难道就为了给一个小酱仔道歉赔钱？

唐蒙又道：“对了，甘蔗姑娘，那天吃到的枸酱，请问你那里还有存货吗？”甘蔗本来稍有放松，陡然又被马蜂蜇了一口似的：“果然还是为了这个！你们都是苍蝇变的吗？一个个闻着味就凑过来！没有，没有！”

她把那吊钱往唐蒙身上狠狠一砸，背起竹篓就要走。唐蒙连忙解释："我不是打听配方，我是想买来吃，买还不行吗？"甘蔗停住脚步，回头决绝道："我是不会卖给北人的，你趁早死了这条心吧！"

她话音刚落，远处忽然传来隆隆的鼓声，由远及近，颇有节奏。唐蒙一拍脑袋，糟糕！这鼓声应该是南越王的先导仪仗队传来的，他得赶回武王祠，和庄助一起"偶遇"南越王了！

他三步并作两步冲到池塘边缘，这里位于一处小山坡上，可以远眺番禺城通往白云山的大道。唐蒙远远眺望，看到一支黑压压的长队缓缓走在大道上，朝着山麓而来。

他的方向感甚好，一瞬间便判明了自己和武王祠之间的位置关系。从山腰到山脚的武王祠，直线距离并不远，但落差甚大。如果原路返回，无论如何也赶不上队伍抵达，唯一的办法是以直线冲下这道陡峭的山坡，但摔成什么鬼模样就不知道了。

甘蔗本来要走，看到唐蒙站在山坡边缘，几次试探要下去，又缩回来，忍不住道："你是想尽快下山？"唐蒙忙不迭地点头。甘蔗叹了口气，往前凑了凑，看到山坡距离下方甚高，脸色微变。

他想起来，小姑娘好像有点恐高，那晚在番禺港码头，她一靠近甲板边缘就吓得够呛。唐蒙道："不勉强，不勉强，我自己滚下去吧。"说完作势闭眼。甘蔗咬住嘴唇："我不要欠北人的人情。你跟我来吧，我知道有一条近路，不用滚下去，只是要钻林子吃点苦头。"

唐蒙看了看山坡高度和密不透风的灌木，又看看甘蔗，知道自己别无选择。

"我只是想进山偷个闲啊！"胖子在心中欲哭无泪，不得不哆嗦着榔槺身躯，紧随小姑娘朝那一片绿海投去。

与此同时，站在武王祠前的庄助，也陷入焦虑之中。

刚才黄同来报，说南越王即将抵达，可副使唐蒙迟迟未归。庄助看了一眼郁郁葱葱的白云山，繁茂的植被遮住了山中任何动静，那个混蛋八成又藏去哪儿偷吃东西了吧！耳听得锣鼓声越来越近，庄助心一横，索性先不去管他，挺胸迈步，准备迎候南越王的到来。

只见一里开外，负责先导的轺车已经驶来，后头跟着浩浩荡荡的大车、持旗骑士和乐班。人数很多，但大部分车辆皆是牛车。南国马匹数量很少，畜力主要靠牛，和大汉帝王的仪仗相比寒碜了不少。

眼见车队将至，庄助忽然听到墓祠后面一连串窸窸窣窣的声音，他把视线转过去，赫然看到墓祠后的密林里钻出一个黑瘦的小姑娘，背上还有个竹篓。庄助还没反应过来，紧接着又见到一个肥硕的身影拨开灌木，满头碎叶与藤须，活像一只绿头肥鹦鹉。

原来唐蒙跟着甘蔗一路披荆斩棘，取直下行，愣是从密不透风的坡林里钻下山来。

一见唐蒙这副狼狈样，庄助气得要用剑鞘去抽他。这时黄同急急跑过来，说国主车驾已经停在祠门口了。庄助悻悻把剑收回鞘内，低声道："收拾干净！"唐蒙忙不迭地把带着倒钩的藤须往下摘，疼得连声叫唤，好不容易收拾干净，才对庄助大袖一甩，郑重道："幸不辱命！"

"还转什么词！赶紧把那破袖子收起来！"

庄助气得直翻白眼。只见唐蒙右侧衣袖被树枝划开一个大口子，露出一条肥嘟嘟的白胳膊。若被南越人看见，还以为汉使是来送祭祀用的豕肉。

那边甘蔗冷声道："咱们两清了，我走了。"她背起竹篓正要离开，却被黄同给拦住了："你不许走！"

唐蒙以为黄同要责骂她，先一步挡在面前："黄左将，她就是给我带路而已，不要为难。"黄同一跺脚："哎呀，现在国主已经到了，周围全是卫兵，她现在一个闲人乱走，很容易惊扰了王驾！"

唐蒙环顾墓祠四周，这里空空荡荡的，实在无处可躲，只有祭台后面的壁柱旁有条窄缝，立刻说："甘蔗你去那里躲躲吧！"黄同脸色大变："那里可不能……"他还没说完，甘蔗已被唐蒙硬推了进去，她实在太瘦了，居然嵌得严丝合缝，只有竹篓放不进去，随手扔在一旁。

她刚钻进去，就听墓祠外一阵脚步响动，有唱仪官高声喊道：“国主驾临。”这下黄同也没办法了，只好悻悻瞪了唐蒙一眼，站回庄助身旁，恭敬肃立。

只见一个五十多岁的男子在护卫的簇拥下迈入武王祠，此人头戴九旒冕，身着玄衣纁裳，头发垂下两缕在耳边，末端用玉环束结，正是赵佗的孙子、当代南越国主赵眜。

庄助悄声对唐蒙道：“你看，赵眜这番装束，便是南越国主与百越大酋的合体，以示两边兼顾。哼，真是不伦不类。”唐蒙好奇地抬眼看去，这位南越王双眼高低不一，左右斜错，给人一种头歪的错觉。两个硕大的黑眼袋如悬铃垂挂，神情萎靡不振。

在赵眜身后，一左一右站着两位官员。一个自然是吕嘉，另外一个额前垂发、面色焦黄的胖老头，想必就是土人一派的领袖橙宇。他们穿的皆是改造过的窄袖凉袍，足踏绳编木屐，凉快固然凉快，只是太不成体统，怪不得庄助瞧不上。

橙宇一看到庄助，第一时间挡在南越王赵眜面前，瞪圆了眼睛怒喝道：“前方何人，竟敢刺杀大酋！”他的双眼淡黄，这么一圆瞪，仿佛一头择人而噬的猛虎。

橙宇话一出，周围的护卫立刻紧张起来，呼啦一下把南越王围在中间。庄助不动声色，吕嘉站出来大声呵斥道：“何事惊慌，毛毛糙糙的，平白惊扰了国主！”说完他对赵眜作揖：“国主，这不是刺客，而是汉使。”

赵眜抬抬眼皮，嘟囔了一句：“哦，是汉使啊？”语气含混，听不出什么情绪。旁边橙宇大声道：“我听说汉朝乃是礼仪之邦，断不会有这么不知礼的使者。此人不告而入王祠，刺客无疑！”

他的声线尖锐且古怪，但发音字正腔圆，搁在长安朝堂上也是一把论辩好手。庄助哪里还听不出来，橙宇这是在借题发挥。他立刻上前，径直对赵昧一拜："汉使庄助，禀大汉天子之命，前来拜祭武王，不意偶遇殿下，冒昧死罪。"

橙宇叫道："确实该是死罪！武王祠乃我南越重地，先大酋魂魄所栖。你们像个小贼一样偷偷摸摸藏在这里，存的什么心思？"吕嘉看了他一眼："橙左相，你一口一个死罪，莫非是想替国主做主吗？"橙宇回瞪过去："若他们真是汉使，为何不先去番禺城觐见？哪有不知会主人，先跑来别家墓祠的道理？"

橙宇讲起话来咋咋呼呼，颇有几分心直口快的蛮夷风格。可他每次嚷出来的话，却句句诛心，不太好接。

庄助早有准备，朗声道："南越武王年高德劭，为朝廷藩守南疆近百年。本使临行前，天子谆谆叮嘱，要本使一至岭南，务必拜祭武王，以表慕贤尊老之心。敢问橙左相，是觉得国主比武王他老人家更尊贵，本使不应该先拜祭？"

庄助这一句话，更是诛心。橙宇眼皮一抖，知道这人不好对付，正琢磨要如何开口，旁边南越王赵昧却做出一个出乎意料的举动。

他伸出手来搀住庄助，神情感动："唉，汉天子有心了，使者有心了。武王他老人家啊，生前最喜欢北边来使者，一聊就是一宿。你们能想着先来拜祭他，陪他讲讲话，很好，很好。老人家泉下有知，想必也欢喜得很。"

他这么一表态，算是承认了汉使身份，气氛登时缓和下来。橙宇也不是真的要抓刺客，不过是想趁机杀一杀汉使的威风。他环顾四周，叫来了负责护卫的中车尉："吕山，你过来！"

这人一听名字就知道是吕氏族人，橙宇训斥他道："明明汉使就在墓祠外等候，你负责巡查，为何不提前通报？"

吕山看了眼旁边的吕嘉，这事是家主安排"偶遇"，自然不能提前通报，但这理由没法讲出来，只好硬着头皮半跪下去，垂首请罪。橙宇冷笑道："莫非你见到汉使，动了乡梓之情，想要行个方便？"

这话一说出口，吕山脸色登时大变。这指控实在太严重了，他急忙分辩道："左相明鉴，在下只是一时疏失，绝无与汉使私下交通之事。这位使者我今日才是第一次见。"

橙宇阴森森道："见面也许是第一面，但沟通可未必是第一次了。我听说汉使几天前就来了，留在番禺港的船上迟迟不见动静，也许就是等谁做内应吧？"他似有似无地看了吕嘉一眼，吕嘉冷哼一声："吕山如果做事有疏漏，该罚则罚，左相你不要扯别的。"

橙宇双眼上下的褶皱一同挤压，几乎让眼睛凸出来："右相处事公正，不因私废法，实在佩服。"他看向吕山，面色一沉："今日在祠内等候的若不是汉使，而是个心怀歹意的刺客，你这么粗率敷衍，岂不是置大酋于危险之中？"

吕山喉结滚动，却不知如何辩驳。橙宇趁势道："这一次是侥幸，下一次呢？如此心不在焉，怎么放心你来负责宫禁。滚出去，自领三十鞭子，等一会儿把腰牌交给橙水吧，别给右相丢人。"

中车尉这个职位一直由吕家把持。吕嘉没料到橙宇借题发挥，硬生生要夺掉一个要职："橙宇，吕山有过当罚，但中车尉这么重要的职位，你自作主张，当场分给你家子弟，是不是太不把国主放在眼里了？"

橙宇不慌不忙道："我这是内举不避亲。橙水身为中尉，本就是中车尉的副手。正选既去，次第补位而已，和他是不是橙氏没有关系。宫城与大酋身边，警卫不可有一刻松懈，还是你觉得无所谓？"

这句话反问实在犀利，吕嘉只好暂时闭上了嘴。奇怪的是，他们吵成这样，赵眜却恍若未闻，只拉着庄助的手一直在絮叨，大概这在南越朝堂属于日常，早习惯了。

站在庄助旁边的唐蒙暗自松了一口气，不自觉地偷偷朝壁柱方向看了一眼。甘蔗藏得挺好，现场根本没人发现。正巧橙宇朝这边靠近了一步，吓得唐蒙赶紧挺身站过去，遮蔽对方的视线。就这么一交错，他闻到橙宇身上有一股味道，这味道苦中带香，似乎是某种中原不常见的香料。

他再仔细一闻，发现这里每一个南越大人物，身上都带着一点独特的香味。看来南越人嗜香，有事没事都喜欢熏点什么。唐蒙本还想仔细分辨，可很快发现祠堂里的味道变得驳杂不堪，似有鱼露、兔醢、猪脂羹、腌芥子……味道越来越多，越来越杂，唐蒙毕竟不是狗鼻子，实在有点疲于分辨。

好在答案很快就出现了。

一大批仆役从墓祠外鱼贯进来，一个个抱罐抬坛，举案端盘，一会儿工夫就在墓祠内摆开一片祭祀用的飨宴。各色珍馐，琳琅满目，里面一半食材唐蒙都认不出来。怪不得甘蔗买不到好酱，光是为了这一顿飨宴的调味，南越王就买空了白云山的酱园。

待得仆役们布置完成，吕嘉上前提醒说仪式要开始了，赵眜才依依不舍地放过庄助，打了个哈欠，站回自己的位置上。

唐蒙抖擞精神，一盘盘细看过去，近距离观摩王家盛宴的机会可不多。他忽然发现庄助也在凝神细观，而且嘴唇还不时嚅动，顿感亲切："庄大夫你也觉得这飨宴不错？"

庄助没理睬，仍旧全神贯注。这唐蒙这才注意到，他是在数数。等数完了，庄助低声感叹道："《周礼》有云：王举，则共醢六十瓮，以五齐、七醢、七菹、三臡实之——南越王这是严格按照周天子的仪制来做供奉啊，还真把自己当天子了。"

唐蒙数了数器皿，数量确实对应得上。庄助微微冷笑："到底是蛮荒之地，读书一知半解。周礼所言，是周王进餐的仪制，不是祭奠先王的礼节。他们拿活人吃饭的规矩来供奉死人，实在可笑。"

仆役们摆完坛坛罐罐之后，唱仪官又喊道："奉神主。"很快就有两名巫童装扮的少男少女进来，举着一块长方形的大木牌，口中唱着招魂曲。耐人寻味的是，他们的装束是浓浓的楚巫色彩，唱的调子却是越风，可见南越的风俗驳杂得很。

在这古怪的旋律中，吕嘉、橙宇和其他南越臣子纷纷跪下，赵眜上前先叩首三次，然后把木牌接了过去，牌上写着十个大篆，笔迹繁复，如同一堆蠕动的虫子。

以南越之风俗，君王一年入葬，二年立祠，到第三年才可以在祠里供奉神主牌。所以南越王这一次致祭的目的，就是要亲手把赵佗的神主牌奉入祠内。从此之后，这座墓祠便可以代替陵寝，接受后人供奉和祭祀了。

在唱仪官叽里咕噜的指挥下，赵眜按照礼仪一步步行事，很快就进行到最后一个仪式。他双手举着神主牌，恭恭敬敬朝着案前立去，这时一个声音却打断了这个动作。

“等一下！”

现场所有人都吓了一跳，这么庄严肃穆的时候，谁敢大声喧哗？众人视线一扫，发现出声的居然是那个汉使庄助。

庄助阔步上前，对赵眜作揖：“殿下，这神主之牌的材质，莫非是樟木制成？”赵眜把鼻子凑近木牌嗅了嗅，点头说有刺鼻味，应该是樟木没错。

“神主牌用哪种木料，历代均有讲究。夏后氏以松，殷人以柏，周人以栗，秦人以梓。以樟木为神主牌，怕是不合礼法。”

庄助声音洪亮，让所有人都听得清楚。橙宇第一个跳出来：“我南越国祭奠先王，你身为汉使观礼即可！凭什么横加干涉？”庄助坚持道：“既然是祭奠先王，更该谨慎，稍有错乱，可是会搅扰死者阴灵不安。”

“往大了说，这是南越国之事；往小了说，这是赵家之事。赵氏祖先开不开心，轮不到你评判！”橙宇怒气冲冲，刻意用肥硕的身体挡住赵眜，唯恐这位南越王说出赞同汉使的话。

吕嘉在旁边也是一脸意外。按照计划，汉使只要随南越王一同回城就好，观礼期间不需要有任何动作。怎么这位汉使却主动跳出来，在这么一个小问题上节外生枝？他连忙打圆场道：“如今一时也做不出第二块神主牌，姑且先供奉上去，容后再补，不要耽误了吉时。”

庄助见两位丞相都拦着，南越王又是一副浑浑噩噩的样子，不由得叹了口气：“我本想给你们个台阶，你们却无论如何不肯下，非逼着我说破了！”

他迈步走到神主牌前，伸手指着那一排镏金大字道：“你们真以为中原无人识得大篆吗？这上面分明写的是‘南越武帝赵佗之神主位’！不是武王，写的是武帝，这是十足的僭越！”

最后几个字喊出来，震得墓祠房梁上的尘土扑簌簌飘下来。

第六章

当年秦末之世，赵佗趁着中原大乱之际在岭南割据，自称“南越武王”。刘邦定鼎天下之后，汉军南下，与南越打了几场恶仗。南越军凭借五岭天险，连连挫败汉军的攻势。赵佗声威大震，遂公然称帝，改号为“南越武帝”。

孝文帝即位之后，老臣陆贾出使南越游说利害。其时南越国连年征战，也快熬不下去了，赵佗就坡下驴，撤回了“武帝”之号，仍称“武王”，向北方称藩。汉廷与南越这才明确了彼此之间的关系。

如今赵佗的神主牌上，公然写着一个已被废除的帝号，其用意昭然若揭。若不是庄助眼尖，便被这些南越人给蒙混过去了。

听到庄助这么一点破，吕嘉的脸色一变。这次奉神主牌仪式是土人一派负责筹办，他没料到，橙宇会在这件事上搞小动作，而且更麻烦的是，那个愣头青汉使居然当场说破，连个转圜余地也没有。

“殿下，我只问你一句，这牌子的事您是否知道？”庄助目光灼灼，看向赵眜。赵眜很努力地分辨牌上的篆字，这时橙宇辩解道：“这面神主牌是放在墓祠里的，无伤大雅。”

庄助厉声道：“武王生前明明已撤销帝号，你们却强加僭称，违礼逾制。难道这是无伤大雅的事吗？”

他右手按住剑柄，整个墓祠里的气氛陡然变得肃杀起来。唐蒙对这突然的变故有些惊慌，但他知道这时候绝不能塌台子，于是也努力挺直身体，站在庄助身旁。

“真以为我们南越怕了你们两个无礼的小使臣？”橙宇一双黄眼瞪得要凸出来。庄助毫不示弱：“戕杀汉使的后果，你可以试试看！”然后看向赵眜，朗声道：“请南越国主更换神主牌！”

赵眜看看庄助，又看看周围，神情有些迟疑。这时橙宇“扑通”一声跪倒在地，放声大哭起来：“大酋啊，武王他老人家的临终遗愿，只要一个帝字陪葬而已。他统御南越几十年，对我岭南恩德深重，难道这点心愿，都要被北人阻挠吗？都要让您背负起不孝之名吗？”

他说哭就哭，哭得情真意切。赵眜一听自己可能会被骂不孝，立刻有些惊慌：“先王他确实不容易啊……”

吕嘉见势不妙，连忙大声打断：“橙宇！你不要信口雌黄，武王何曾有过这种遗愿？”橙宇收住泪水，双手一摊：“他老人家向他信任的人吐露心声，你没听见而已。”

“胡说！武王去世乃是意外猝死，当时你我俱在现场，何曾有过什么临终之语？”

“武王是没说出来过，但只要稍稍用心体会，就该明白他老人家的心思。”

那边吵着，这边庄助和唐蒙对视一眼，都从对方的眼里看出震惊。这南越国也太直率了吧？外人在场，一场吵闹便把宫廷秘事都掀出来了——三年前的赵佗之死，似乎还是场意外？

庄助微微眯起眼睛，喃喃道：“他们送往长安的丧报里，只说是寿终而亡，没想到竟然是意外猝死啊。”唐蒙挠挠头：“百岁老人家，发生点意外倒也不奇怪。”

“可到底是什么意外，这就很值得玩味了。”庄助眯起双眼，隐隐把握住了南越局势的关键。

无论赵佗是怎么死的，总之死得非常突然，来不及留下明确的遗嘱。秦人和土人都意识到，谁掌握了武王遗愿的解释权，谁就能控制昏弱孝顺的赵眜，从而掌控南越的未来。而称帝这件事，就是争夺这个解释权的主要战场。

因此无论是吕嘉还是橙宇，在称帝这件事上必须竭尽全力，你死我活。

想到这里，庄助不失时机地献上一次助攻。他阔步走到赵眜面前，郑重施礼："三年之前，南越送丧报至长安，报中只略言武王寿终，却未提及缘由，天子一直深为困惑。今日希望能聆听武王登仙之情状，我代为转奏，也好让陛下安排巫祝祈禳，告慰泉冥。"

两位丞相吵到现在，赵眜没有发表任何明确意见，一副昏昏欲睡的样子。突然被庄助当面一逼，赵眜立刻有些局促不安，看向橙宇："左相，要不你给汉使说说看？"

橙宇有心拒绝，但大酋既然表态，他只好无奈道："这也没什么可说的。三年之前，武王召见我与吕丞相议事，一直议到深夜才告辞离开。武王腹饿，便吩咐宫厨煮了一碗壶枣睡菜粥。谁知他食粥有些着急，误吞下一枚壶枣核，正卡在咽喉处。等我们发觉不对，返回查看，他老人家已经……已经溘然长逝，如此而已。"

他说着说着，赵眜拿起袖子，擦了擦眼角，似乎不忍回想当时的情景。

庄助一时无语。赵佗一代枭雄，最后却被这么一枚枣核噎死，未免荒唐。旁边唐蒙突然"啧"了一声，庄助斜眼看去，问他干吗，唐蒙挠挠头，说没事，没事。

橙宇继续道："事后我与吕丞相仔细盘查过，当晚武王身边只有一个护卫和一个厨娘，并无旁人在侧。是那个煮粥的厨娘太过粗心，没有把枣核去干净。事后那厨娘自知犯了大错，畏罪自杀，这件事也便到此为止。”

他话音刚落，突然一个凄厉的声音陡然响起：“你们瞎说！根本不是阿姆的错！”

这一下子，整个墓祠的人都惊了。众人左顾右盼，却没见到什么人影。不少人心想，莫非是山精作祟？还是仙人下凡？只有唐蒙面色大变，急忙要冲到祠后壁柱那里阻拦，可惜终究晚了一步，甘蔗从那空隙里跳了出来，双拳紧握，向着墓祠里的所有人激愤吼道：

“我阿姆没害死大王！没有！”

众人这才反应过来，敢情这是……那个厨娘的女儿？她埋伏在墓祠干吗？难道是要复仇不成？几名护卫立刻把赵眜护在身前，黄同猛然上前，一下子把甘蔗按倒在地。

甘蔗被压得动弹不得，脖子梗着不肯垂下：“不是阿姆！不是阿姆！你们不许这么说她！”她反反复复就这么一句，言语里带着哭腔。

吕嘉和橙宇同时看向对方，异口同声指责道：“右（左）相你让一个负罪厨娘之女藏在墓祠，专候大酋（国主），是何居心？”

他们对彼此都很熟悉，指责归指责，却能从对方的眼神里判断，这应该不是对家预先安排的手段。两只老狐狸一边指控，一边百思不得其解，这丫头从哪里蹦出来的？

庄助狐疑地看向唐蒙，希望得到一个解释，可唐蒙也百口莫辩。他哪知道，甘蔗的母亲居然是噎死赵佗的元凶，更没想到，这小姑娘不知轻重，居然众目睽睽之下跳出来，替她母亲辩驳，这不是作死吗？

他擦擦额头的汗水，正想着如何搭救，吕嘉已抢先一步，走到甘蔗面前温言道：“你的母亲，莫非是甘叶？”甘蔗仰起头，大声说是。吕嘉微微一笑：“我记得她。她是第一个做到厨官的土人，厨艺高妙，颇得先王信重，对不对？”甘蔗“哇”的一声，哭了出来。

但这句话听在橙宇耳朵里，却是另外一番味道。

噎死赵佗的甘叶是土人，藏在墓祠的甘蔗是土人，这盆脏水泼向哪里再明显不过了。他立刻厉声打断：“不管她是不是甘叶之女，胆敢擅入墓祠，惊扰王驾，就是杀头的重罪！吕丞相，你同不同意？”

你不是说这人是我指使的吗？那我主张杀了她，总能证明清白了吧？你敢不敢做同样的事？橙宇一句话，把软鞠重新踢到吕嘉面前。吕嘉面无表情：“左相此言甚当，墓祠重地，岂容罪臣的子女乱闯！该杀！”

两人都是一般心思，防止对方拿这件事攻讦自己，最好就是主张将她杀掉。今天墓祠之争有点失控，不要再平添变数了。

黄同见两位丞相达成一致，一把揪起甘蔗的头发，要往外拖。甘蔗格外倔强，一边喊着“我阿姆没害死大王！”，一边拼命挣扎，踢翻了旁边的竹篓，里面装的绰菜一根根滚落在地上。

唐蒙急忙拦住黄同，大声道：“你们误会了，误会了！是我在山中迷了路，请甘蔗姑娘带回此间，她怕惊扰王驾才躲起来的，没有别的心思！”

橙宇翻翻眼皮，一阵冷笑：“一个罪臣之女，居然勾结汉使，潜藏墓祠，果然是居心叵测！”唐蒙一时又是气恼，又是钦佩。这个橙宇脑子转得真够快，无论别人说什么，他都能瞬间曲解成一桩阴谋，真不愧是天生就吃这碗饭的。

这时一直昏昏欲睡的赵眛睁开眼睛，看向甘蔗：“你的母亲原来是甘阿嬷吗？”甘蔗被黄同压住，只得点了一下头。赵眛顿时喜出望外：“她烹的东西，我一向最喜欢吃，又香又甜，味道可真好。”说到这里，他忽又情绪低落，语气惆怅：“唉，可惜再也吃不到了。”

赵眛这么开口一问，吕嘉也好，橙宇也罢，顿时都有些不知所措。南越王如此亲切谈起甘蔗她妈，那……这人还杀不杀？一直按住甘蔗的黄同，不得不把她的双臂松开，后退了一步。

甘蔗揉了揉被扭痛的脖子，牙齿咬在嘴唇上，几乎渗出血来。赵眛忽然注意到她脚下散落的绰菜，眼睛忽然一亮：“这……莫非是睡菜吗？”甘蔗愣了愣，迟疑答道：“这叫绰菜，只有阿姆才会叫它睡菜。你……你是怎么知道的？”

赵昧眼睛更亮了：“那你吃过她熬的壶枣睡菜粥吗？”

“自然是吃过的。”甘蔗没想到全场唯一能正常沟通的，居然是国主。

赵昧微微仰起头来：“从前本王每次失眠，甘阿嬷都会熬一釜壶枣绰菜粥，她说这叫睡菜，可以平肝息风，再加上壶枣肉可以养心安神。我喝完之后再躺下，必然一觉睡到天亮。”

讲到这里，赵昧神色一黯：“她临死前一天，还给我熬过一釜，唉，那是我最后一次睡个好觉了。之后别人再给我煮粥，总不是那个味道，也没什么功效……”他絮絮叨叨地摇动着脑袋，两个黑眼圈格外醒目。

唐蒙反应最快，一扯甘蔗大声道：“愣着做什么？你阿姆不是教了你熬壶枣粥的秘诀吗？还不做给殿下尝尝？”他见甘蔗还傻愣在原地，生怕这耿直丫头说出“不会”二字，急忙又对赵昧一拍胸脯：“这些绰菜刚刚采撷下来，最是新鲜不过。殿下既然要在白云山休息一宿，我和她现在就去熬煮，保管您晚上可以喝到壶枣睡菜粥，踏踏实实睡一宿。”

他看出来了，赵昧最关心的，根本不是什么王位帝位，也不是秦土之争，而是睡个好觉。果不其然，赵昧一听，大为欣喜，催促说：“那你们快去熬来。”

唐蒙松了一口气，至少在粥端上来之前，甘蔗暂时没有危险了。他想了想，又向赵昧恭敬作揖：“臣在中原之时，对于睡菜的功效也有耳闻。此物可以治心膈邪热，但须内外兼攻。殿下得先宁心静气，神无浊念，再服用壶枣睡菜粥，方奏全效。”

说完这一段莫名其妙的话，他左手抄起竹篓，右手推搡着甘蔗，一起朝祠堂门口走去。

橙宇眼见两人要走，眉头一皱，忙对南越王道：“大酋，武王赵佗正是吃了壶枣睡菜粥才出的事，在他的祭仪上喝这个粥，不太吉……”

他还没说完，发现赵眜正伸长脖子望向两人的背影，只好硬生生掐断了后面的话。南越王长期深受失眠困扰，一直四处搜寻安眠良方。这时他如果站出来阻挠，就算赵眜不迁怒，吕嘉也会伺机煽风点火，何必呢？

这时赵眜挥了挥手："本王累了，你们尽快去把武王的牌位准备好，把仪式走完吧。"他说完之后，让仆役抬过来一架竹制滑竿，自己躺上去，闭目揉起了太阳穴。

无论是庄助还是吕、橙两位丞相，都敏锐地注意到，赵眜用的词是"武王牌位"，不是"武帝牌位"。这位自从踏入墓祠后就态度暧昧的南越王，终于表露出了一个明确意见。

看来唐蒙临走前说的那一番话，对赵眜起到了微妙影响。

为什么无法安眠？因为无法宁心静气。为什么无法宁心静气？因为神有浊念。浊念从何而来？还不是底下人吵吵嚷嚷，让赵眜心烦意乱吗？

率先反应过来的庄助，对赵眜合袖一拜："臣不揣冒昧，愿为武王神主牌正字。"

庄助这么说，是给对方个台阶下，顺便嘲讽一下蛮夷没文化。

橙宇对赵眜的脾性很熟悉，知道这次神主牌非改不可，只得恨恨道："不劳庄大使费心，我南越自有文士。"他侧过脸唤来随从，过不多时，便搬来另外一块神主牌。庄助仔细观察了一下，这次的牌位写的是"南越武王赵佗之神主位"没错。

这种木牌上的字，都是茜草根混着金粉书写而成，仓促间不可能制备出来，除非……

"这家伙……早就准备了两块牌位。"庄助暗暗冷笑。

对面的橙宇虽然一脸激愤，眉宇间倒没什么沮丧之色。看来土人一派对于"武帝"神主牌这事并不执着，能立起来最好，不立起来也无所谓，至少能让大酋看到，他们为先王争帝号的忠心。相比之下，吕嘉一心维护汉使的嘴脸，反而暴露出秦人的屁股歪。以后南越王用人，多少会想起今天的情景。

毋宁说，这才是橙宇的真正目的。

当然，庄助也不吃亏。他据理力争，挫败了南越人的僭越之举。将来回到长安，这就是一笔可以写入奏报的光彩政绩。算来算去，只有吕嘉吃了亏，损失了一个中车尉的职位，但他涵养极佳，面上不露任何痕迹，还是一副云淡风轻的模样。

本来众人吵成一团乱麻，结果甘蔗一跳、唐蒙一言，反而把局面给破开了。诸方各自退开几步，垂手而立。赵眜见大家都安静不吵了，这才恹恹地从滑竿上起来，在两个巫童的吟唱声中，按照仪程继续奉牌，墓祠里一时充满祥和肃穆之气。

赵佗的神主牌被奉立的同时，唐蒙和甘蔗进入了南越王的营地。

这个营地选在了两峰之间的山坳入口处，依山傍水，清凉而无暑气。南越王每次进山祭祠，都会在这里多停留一日再返回番禺，以示追思不舍之心。

两人来到庖厨位置，里面灶、鬲、甑、釜一应俱全，还有各色酱醢食材，估计都是今天从白云山征调来的。唐蒙环顾四周，一捋袖子："你把绰菜择一择，我来生火。"甘蔗瞪着这个胖乎乎的北人，一脸莫名其妙："你要干吗？"

唐蒙道："熬壶枣睡菜粥啊——哎，对了，我都忘了问了，你会熬吧？我可是把牛都吹出去了。"

甘蔗把脸扭向另外一边，语带厌恶："我不想给他们做，是他们逼死我阿姆的。"唐蒙叹了口气："现在两个丞相都要杀你，想要活命，非得把南越王哄高兴不可。我知道你阿姆是冤枉的，但也得先保命不是？"

甘蔗又一撇嘴："你一个初来乍到的北人，怎么可能知道我阿姆冤枉？拿好听的话哄我罢了。"唐蒙一时无语，这孩子可真会说话。他嘿嘿一笑："我偏偏知道。我一听南越王被粥里的枣核噎死，就知道你阿姆肯定是被陷害的。”

甘蔗愈加不信：“壶枣睡菜粥的熬法是我阿姆的独门手艺，你哪里知道去？还说不是大话。”

唐蒙像是屁股被刺了一矛似的，愤慨道：“什么独门手艺，你搞清楚，壶枣粥本来就是中原传过来的膳食好吗？”甘蔗大为疑惑，似是不信。唐蒙气得笑起来，无奈解释道：

“南越王赵佗是真定人，这粥是燕地特产，是他带来南方的。最正宗的做法，是要用甘草与麦粒来熬粥，才有安眠之功效。只因为岭南物产不同，所以你母亲把甘草换成睡菜，麦粒换成米粒而已。”

甘蔗一脸疑惑，仿佛在听一个不可思议的故事。

唐蒙一说起食物，就来了精神：“我跟你说说这正宗壶枣粥的做法啊。先取上好的壶枣洗净，上甑蒸熟，再剥皮去核。单取枣肉出来碾成泥，拌上榛子末，用浆水调成糊糊。麦粒与甘草入鼎煮到八成熟，放枣糊下去调匀，熬半个水刻即好。”

甘蔗点头：“阿姆确实是这样子做的。”唐蒙一拍陶盘，肥嘟嘟的脸颊一阵颤动：“你想想看，按照这样的厨序，熬粥之前，就要把枣肉和枣核分开，然后枣肉还要被捣烂、调糊，怎么可能掺进一枚硬邦邦的枣核？就算不小心掺进去，怎么可能不被发现？”

甘蔗瘦小的身躯为之一震：“那……那粥里的枣核从何而来？”唐蒙摇头：“我不知道。只是从常理判断，厨师不可能犯这个错误。”

甘蔗先是怔了怔，随即两片薄嘴唇开始颤抖，越抖越厉害，最后全身都哆嗦起来。唐蒙以为她得了什么急病，正要伸手去拍，却像是破坏了某种平衡，小姑娘陡然放声大哭起来。

唐蒙顿时手足无措，想伸手进袖子拿绢帛给她擦眼泪，一摸却摸空了——大概是下山时袖口被划破，里面的东西掉在半路了。唐蒙只好放弃这个举动，尴尬地转过身去，蹲下开始择菜。

甘蔗哭得很厉害，也哭得很痛快，泪水如岭南七月的雨水宣泄而出。

她一直坚信阿姆是无辜的，但那只是源自感情的一口倔强之气，没有证据，没有道理，更没人肯相信。此刻听唐蒙点破其中关窍，甘蔗才第一次明白地知道，自己的坚持并没有错，阿姆真的是被冤枉的。

唐蒙低头择着绰菜，背后哭声渐消，一个闷闷的哭腔传来："你这是在干吗？"唐蒙头也没回："你先休息一下，我把菜择好。"

甘蔗用手背擦擦眼边，一把推开唐蒙："笨死了，哪有你这么择的？绰菜又不是只吃叶子，要连根茎一起煮才行。"唐蒙一愣："这玩意儿的根茎苦得很，你给南越王吃这个，不是要苦死他？"甘蔗道："那是别人家熬的睡菜粥，我阿姆的独家秘方可不一样。"她抬起下巴，眼皮微微红肿，眼睛里满是自豪。

唐蒙好奇道："她是加甘蔗汁或者胥余果肉来冲淡苦味吗？"甘蔗大为不屑："阿姆的秘诀，可没那么笨！"唐蒙一拍脑袋，是自己想差了。这睡菜粥可不是为了品尝，而是为了治疗失眠而做的，口感是次要的。于是他退开一步，看甘蔗操作。

甘蔗嘴上说是秘诀，手里倒丝毫不避人。她先把根茎切成碎块，统统扔进甑里单蒸。唐蒙注意到，她在鬲水中撒了一把姜末和盐，然后又把绰菜叶撕成一条条的，用沸水淋过一遍，捣成糊状。

当然，唐蒙自己也没闲着。他从一个大瓮里翻出几把壶枣，下手捣成枣泥，然后又在食材堆里翻出一罐稻米，这是供应南越王的上等精米，每一粒都碾去了糠皮，白花花的如碎玉一般。他蓦地想到白云山沿途的水田，啧啧感慨了一番。用这样的精米熬粥，可以想象，口感该有多么浓稠。

"那是南越王才配吃的东西。我们平时都是吃薯蓣，难得吃到白米。"甘蔗说。唐蒙"哦"了一声，白云山下那一片片稻田，看来只是专为贵人们享用的。

两个人忙碌了半天，把所有食材陆续放入釜中，开始熬煮起来。只见火苗有条不紊地舔着釜底，在热力托举之下，釜内发出咕嘟咕嘟的悦耳声，如楚巫呢喃。两个人守在旁边，还没尝到粥的味道，就已经快要睡着了……

不知过了多久，甘蔗猛然醒过来，先看了看釜内的火候，然后从旁边竹篓底部取出一个小白陶罐来。

这个小白陶罐的外面，用一圈草套着，正是甘蔗用来盛放枸酱的器皿。之前在船上那一场骚动，这小东西居然幸存下来了。甘蔗把盖子打开，倒转罐口掼了一掼，隔了好久，终于有一小股黏稠的透明液体徐徐流出，落入沸腾的釜内，迅速融入粥海之中。

“这就是你阿姆的秘方？”唐蒙立刻猜出了答案。

甘蔗把罐子用力晃了晃，确保最后一滴流出来：“最后一点了，新的要等到下个月。”她抱着小白陶罐，眼里涌起一种淡淡的惆怅，但又混杂着几丝期待。

唐蒙没留意甘蔗神情的变化，他紧盯着鼎里，琢磨着枸酱在其中的功用。那种似酒非酒的醇香实在太神秘了，既可以给嘉鱼调味，也可以辅佐壶枣睡菜粥，似乎无所不能。

这到底是用什么材料熬制出来的？唐蒙只觉百爪挠心，恨不得自己跳进釜里去感受一下。他想着想着，忽然觉得哪里不对。

壶枣睡菜粥的秘诀是枸酱汁，那说明甘蔗的母亲甘叶至少在三年前，就开始把它用于宫内烹饪了。看来这种枸酱，不是甘蔗做了酱仔之后才得到的，而是继承自其母。

怪不得别人一问枸酱来源，她反应就极其强烈。不光是生计原因，也因为这是属于她和阿姆的羁绊吧？不过唐蒙没有贸然询问，这应该是甘蔗最忌讳的话题。两人关系好不容易改善，可不能毁掉信任。于是他换了个问题：“哎，你阿姆，是个什么样的人？”

他对这位厨娘本身充满好奇，一个土人能做到赵佗的厨官，手艺一定有过人之处。

甘蔗没吭声。就在唐蒙以为自己被忽视时，她单薄的身板往灶台旁一靠，双腿蜷起来，细声讲起：

“阿姆是罗浮山下人，本来在番禺港一家食肆做厨娘。她很喜欢做饭，经常会搜罗一些从来没人吃过的食材，烹煮一些从来没见过的菜式，很受水手们欢迎。武王有一次出巡，吃到她烹的嘉鱼，觉得特别美味，便把她召进王宫里，专门给整个王族做厨子。”

唐蒙听得双眼发亮，恨不得也去认个娘亲。甘蔗轻轻叹了口气，继续道：“可先王死了以后，他们都说是我阿姆干的。她做了那么多年饭，那么多人吃过，可到头来谁也不肯替她说一句话，结果她只能抛下我一人，去跳了珠水……”

甘蔗说着说着，又哽咽起来。唐蒙看着嘤嘤哭泣的小姑娘，心中浮现另外一道身影，令他忍不住心下恻然，出言劝慰道：“别哭了，啊，等南越王喝完这釜壶枣睡菜粥，心情好了，就会赦你无罪啦。”

甘蔗用手背擦了擦泪水，定定地看向唐蒙：“你倒没其他北人那么坏。”唐蒙听这话不太对劲，皱眉道：“什么话！你之前被北人欺负过吗？”甘蔗摇摇头：“你是我认识的第一个北人。但大家都这么讲嘛，说你们北人狡黠贪婪，又自大又小心眼，比珠水边的蚊虫还恼人。”

唐蒙没想到，中原人在南越国的形象居然这么差，连一个没离开过番禺的小酱仔都有如此偏见。他苦笑不已，又无从解释。这时甘蔗上下仔细打量，眼神忽然一凝：“哎，你应该是汉使……吧？”唐蒙纠正说：“是副使。”

甘蔗道：“我听说来南越的汉使都非常嚣张，整天胡作非为，官府从来不敢管，你能不能帮我做件事？”唐蒙眼角一抖，一时竟不知道她是在夸奖还是在讽刺。甘蔗道：“你能不能帮我查查，是谁把枣核放进先王的粥里，冤枉我阿姆清白的？”

唐蒙圆溜溜的小眼睛里，陡然绽出两道锐利光芒。甘蔗的无心之语，提醒了他一种可能：噎死赵佗的枣核，背后可能藏着更深刻的用心……甘蔗见唐蒙不语，咬了咬嘴唇，似是下了一个很大的决心：“你帮我阿姆洗清冤枉，我把枸酱的来源给你。”

她说完之后，忐忑不安地等待着，不确定对方会不会感兴趣，但这是她唯一能够拿来做交易的东西。下一个瞬间，甘蔗感觉到双肩猛然被一双肥厚的大手按住。

“一言为……”

三个字刚刚脱口而出，最后一个字却被嘴唇硬生生卡住。唐蒙的表情古怪至极，溢于言表的兴奋还未退去，又有戒备与忧虑涌出来，仿佛体内有两种力量在互相交战抗衡。

要知道，宫廷之争，至为残酷，无论大汉还是南越，概莫能外。他们俩一个是人微言轻的汉家副使，一个是番禺码头小酱仔，轻易涉足其中，极可能会被淹死。

最终他冷静下来，把大手从甘蔗的肩膀挪开，用不太确定的口气道：

“粥快好了，咱们赶快送过去。这件事你让我想想，让我想想……”

第七章

南越王的仪仗队伍从白云山徐徐开出，朝着番禺城逶迤而去。

赵眜坐在马车之上，面色比来时亮了几分，眼圈也没之前那么黑了。他甚至有兴致拿起一枚橄榄，剥给邻座的庄助吃。庄助优雅地捏在手里，不往口中送，保持着尴尬的微笑。

昨晚那一釜壶枣睡菜粥效果惊人，南越王喝完之后，一夜酣眠，次日起床神采奕奕，一扫之前的颓靡。群臣纷纷祝贺，说先王有灵，庇佑子孙，于是赵眜当场赦免了甘蔗冲撞典仪的罪过，还打算指派她入宫做帮厨。

这一次两位丞相难得意见相同，异口同声地劝谏大王不可。

甘叶毕竟是害死赵佗的元凶，把一个罪婢之女留在王宫烹煮膳食，怎么说都不太吉利。赵眜只好放弃这个想法，但吩咐甘蔗要定期送壶枣睡菜粥入宫。

安排完这些琐碎的事之后，赵眜叫来汉使一同上车，结伴返回番禺。不过上车的只有正使庄助，副使唐蒙则被安排在后面一辆牛车上。

唐蒙乐得清净，他斜靠在牛车上，心思随着身体一起晃晃荡荡。

昨天甘蔗希望他帮母亲恢复清白，听着是一桩小事，可仔细一想，会发现难度极大。甘叶的罪名是噎死赵佗，想还她清白，就得搞明白南越王真正的死因。想搞明白真正的死因，就得去刺探人家三年前的宫廷秘史。你一个汉家使者四处打听南越宫中之事？谈何容易！

唐蒙对于枸酱固然充满好奇，可分得出轻重。他来南越的策略是尽力偷懒，更别说主动去招惹这么大的麻烦。只是甘蔗看着实在可怜，唐蒙不忍当面拒绝，说等回到番禺城，再给她答复。

他当天晚上就找到庄助，一五一十做了汇报。唐蒙本以为上司一定会大骂荒唐，然后他就有理由回绝甘蔗。万万没想到的是，庄助非但没反对，反而大力赞同。他的理由很简单：如果真能从武王之死里挖出什么隐情，汉使将在南越局势上占据主动。

“唐副使，这段时间你辛苦一下，除了绘制舆图，也多花点心思帮帮那个甘蔗啊。”庄助笑眯眯地拍了拍唐蒙的肩膀，勉励道，“别嫌它是一桩小事。有时候，些许微风便可以改变千石巨船的航向。”

“我没嫌它是小事，我是嫌它不够小！”

唐蒙在心中哀号着，脸色僵硬地拱了拱手。他本想躲事，千算万算，却给自己招惹来额外的工作。不过这怪不得别人，只怪自己被那个该死的枸酱迷住了。

一想到枸酱，唐蒙的嘴里不由自主又分泌出津液。有一说一，那东西确实充满诱惑，令人念念不忘。无论烹嘉鱼还是壶枣睡菜粥，只要它加入之后，滋味都会变得富有层次，下次试试去配炖禽鸟或熬脂膏，说不定还能发现更多妙用……

“咕咕。”腹内发出几声鸣响，他这才依依不舍地收回思绪，揉揉肚子，把注意力放到前方的大路上。

车队花了小半天时间，从白云山赶回番禺城。这一次，把守城门的橙水没有多做阻挠，乖乖地把中门打开，迎进了南越王和两位汉使。只是他看向庄助与唐蒙的眼神，令人格外不舒服，这人仿佛一条注视着猎物进入攻击范围的毒蛇。

番禺城的布局和中原城市并没有太大区别——毕竟是出自秦军之手，同样是四方外郭，内置若干里坊。但和长安相比，番禺的里坊颇有一些独特之处。

一是绿植遍地，低矮的坊墙上爬满了各色藤萝，好似罩上一层绿帷。坊墙内侧有许多株枝叶繁茂的大树，它们越过墙头，在半空中舒开树冠、伸展枝桠，如伞盖一般。

二是番禺的坊墙并非完全封闭，在墙体之间开出很多小口，被一座座临时搭建的遮阴小棚所填充。这些小棚里大多是吃食摊子，有的是生剖胥余果，有的是烧烤石蜜，还有的把一口大鼎摆在缺口，里面咕嘟咕嘟翻腾着各种动物杂碎。路过的人直接从鼎里捞一碗出来，就地蹲在街边吸溜吸溜。

唐蒙靠在牛车上，左右张望，如同老鼠掉进米缸里一样。他早在番禺港内就知道，岭南人爱吃，可进了城才知道还是低估了当地人的食欲。

他正看得入神，忽然前方路边出现一个瘦小的垂发之民，应该是番禺城民。此人赤裸上身，头缠布巾，正冲这边兴奋地叫喊。唐蒙还以为这是岭南土著淳朴的欢迎方式，正要微笑回应，不防那人手里扔出一个黑物，飞过一条弧线正中他脑门。他“哎呀”一声，顿时被砸得眼冒金星，差点从车上栽倒。再一抬头，那城民跑得无影无踪。

唐蒙暗叫晦气，忽然发现砸中自己的是个古怪东西，大如木瓜，皮色青黄，不是寻常的浑圆或长条形状，而是五条宽棱合并在一块。他把它捡起来，大小正好合掌一握，指甲抠进去，便有汁水溢出来。

他一瞬间不知道该先问问这是什么果子，还是先看看是谁砸过来的。

这一犹豫，很快从四面八方砸过来更多黑影。他一边狼狈闪避，一边不忘分辨里面有橄榄、桃核、胥余果壳碎片，还有一根不知是什么动物的骨头，其他的就顾不上认了，只知道砸起来很疼。

直到黄同从后头驱马赶过来大声呵斥，这次意外的袭击才宣告结束。唐蒙把歪掉的头巾重新扶正，抬眼看到两侧坊墙上面有许多人影。随着视线扫过去，这些城民纷纷低伏，却有阴阳怪气的喊声从两侧的坊墙内抛过来：

“北狗滚回可（滚回去）！”

“五岭山高，摔死汝属（你们）！”

“侮辱先王，贼头立断！”

有些叱骂声能分辨出是中原音，有些纯粹是当地土话，听不懂，但语气肯定不是褒奖。唐蒙不太明白，他们明明是初次进城，何至于引起这么大的敌意。

黄同在坊墙下来来回回巡了几圈，这才满脸尴尬地来到牛车旁，解释说大概是番禺城民们听信传闻，对汉使有所误会。

“传闻？什么传闻？”唐蒙莫名其妙。黄同咳了一声，说南越武王在南越民众心目中声望甚高，他们想必是风闻奉牌仪式的风波，故而气愤。

他说得委婉，唐蒙旋即反应过来，看来这又是橙宇搞的鬼。奉牌仪式不是公开活动，知悉内情的就那么几个人，肯定是他第一时间把奉牌风波传回城中，而且添油加醋，变成一个“汉使欺凌先王”的故事。

普通百姓一听说汉使砸了先王的牌位，自然个个义愤填膺。他们可不懂“武王”“武帝”之间的微妙差异，反正汉使最坏就对了，必须夹道“欢迎”一下。怪不得进城时，橙水的眼神那么意味深长，敢情是等着看热闹呢。

“吕丞相……就任由他们这么搞？”唐蒙把一块果皮从头顶拿下来，抱怨起来。

黄同苦笑道：“他们扔的只是瓜果皮骨，就算逮到，也不过几板子的事，再计较反而会惹起更大的乱子。大使多见谅。”

这大概是橙氏惯用的手法，不停在小处生事，一次又一次煽动底层民众情绪，经年累月，潜移默化，慢慢营造出一种反汉反秦的氛围。只要沉浸在这氛围里，汉使甭管做什么都是错的。

唐蒙不由得暗暗感叹。橙氏这一手才是真正的“两全之法”。不停地挑事，闹成了，可以小小地占个便宜；闹不成，便借此煽动民众情绪，制造对立。对橙氏来说，怎么都是赚的。立国之前，这些岭南土著还在茹毛饮血。在赵佗这么多年的悉心调教之下，他们如今玩起心眼来可丝毫不逊中原人。

接下来的路程，没再发生大规模袭击，但零零星星的窥探和敌意无处不在。最让唐蒙心惊的是，一个七岁左右的小孩跑到牛车旁，冲他吐出一口唾沫然后笑嘻嘻地跑掉。他的同伴们躲在远处的一处棚子下，轰然发出赞誉声。

一个黄口小儿尚且如此，遑论其他人，怪不得甘蔗对自己是这样的态度。中原权威六十多年不至此间，只怕绝大部分南越百姓早忘了曾是大秦三郡子民。

但……这个局面是赵佗所乐见的吗？唐蒙心想。他看向前方的王驾，可以看到赵眜和庄助两个挺得笔直的背影，似乎谈得颇为投机，不知庄公子是否也注意到这些小民的举动。

“哎，对了，这个是什么？”唐蒙举起手里那个五棱怪果子。黄同看了一眼道：“本地叫作五敛子。”

“为何叫这个名字？”

“南越这边称棱为敛，这果子有五条棱，所以叫作五敛。”

“好吃吗？”唐蒙最关心这个。

黄同看了唐蒙一眼：“好吃，就是有点酸，得蘸些蔗糖。不过这个都砸烂了……大使你就别吃了吧？”

“谁说要吃这个了?!”唐蒙犹豫了一下，最终把这个烂掉的五敛子扔掉了。

过不多时，车队抵达城内驿馆。早有接待的奴婢分成两列迎候，手捧美酒丰穗、彩帛箫鼓，把迎宾之礼做了个十足，就连庄助也挑不出什么毛病。

赵眛本想把庄助送入驿馆内继续聊，橙宇站出来劝谏说，在宫中还有收尾的仪典要举办，他才悻悻离开，临走前拽着庄助，说过几日请汉使入宫深谈。

唐蒙等到赵眛离去，这才凑过去，把百姓投果之事讲给庄助听。庄助正得意，听他讲完之后，促狭道："投之以木桃，报之以琼瑶，想不到在南越也能复见《卫风》之礼啊。这些百姓，莫非也知道唐副使的嗜好？"

唐蒙见他还有心思开玩笑，跺跺脚，强调说这可能是橙宇的下马威。庄助不以为然道："些许营营青蝇，能成什么事？我跟你说个好消息。适才我与南越王同车谈了一路，你猜如何？他居然也是我父亲的读者。我父亲的很多篇章，他都背诵得出来，而且解得甚当。"

"嗯？"唐蒙像是被枣核噎到。

"没想到啊，这一代南越王久慕汉风，对中原礼乐文字很是熟稔，只恨南越能聊这个的人太少，没有知音。这次见着我了，可算是伯牙遇子期。"庄助又是自得，又是兴奋，"我打算多跟他讲讲圣贤道理，趁机劝化，假以时日，赵眛莫说放弃称帝，就是举国内附，也不是不可能。"

庄助说着说着，忍不住挥动手臂，仿佛看到一桩偌大的功勋飘浮在眼前。

唐蒙总觉得庄助这股自信来得有些轻易，不过转念一想，岂不是正好？庄助若能说服南越国主，他就不必去做什么额外的事了。不料庄助一拍他肩膀，乐呵呵道："唐副使，你尽快着手去办甘蔗的事。届时我在宫中感化赵眛，你在外面调查真相，内外齐攻，大事不愁不定！"

"其实吧……让吕嘉去查，岂不更加方便？他才是地头蛇啊。"唐蒙还不死心。

"若这件事交给吕氏查了，汉使的价值何在？"

唐蒙顿时无言，庄助肃然道："甘蔗这件事，切不可让吕嘉知道，须是汉使独手掌握。你记住，咱们不是来帮吕氏，而是为朝廷争取利益的。”

唐蒙甩不掉工作，只得一脸晦气地拱手拜别。他先回到自己的房间，换了一身露臂短衫，踏上一双木屐，典型的南越装束，然后走出馆驿大门，守在门口的黄同立刻迎上来。

“唐副使要去哪里？”

想要查甘叶的事，可不能让这家伙跟着。唐蒙想了想，咧嘴笑起来：“我这不是刚被砸了头嘛，想上街找几个五敛子吃。”黄同知道唐蒙是个饕餮性情，适才又看到他被五敛子砸中额头，不疑有他，说：“我带您去吧，这番禺城里我最熟悉。”

过不多时，两人来到了一处坊墙底下的小摊前。这里说是摊子，其实就是一辆老牛车。车顶搭起半边遮阳竹篷。车厢里一半堆着青黄颜色的五敛子，一半搁着几个小陶罐，罐口有一堆苍蝇绕着。

黄同朝摊主喊了一声，后者从车厢里挑出一个饱满的果子递过去。唐蒙拿在手里翻来覆去看了几眼，不知该如何下嘴。黄同掏出一把小刀，把其中一条棱削下去，递给唐蒙。他合齿横咬，一股酸涩的味道直入口中，刺激得眉头一耸。

黄同见他神情有异，解释道：“这阵子五敛子刚成熟，味道有些涩。如果唐副使嫌酸，这里有蜜渍的。”旁边摊主殷勤地挥手赶开苍蝇，从陶罐里捞出一个沾满稠浆的五敛子。

如果是庄助，看到这种情景是绝不肯吃的。唐蒙却丝毫不介意，接过黄同的小刀，削下一条再吃，不由得大加赞赏。蜜水可以压住果皮的涩味，让酸劲柔化成一种回甘，加上汁水丰足，味道颇美。

“啧啧，这么好的东西，可得给庄大使带几个尝尝。”唐蒙迅速削完另外四边，伸手要去罐子里抓。黄同说这点小事，何劳大使动手，让摊主选不就行了？唐蒙摇头道：“还是我自己来吧。”

说罢唐蒙俯身去选，先从罐子里掏出五个蜜渍五敛子，又从车厢里挑出十个新鲜的，一股脑递给黄同，还不忘记叮嘱：“庄大使素有洁癖，可千万别掉到地上沾了土尘。”黄同一听，不得不双臂并拢，在胸前勉强怀抱住这一大堆果子。。

“行了，应该够吃了，劳烦黄左将你送回驿馆啊，我自己再逛一会儿。”

唐蒙抛下这句话，转身就走。黄同大惊，想要跟上去，却发现自己双臂还被这一堆果子占着——偏偏他又不能扔，这是汉副使亲手挑给汉使的，随手丢弃，恐怕对方会借题发挥。

黄同左右为难，只得小心翼翼地蹲下身子，把这些果子一个个放在车厢旁边，又问摊主讨了片芭蕉叶卷好。等到他忙完这一套再抬头，唐蒙人影早不见了。

甩脱了黄同之后，唐蒙三步并作两步，赶往甘蔗家中。甘蔗事先讲过自家位置，就在南越王宫的东南角，与宫墙只有一街之隔。番禺城不算太大，他方向感又好，很快就找到了那片区域。

唐蒙本以为靠着宫城的地方，就算不够富丽堂皇，好歹也该秩序井然，没想到赶到地方一看，结结实实吃了一惊。

映入眼帘的，是一片杂污的乱象。这一带是全城地势最低的地方，宫城里的污水顺着粗大的陶管排出来，就在这一带散流漫溢，冲出十几条粗细不一的浅褐色沟渠。几十间杂乱的茅草屋，散布在这些污水沟附近，如同河边疯长的野草。在屋顶与水沟之间的上空，还不时升起黑雾——这是水中孳生的蚊虫腾空而起。

唐蒙转了好几圈，才找到甘蔗的住所，那居然不是一栋房子，而是一棵紧贴着宫墙而立的大榕树。

这树枝干粗大，根枝虬结，少说也得有几百年树龄。它有一部分粗枝垂至地面，与主干之间形成一个天然拱顶，拱顶下有一块木板勉强做门，外面堆放着一大堆白色的小空罐，唐蒙一眼就认出来这是盛放枸酱用的。

屋子外还有一个简陋的灶头，灶头旁晾晒着一串长圆形的榕树叶子。旁边一小片花畦，里面是一丛丛的大叶栀子花树。除此之外，别无他物。

唐蒙唏嘘不已。一个十几岁的小姑娘，居然如野人一样蜗居树洞。别的不说，单是这阴湿恶劣的环境，就够折磨人的，更不要说还有蚊虫鼠蛇的滋扰。好在岭南长热无冬，否则真不知她怎么活。

唐蒙站在树前，大声喊甘蔗的名字。那块木板忽被推开，先是几只硕大的老鼠蹿出来，转了几圈消失在树根之间，再是甘蔗从黑漆漆的树洞里走出来。

她见唐蒙如约而至，双眼忽闪了几下，既喜且疑，似乎不相信这个北人居然真来了。她原地愣怔片刻，忽然道："你等一下！"然后回身钻回拱顶下，再出来时，手里拿出几枚鳞皮红果。

唐蒙走得热了，也不客气，接过去咬了一口，顿觉干涩无比。甘蔗忍不住嘻嘻一笑，说你把皮剥去。唐蒙脸一热，赶紧用手抠开鳞皮，里面出现一枚白如凝脂的玉球，放入口中，顿时清香满口。

"这又是什么奇果？"唐蒙问。南越怪东西真多，他脑子都要记不过来了。

"这叫离枝。可惜你来得晚了些，上个月成熟的口感还要好。"甘蔗一边说着，一边坐到木盆前，撩起头发，慢慢择起绰菜。

看得出，她很是紧张，生怕唐蒙变卦，所以连问都不敢问。唐蒙深吸一口气，开口道："新的枸酱，什么时候能送来？"

甘蔗择菜的手腕一颤，没吭声，可她细长的脖子簌簌抖动着，暴露出了内心的波澜。北人既然问起枸酱，说明承诺没变。她甩甩手里的水珠，走到灶台前，指着那一串榕树叶子："我每次拿到枸酱，都会挂一片叶子在这里，每天挂一片，什么时候挂满六十片，新一批枸酱便会送来了。"

唐蒙本以为她晾晒榕树叶子，是为了治疗跌打损伤，没想到还有个计时的功能。他数了数，这挂叶子已有五十多片，也就是说再过几天，就会有新枸酱送到了。

唐蒙暗自感慨。甘蔗到底单纯，孰不知已泄露了很多信息。讲“送来枸酱”，而不是“做好枸酱”，说明她自己并不掌握其制法，是有一条不为人知的进货渠道。通过榕树叶子，连供货日期都大致可以猜出来。

如果是个有心人，此刻已经可以甩开甘蔗，把这条渠道搞到手。

好在唐蒙是个懒人，不想额外付出精力去查，他索性盘腿坐在树根上，吞下几枚离枝，开始询问起三年前的宫中细节来。

之前在武王祠内，唐蒙已经约略知道当晚情形：先是吕嘉和橙宇前来拜访，谈完事离开，武王一个人喝粥，意外噎死。但其中很多细节，还不清楚，需要一一核实。他在番阳县也查过不少案子，深知查案和烹饪很像，都是要从细处入手，一处不对，味道天差地别。

可惜问了一轮下来，唐蒙发现甘蔗完全帮不上忙。她只是个小姑娘，从来没进过南越王宫，对庖厨的运作茫然无知。唐蒙暗自叹了口气，就知道不会这么容易：“你阿姆在宫中可有什么熟人朋友？”

甘蔗歪着脑袋想了片刻，说似乎有一个。

“似乎？”

“她是和我阿姆同在宫里做事的老乡，叫梅耶。阿姆死后，就是她介绍我来做酱仔的，不过我们好久没见过了……”

“她现在还在宫里吗？”

“不在了，梅姨大概一年前从宫中放归，现在在番禺城里开了个酒肆，专卖梅香酌。”

“梅香酌？”

“那是一种用林邑山中所产梅子酿的果酒，番禺城里的贵人们都爱喝……”甘蔗还没说完，唐蒙起身拍拍衣衫：“走，走，咱们去品品这梅香酌的味道。”言语间颇有些迫不及待。

只是甘蔗不知道他迫不及待的，到底是线索还是喝酒。

梅耶的酒肆，坐落于番禺城东北偏南的里坊一角。当街是个曲尺形柜台，恰好正对两边大街。一个四十多岁的女子斜倚在柜台前，头上梳了个简单的螺髻，无精打采地逗弄着脚边的一只黄犬。

“老板娘，你这里可还有梅香酌吗？”一个客人走到酒肆前。梅耶摆正了身子，客人这才看到，她的右手短了一截，像是被齐腕斩断。梅耶对这种目光早习惯了，淡淡一笑：“有的，有的。客人是第一次来吗？咱家的梅香酌，用的都是林邑山中所产的上等梅子，口味绝美，无论是自家用还是宴请都是上品。”

“先来二两尝尝，如果真好，大概得订个十坛。”客人大大咧咧地踏进酒肆，寻了张席子跪坐下来。

梅耶眼睛一亮，这是大主顾，用左手筛了一碗酒，又举刀把一枚新鲜梅子剖成两半，泡入其中。她手脚麻利，动作不输双手齐全的正常人。

“您看，这就是林邑山中的梅子，大如杯碗，青时极酸，但成熟之后味如石蜜，酿出来的酒是又醇又甜。我给您碗里放了一枚，这叫原酒化原果，喝完三天都有余味。”

梅耶对这套说辞熟极而流，一口气说完，还配上一个微笑。那客人不住频频点头，然后举起酒碗，先是小口啜饮，然后一饮而尽，忍不住喉咙里发出一阵爽快的声音。梅耶对他的反应见怪不怪，问是否要再筛一碗来，客人连声说好，又喝了一大碗，咂了咂嘴：“你这酒味道很别致，除了青梅味，似乎还有其他酒料？”

梅耶眼睛一亮：“想不到您还是个行家。没错，我家酿酒不用麦曲，只用枸杞叶子腌出酒水，不仅能增加醇香，还可以补肝益肾哟。”说完她暧昧地捂嘴轻笑起来。

客人端起一碗，送到嘴边，忽又放下：“老板娘这酒肆几时开的？之前我怎么没见过。”梅耶道：“我先前在宫里做事，后来得蒙国主放归，出来做了个小买卖，承蒙街坊关照，这一年多来，生意还不错。”几句话下来，她不露痕迹地把身价又抬了抬。

客人哈哈一笑："原来美酒和美人，都与南越王宫有渊源，怪不得气度非凡。"这恭维让梅耶很是受用，捂口谦逊道："哪里哪里，只是在宫里偷学了点方子而已。"

"你既在宫中，我跟你打听一个人，她也在南越王宫里，说不定你们还认识。"梅耶问是谁，客人道："有个厨娘叫甘叶，不知你听过没有。"

原本满脸殷勤的梅耶听到这名字，脸色陡变："你为什么要打听她？"客人道："哦，我是她一个远房亲戚，这次来番禺，给她们母女俩捎了点东西。"

话没说完，梅耶把酒碗一把抢回来，冷冷道："一枚秦半两，麻烦结账。"客人似乎不太高兴："你还没回答我的问题，怎么就要结账了？"梅耶冷笑起来："她一个罗浮山的姑娘，哪里来的北人口音的亲戚！你想跟老娘套话还嫩了点！"

她声音很大，引起了酒肆里其他酒客的注意。尤其是"北人"两个字，让几道目光变得不那么有善意。客人的肥脸抖了抖，似乎想要辩解。梅耶猛地一把揪住他的衣襟："我知道你是为什么来的！"

"啊？"客人有些惊慌。

"你跟卓长生说，他抛妻弃女，别再派人来假惺惺地关心了！"

唐蒙一脸茫然，他只是想试探一下梅耶对甘家母女的态度，她这是在说什么？

"还在装傻！"梅耶的眼神越发不屑，她松开衣襟，喊了一嗓子，几个酒客起身凑过来。梅耶一指唐蒙："这个北人想要占老娘便宜，几位帮我逮住！"

一听是北人捣乱，好几个热心酒客挺身而出，骂骂咧咧围上来。唐蒙见势不妙，想要拔剑，才发现自己是便服出行，只好倒退着朝酒肆门口撤去，谁知门槛一绊，他一下子仰面跌倒在地上。

酒肆内一阵哄笑，梅耶大笑到一半，却突然看到一个熟悉的小身影冲过来，把那个北人搀扶起来。

“甘蔗？”

梅耶眉头一皱，拦住那几个酒客，走上前道：“甘蔗，你怎么跑来这里了？”甘蔗费力地拽起唐蒙，对她气道：“梅姨，你干吗打他啊？”梅耶看看一脸狼狈的唐蒙，脸色愕然：“原来你们早见过了。”

此时酒肆内外都有人围观，梅耶一挥手，说：“都是误会，散了吧！”然后把他们两个人带到了酒肆后院。

这个后院是一个酿酒的小作坊，弥漫着淡淡的酸味。梅耶把他们带到制曲的小屋里，先看看唐蒙，又看看甘蔗，忽有些心疼：“甘蔗，你可又瘦了。”甘蔗看着她，抿紧嘴唇不言语。梅耶下巴一抬，看向唐蒙：“你们这到底是……怎么一回事？”

唐蒙清了清嗓子，上前郑重道：“我乃是大汉副使唐蒙，这次找你，其实是为了她母亲的事。”梅耶更加迷惑了：“甘叶……你们北人找她做什么？”

唐蒙当然不会明说原因，只含糊说来寻访一种叫枸酱的酱料，听闻与甘叶有关。梅耶将信将疑：“甘叶都死了三年了，你们现在才想起来找她？”唐蒙端起官架子，脸色一沉：“我们也是奉命行事，南越王已经准许。”

今天汉使和南越王同车入城之事，早就传遍整个番禺城，想必梅耶也注意到了。果然，她不敢再质疑什么，低声道：“甘叶为什么而死的，你们汉使都该知道吧？”

唐蒙点头，说：“这些情况我们都掌握了，不过嘛——”他刻意拉长腔调，盯着梅耶道：“你刚才说的卓长生是谁？”梅耶看了眼甘蔗，叹了口气：“本来我是不该说的，可既然大使问起来……

“我和甘叶是同乡，都来自罗浮山下。我比较笨，只能在宫里做个浆洗衣物的婢女。她是个聪明姑娘，擅长烹饪之道，什么食材到她手里，都能做出花样来。她原先在码头的食肆，后来机缘巧合，被选去了王宫做宫厨。同乡都说，五色雀飞上了榕树头。”

说到这里，梅耶语气忽然变得有些微妙：

“甘叶她人又漂亮，性格也好，又是宫厨。许多小伙子都想娶她为妻，可这个傻姑娘偏偏看上了一个北人。那个北人叫卓长生，是来南越做生意的——哦，那个时候，北边的商人还能来番禺做生意。这人不知给甘叶吃了什么毒菌子，把她的魂都摄走了。我们都劝她想清楚，可她死心塌地，一门心思跟定卓长生。哎呀，这姑娘倔起来是真愁人。

“本来呢，若两人就此成亲，从此过日子也好。没想到官府忽然颁布了一个法令，叫什么转运策，一下子，番禺港内所有的北商都被驱逐出境，包括那个卓长生。他临走时信誓旦旦，说会尽快赶回来娶甘叶。他走了以后，甘叶发现自己竟已怀了孩子。她不顾我们劝阻，坚持把孩子生下来，一心等他回来。谁知这一等，就是十几年杳无音信。她不肯再嫁，就一个人含辛茹苦拉扯孩子，真是傻到家了。每次我说她，甘叶还替那个没良心的辩解，说他肯定有苦衷。要我说啊，男人都一个德行，玩够了就回家，哪管女人的苦，肯定是把甘叶给忘啦。”

梅耶开始还说得很谨慎，讲到后来，自己先激动起来。

“后来的事你都知道了，她犯了大错，投了珠水，唉，到死也没等到卓长生回来，只剩下一个小甘蔗孤苦伶仃……”梅耶说到这里，用衣袖擦了擦眼角，“你跑来打听甘叶的事，我一听是中原口音，想起那个卓长生，这才误以为是他派来的。”

唐蒙看了一眼甘蔗，想不到她还是个南北的混血儿。梅耶面露歉疚：“小甘蔗，其实我本想收养你的，可你阿姆害死的是大王，这罪太大了，没人敢帮忙……”

“大王不是阿姆害死的！”

甘蔗昂起头来，攥紧双拳尖叫。梅耶只当她是孩子脾气，伸出左手想要安抚，却被一把甩开。梅耶无奈地转过头来，对唐蒙道：“这位贵人，如果你们是想寻访枸酱的来历，可找错地方啦。”

“哦？”唐蒙眉毛一扬。

“枸酱是甘叶爱用的调料不假，但这东西不是她熬的，而是那个杀千刀的卓长生送给她的。它也不叫枸酱，而是叫作蜀枸酱。”

第八章

唐蒙在听到“蜀枸酱”这个名字的同时，庄助正在品香。

他轻轻俯首过去，好奇地盯着眼前的这一尊铜制熏炉。这熏炉造型颇为古怪。一根夔足底座之上，四个小铜盒并成一个田字。四盒俱是方口圆底，盖上带有镂空云纹。即使是在未央宫内，也没见过这样的器物。

一缕清凉幽香之气，正从其中一个盒子的镂空纹里徐徐飘出。先在半空幻化成矫矫烟龙，然后缭绕于熏炉旁的两人周身，久久不散。庄助忍不住深深吸了一口，紧闭双眼良久，方轻声吟道：

“扈江离与辟芷兮，纫秋兰以为佩。”

此两句出自《离骚》，江离、芷草、秋兰皆是君子随身携带的香草。对面的吕嘉熟谙中原典籍，不由得笑道：“不知三闾大夫闻到这沉光香，还能写出什么样的佳句来。”

庄助缓缓睁开双眼，神色醺醺。吕嘉伸出一根香钩，把另外三个铜盒依次打开：“这尊四方熏炉，一次可以盛放四种不同的香料，除沉光香之外，回头我让人送一些果布婆律、苏合与乳香来。单熏亦可，调和亦妙，各种组合随君之意。这尊炉子就放在这里，让庄大夫逐一试试。”

庄助闻言，欢喜之情溢于言表。他不喜欢珍馐车马，唯对熏香一道十分痴迷，觉得这才是真正的君子所好之道。他双手按在熏炉上摩娑片刻，忍不住感叹：“跟这些海外奇香一比，中原的香料稍嫌清淡。在这方面，南越国真是得天独厚，羡慕不来。”

吕嘉捋髯轻笑：“我南越南接广海，东临深洋，这些东西确实比中原易得。说句僭越的话，未央宫中王侯才有资格享用的熏香料，在番禺城里，就是小富之户也用得起。至于大户人家，都是自己豢养调香师，独占一味。我们在朝堂议事，不必看人，光是一闻，就知道谁来了。”

“确实如此，吕丞相身上的味道中正平和，不呛不冲，可见是个稳重之人；那橙宇身上的熏香味道却苦辣压过幽香，脾性一定偏激险狭。”

吕嘉击节赞道：“闻香识人，庄大夫果然是解人。不过我和橙宇虽然敌对，也得替他分辩一句。他那对黄眼你也看到了，乃是湿热入体，郁结病邪所致，身上那股苦味，其实是长期服药所致。”

“你们岭南无论什么毛病，最后都归结为湿气太重。”庄助小小地嘲讽了一句，两人相视大笑。

吕嘉又换了一味香，一边低头小心侍弄，一边缓缓道：“香料物以稀为贵，倘若这些奇香每年能多运去中原几百石，更多如庄大夫这样的爱香之人，也能得偿所愿，不失为一桩雅事。”

庄助原本沉醉的眼神，“唰”一下变得锐利。这位丞相此来拜访，又是熏香，又是送炉子，终于说到正题了。

“吕丞相若有想法，不妨直说。”

吕嘉知道对面是个极聪明的人，也不掩饰：“希望使者能够说服朝廷，把大限令提高五成。”庄助眉头一抬，露出不出所料的表情。

大汉朝廷有一道大限令，规定每年与南越的往来货殖，总值不得超过五百万金。对南越来说，这个大限令如同一道桎梏，只要能稍稍抬升一点，南越便能赚到更多的钱。

庄助修长的手指抚过熏炉，语气不疾不徐：“我记得在船上，吕丞相说有一个计划，可以打消南越王称帝的念头——莫非这就是您的计划？”

吕嘉道："正是如此。再过几日，王宫就要例行议事，橙宇势必会再提称帝之事。只要贵使拿出些许诚意，老夫在朝堂上便有了斧钺，可以一举斩断橙氏的野心。"

庄助嘴角露出一丝冷笑："吕丞相好算计，什么都没做，就先问本使要起诚意了。您比我年长，应该记得朝廷为何在十六年前设下这个大限令吧？"

此事说来有些荒唐。

原本大汉与南越的贸易没有限制，两国商人可以自由来往。十六年前，南越武王赵佗突然颁布了一道"转运策"，不准中原商人入境，一应货物只能由当地商队转运。赵佗为何做出这个决策，没人知道，很多人说他年老昏聩，平白去招惹北方大国，只怕要招致强烈报复。

果然，孝景帝闻之勃然大怒，下旨出兵讨伐。可有巍巍五岭挡着，这次讨伐终究不了了之。赵佗趁机上表请罪，孝景帝考虑到"让实守虚"的国策，无奈之下，遂改设一条"大限令"，把两国贸易规模限制在五百万金。

接下来几年的贸易证明，虽说"大限令"让货殖量减少，但"转运策"让本地商贾独得利润，算下来南越得利反而更多。至此所有人才明白赵佗的手段，他每一步都精准地踏在朝廷容忍的极限上，再稍退半步——毕竟是曾与秦皇、汉祖打过交道的枭雄，与之相比，孝景帝还是稚嫩了些。

吕嘉虽不及赵佗狡猾，可同样是一条成精的狐狸。他们吕氏把持着对外贸易，独得"转运"垄断之利，只要能把大限令稍微放松一点，他们就能获得更多好处。

庄助故意不遮掩自己的怒气："礼尚往来，来而不往，非礼也。南越国一味要求大汉出示诚意，那你们的诚意又在哪里？你要求大汉提高大限令，那贵国的转运策为何不废？"

吕嘉道："眼下最迫切的，便是阻止橙氏，避免国主称帝，余者可以慢慢再论。”庄助愈加不满，身子挺直，几乎是俯视着吕嘉：“明明是你南越国内部折腾，却要大汉来让利安抚，这算什么道理？是不是以后你们秦人、土人每次起了争端，都得我们付出代价？”

面对威压，吕嘉依旧跪坐得十分端正，连一根须眉都不颤动：“五岭险峻，汉军难逾，我这也是为了大汉着想啊。”

庄助一时为之气结。吕嘉动辄抬出“五岭”来拿捏自己，偏偏自己又无法驳斥，因为他说的是事实。只要愚公没把这几座碍事的玩意儿移走，汉军便无法在军事上采取行动。而军事上无能为力，政治上施展的空间也会受限。

吕嘉笑盈盈盯着庄助。只有大汉废掉大限令，秦人才能得势；只有秦人得势，才能保证南越王不称帝，让大汉不那么难堪，这是开诚布公的阳谋。

庄助心里愤恨，面上却不露任何痕迹，大袖一拂，淡淡笑道：“说起这个。这一代南越王精熟汉典，慕尚文教，此前与本使聊得颇为投机。也许，他能体谅陛下的苦衷吧。”

说白了，我可不一定要跟你们秦人联手，只要说服了赵眜，一样可以达成目的。

吕嘉无奈地一摊手：“国主的性子您也知道，对先王极为尊崇。他登基以来，只要是先王生前的规矩，一点都不敢改。”庄助“啧”了一声。这些南越人好生狡黠，一说大限令，就是各种对赵佗的不满；一说转运策，又说赵佗的规矩一点都不能动。

“绕来绕去，你们还是绕不开赵佗啊。”他忍不住感叹。

吕嘉见他如此直白地称呼先王名讳，面上微微浮起一丝怒容，但稍现即逝，随即起身推开窗户，看向庭中的那棵苍虬榕树，语气深沉下来：

“我出生时，他是南越的王；我幼年玩耍时，他是南越的王；我读书习字时，他是南越的王。我从小官一步步爬到丞相的位置，他还是南越的王——绝大多数南越人，和我一样，整个人生都在先王治下度过。你说我们怎么绕得开他？武王他老人家，就是庇荫整个南越的大榕树啊。”

庄助缓缓走到窗边，与吕嘉并肩而立。只见那榕树的树冠遮天蔽日，几乎占据了整个视野，只有丝丝缕缕的碎光漏下来。他再一次品了品浓香，吐出一口气：

“大限令和转运策，我们可以议一议；但作为交换。你来安排我进宫，为南越王当面讲一讲孝道。”

“枸酱，原来竟叫作蜀枸酱？”

梅耶透露出的信息，让唐蒙霎时陷入震惊。

枸酱不是南越所产，这个唐蒙早就知道。但他没想到，这东西居然叫蜀枸酱。难道说，这东西竟是蜀地所产吗？唐蒙从来没去过蜀地。风闻那里山河四闭，自成一片天地，有一些独特食材，倒也属正常。

倘若甘叶的蜀枸酱是卓长生所送，那么此人很可能来自临邛卓氏。这个家族在秦末以冶铁致富，如今已是蜀地数一数二的商贾大族，商队遍布各地。

想到这里，唐蒙瞥向甘蔗，眼神一时变得复杂。如果梅耶所言无差，他只要归国之后，找个蜀地商人询问便是，无须从甘蔗这里讨要，更不必蹚南越王宫那浑水，单这一个“蜀”字，便足以废掉甘蔗手里唯一有价值的筹码。

小姑娘大概也意识到了危险，垂下头揪住粗布衣角，指节弯得发白。唐蒙看到她干瘦的身板微微抖动，不知为何，自己的心脏也随之震颤起来。那种律动，似曾相识，许多年前站在雪地里一个同样瘦弱无助的身影，与眼前的小姑娘渐渐重叠……

罢了，罢了，庄大夫还指望我查出点东西呢，万一半途而废，他又要啰唆。唐蒙在内心找了一个理由来说服自己，双手用力拍了拍肉乎乎的脸颊，紧盯住梅耶，一字一顿道：“你在撒谎！”

梅耶柳眉一蹙：“我哪里撒谎，那东西确实是叫蜀枸酱啊。”唐蒙道：

“我不是说这酱的名字，而是你之前的话。你说卓长生离开番禺之后，十几年来杳无音信。但据我所知，甘叶在生前熬过的绰菜粥里，就用枸酱汁调味，她女儿甘蔗至今仍旧会定期收到枸酱——请问这从何得来？”

梅耶没想到汉使连这个细节都掌握了，一下子愣在原地，半晌方才勉强笑道：“她也许从别处买来也说不定，枸酱又不是只有卓长生才有。”

“大汉出口南越的所有货品，都要登记造册，里面可从来没有蜀枸酱。”唐蒙紧盯着梅耶的眼睛。梅耶掩嘴不屑道：“明面上没有，不代表私下没有。难道贩私这种事，汉使你都不曾听过吗？”唐蒙笑了，他就等着这一句：

“比如你的梅香酌吗？”

梅耶像被蝎子蜇了一下，精致的脸上冒出惊慌。

唐蒙舔了舔舌头：“适才我说你那酒味道别致，可不是夸奖。你切了个梅子在酒里，想蒙混成梅香酌，却不知这梅子味和酒的甜味根本融不到一处。别的酒客一听可以补肾，也许顾不得，但可别想瞒过我。”

“你……你在胡说什么？我这酒可是货真价实的！”

“我没说你这酒是假的。酒是好酒，只是其中的甘甜味道，根本不是青梅所出。”唐蒙随手拿起一件制曲木斗，嗅了嗅：“你这酒里有一分青梅汁、一分枸橼汁、一分蔗浆，还有七分酒水，我说的没错吧？”

梅耶没想到他能一口气讲出成分，口气赶紧变了：“我在酒里调入瓜果汁水，有何不可？谁也没说梅香酌一定是梅子酿制。”

唐蒙道：“你放别的我不管，但你这基酒，自家可酿不出来。因为这是中原所产的酒，叫作仙藏酒。”梅耶冷笑：“汉使这就狭隘了，我南越物产丰饶，比北边多多了，凭什么说这就是中原产的？”

唐蒙不慌不忙：“因为仙藏酒乃是枣酒，须用陈枣发酵而成。你们南越物产确实丰饶，但唯独不产枣子。请问你哪里来的原料酿枣酒？”

梅耶顿时脸色大变。贩卖私酒乃是重罪。她这酒确实是走私进来的，为了掩人耳目，才加了个“梅香酌”的名头，没想到被这个汉使一语说破。

“人会骗人，但食物从来不会。”唐蒙淡淡地点了一句，然后趁热打铁，回到正题，“你最好重新讲讲，你和甘叶到底是什么关系？和卓长生又是什么关系？”

梅耶倒退几步，脊背“咣”地撞在制曲的木斗之上，不复之前的从容。她看了眼甘蔗，喃喃说道：

“其实……最早看中卓长生的人，是我啦。我去番禺港采购北货，正遇到他的商队来做生意。卓长生是那个商队的管事，相貌英俊，身家丰厚，如果能寻他做个夫婿，我也不必在王宫为奴为婢了。”梅耶讲到这里，居然露出一丝少女般的羞涩。

“我听说他特别爱吃，为了讨好他，就请甘叶为他烧了一顿嘉鱼。谁想到他吃完鱼，说味道不差，只是尚存一丝腥味，便拿出一种自称是他家乡出产的酱料，叫作蜀枸酱，浇在釜内可以解腥。甘叶那个人平时温柔低调，可在烹饪方面心高气傲，绝不容忍别人指手画脚，跟他大吵了一架，互不相让。谁知道，那两个人天天在庖厨里吵架，一来二去，他们倒看对眼了……”

唐蒙和甘蔗面面相觑，没想到听到这么一段故事。

“我很生气，觉得甘叶抢走了我的姻缘。所以官府宣布转运策之后，卓长生被迫离境，我心里很是解恨。贵人猜得对，其实卓长生一直和甘叶还有联系，会定期委托南越商人送来蜀枸酱。每次甘叶收到，都会抱着罐子哭上一夜，第二天我看到她双眼红肿，这心里啊，满是说不出的痛快……”

梅耶咬着牙，流露出一种复杂的神情。

“这些蜀枸酱，甘叶是用于宫内烹饪吗？”

“对，她本来厨艺就好，再加上蜀枸酱，在宫里混得更加风生水起。很多人都想打听她这东西的来源，可惜甘叶嘴巴很严，从来不肯说，就连我也不知道是哪个商家帮她捎来的。”

"甘叶给武王熬的那碗粥，枣核其实是你偷放进去的吧？"唐蒙似是不经意地提了一句。

梅耶一瞬间有些晕头转向，怎么突然就跳到这个话题来了？旁边甘蔗听了，身子一震，吃惊不小。唐蒙随即紧跟一句："壶枣睡菜粥按正常流程烹制，是绝无可能混入枣核的，只能是旁人放入。你既然对甘叶心怀嫉恨，又在宫里当职，害死她的动机和手段都不缺。"

他讲到这里，故意闭口不言，只是盯着对方。这下子梅耶彻底慌了神，她不顾仪态地喊出声："我是嫉恨他们两个没错，可那都是十几年前的事了。何况我只是心里想想，从来没做过对不起她的事！"

梅耶见唐蒙面无表情，更加慌张，转向甘蔗，讨好似的伸手抓住她的胳膊："你还记得吗？梅姨从前每次去你家里，都带石蜜给你吃的，把你养成了一个甜口娃。甘蔗这名字，可不就是这么来的？梅姨像是会害你的人吗？"

甘蔗有些不知所措，她犹豫再三，这才扯了扯唐蒙的袖子，小声道："梅姨对我不差的。没她介绍我去码头做酱仔，我早就饿死了。"

唐蒙不为所动，有如一个冷酷的审吏："那你说说，武王去世当晚你做了什么？"

"我之前在宫里，是在负责王室服饰的尚衣局，哪里有机会去宫厨害她？"梅耶脸色煞白，试图解释，孰不知完全落入了唐蒙的节奏。

倘若唐蒙一上来就询问赵佗去世当晚之事，一定会引起对方的疑惧。所以他煞费苦心绕了一大圈，从梅香酌的真假问到卓甘二人的风流韵事，再引到梅耶的嫉恨心上，这才进入正题，让她以为这一切都和当年旧情有关，不会联想到别的。

文火慢炖，才能炖得透，唐蒙在心里得意地想，继续板着脸道："尚衣和宫厨，不都是在宫里伺候王室的吗？怎么会没机会？"

梅耶唯恐引火烧身，急忙辩白道："汉使有所不知，我所在的尚衣局，是在外围，与王室居住的甘泉宫之间隔着数道关防，随意走动可是要挨罚的。”她苦笑着举起自己残缺的右肢：“我就是两年前误闯了不该去的区域，被斩去一手，从宫里被赶了出来。”

这南越王宫，居然还保持着苛酷秦律啊，唐蒙暗自吐了吐舌头。梅耶又道：“先王在最后几年，连甘泉宫也不住了，只在独舍待着。我们这些普通下人，更没机会接近了。”

唐蒙眉头一皱，敏锐地抓到这个关键词：“独舍？”

“对的，他年纪大了，喜欢清静，就在王宫宫苑内起了一座独舍，四面围墙围住。除他之外，独舍里只有两个人陪着：一个贴身护卫，还有一个是甘叶——你说我就算有心，又如何害她？”

“也就是说，当晚除了甘叶，赵佗身边还有一个贴身护卫？”

“对，那护卫叫任延寿，是先王最信任的人，不仅负责警卫，甚至还负责武王的膳食检验。”

“连吃的都交给他先尝啊？那是够信任的。”唐蒙对这个细节格外敏感，连忙追问道，“这个任延寿，如今在哪里？”梅耶巴不得把话题转开：“任氏子弟，自然是在任家坞喽。”

听梅耶的口气，这个家族和地名似乎在番禺很有名。唐蒙知道再问下去，大概她要起疑心了，于是随便敷衍了两句，便要带甘蔗离开。

梅耶如释重负，她望着甘蔗离开的身影，忽然开口喊了一声。甘蔗转过头来，定定看向她。梅耶露出一个复杂的笑容，半是挣扎，半是感怀：“你知道吗？你……你的眉眼和卓长生可真像。”

甘蔗的步伐猛然顿了一下，随即继续向外走去。但唐蒙看得出，她听到那个名字，脚步有些虚浮踉跄，似是一条承载了过多货物的小舟，在风浪中狼狈颠簸。

这可以理解。一个反感北人的人，忽然发现自己有北人血统，难免心情复杂，需要一点时间来消化。

他们走过酒肆前的几个路口，甘蔗忽然抬眼向前，双眼盈盈闪动。唐蒙循着她的视线看去，注意到对面坊墙下是一处摊棚，摊棚里的大甑热气腾腾，似乎在蒸着什么东西。

“我想吃这个，但我没钱。”甘蔗抬手一指。

唐蒙心想她估计饿了好几天，赶忙说“我请你好了”，于是两人走到摊棚前。老板很是热情，转身从甑里拿出两个热气腾腾的蒸物，放在半个胥余果的空壳里，还送了两碗浮着几滴油星的清汤。

唐蒙仔细一看，嗐，这不就是角黍嘛。可他再仔细一看，又不太一样，这个“角黍”的形状更像枕头，个头更大，外面裹的叶子也不是芦苇叶。

甘蔗拿起一个蒸物，说这叫裹蒸糕，是阿姆家乡的吃食。她熟练地拿起一个，解开水草绳，剥开叶子，露出里面绿绿的糕肉。唐蒙注意到，这鲜绿色似乎来自外面裹的那片叶子。

“这边气候太热。我阿姆说，只有用冬叶裹住裹蒸糕，才不会坏得快。”甘蔗双手捧着裹蒸糕，先咬去糕身的几个角，津津有味地吃了起来。唐蒙学着她的模样，也拿起一个，先咬角。甘蔗“扑哧”一声笑起来：“只有小孩子才会先吃角啦，能快快长高长大。你都这么大的人了，还想再胖一点吗？”

唐蒙尴尬一笑，张嘴咬下去，小眼睛霎时瞪得溜圆。

糯米的甘甜自不必说，这糕里居然还掺杂着一点猪肥膏的碎渣。这些碎膏大部分都融为热油，充分渗入糕间，但口感并没变得油腻，因为有一股清香始终萦绕左右。那感觉，就像一群妩媚舞姬混入军阵，将杀气腾腾的攻伐之气安抚下去。

这清香应该是来自甘蔗说的冬叶。以叶压油，以油润糕，搭配堪称绝妙。凭他的经验，这裹蒸糕没有几个时辰，恐怕蒸不了那么透。

“这个好吃，好吃！”唐蒙瞪圆眼睛，吭哧吭哧大快朵颐。

甘蔗道：“我小时候生得矮，像只小猫似的。我想快点长大，就偷偷爬到了榕树上面，哇，觉得自己一下子变高了。结果榕树皮太滑了，从上面摔下来，连胳膊都摔折了，害得我后来有点恐高。我阿姆知道之后，心疼得不得了，给我做了好多裹蒸糕，说只要先吃角，人就会变高。”

甘蔗一边说着，一边露出灿烂的笑容。唐蒙不由得一怔，仿佛被这笑容触动了什么心事。甘蔗见唐蒙盯着自己，不好意思地放缓了速度，喃喃道：“后来呢，我每次问阿姆，我的阿翁在哪里？为什么别人有，我没有。阿姆也不回答，就给我包一个裹蒸糕，说要粘住我的嘴。”

唐蒙咀嚼的动作，突然停住了。

“那一天晚上，我想吃裹蒸糕，阿姆急着去宫里当值，就安慰我说等她回来，多给我包几个。可到了第二天早上，阿姆没回来，来了很多奇怪的人，一个个都很凶，问了我很多奇怪的问题，带走了很多东西。我在家里等了好几天，也没见阿姆回来。我饿得受不了，跑到外面去，才知道阿姆熬的粥噎死了武王，她畏罪投了珠水。阿姆不要我了，自己走了……”

甘蔗的声音隐隐多了一丝哭腔。唐蒙把手掌按在腹部，感觉胃在微微痉挛。

“阿姆没了，我就只剩一个人了。没人敢帮一个杀了大王的罪人的女儿。只有梅姨好心，偷偷帮我安排做了酱仔。从那以后，我就每天背着酱篓，在番禺港转悠，听说阿姆就是在这里投江的。从前我想吃东西，只要一喊，阿姆就会立刻做给我吃，所以我想到去江边告诉她，我想吃冬叶裹蒸糕，说不定她听说以后，还会回来找我，也许不会再抛下我了……”

说到这里，泪水吧嗒吧嗒滴在裹蒸糕上面，顺着摊开的冬叶流下去，嘶哑的叫卖声响起：“卖酱咧，上好的肉酱鱼酱米酱芥末酱咧，吃完回家找阿姆咧。”

声音哀哀，如同一只巢中雏鸟在鸣叫，但大鸟不可能再飞回来了。

唐蒙把手里的裹蒸糕放下，他知道甘蔗说的“也许”是什么——卓长生在甘叶去世之后，并没有停止蜀枸酱的供货，仍旧委托那一条渠道定期送到甘蔗手里。也就是说，他一定知道女儿的存在。甘蔗一直在番禺港叫卖，一是为了陪伴母亲，二来也许一直期盼着，哪一天能见到父亲吧？

怪不得别人一打听枸酱来源，她反应就特别强烈。如果这个渠道被人占走，就等于斩断了她与父亲的唯一联系。

奇怪的是，卓长生既然知道女儿孤身一人，为何不想办法把她接走？纵然南越不准汉人进入，哪怕捎来只言片语，女儿也能稍得慰藉。可这三年来，他沉默地往这边一直送枸酱，到底关心不关心自己的女儿？

这些疑问，唐蒙都无法回答，只好默默递过一方绢帕，让甘蔗擦一下脸。甘蔗撇撇嘴："我对你已经没用了，你还在这里干吗？"唐蒙苦笑，这姑娘性子倔，脑子可不笨，说道："我人已在南越，难道还千里迢迢跑去蜀中打听蜀枸酱配方吗？"

"蜀中离南越很远吗？"

"很远，特别远。"唐蒙回答。南越人对中原地理没概念，他没法讲述得更细致。事实上，即使是大汉王朝的子民，绝大部分人对村子之外的世界也是茫然无知。毕竟舆图是官府秘藏，轻易不示于人。

"不过甘蔗你放心好了。咱们说好了，等我为你娘还了清白之后，你再说出来源不迟。在这之前，你就算讲了，我打死也不会听。"

甘蔗一双大眼睛忽闪忽闪，忽然目光一凝，似是下了什么决心。她一指路口，说："你去旁边那棵木棉树下等我一下。"唐蒙有点莫名其妙，依言走过去，在树下站定。

甘蔗不知跑去哪里了，过了好一阵，才抱着一个胥余果壳跑回来，双手递给唐蒙："喏，我拿枸酱的地方，就放在这里面，你拿回去好了。但得等我娘还了清白，你再打开来看。"

唐蒙先是一怔，不知这姑娘葫芦里卖的什么药，双手接过果壳之后，看到上头扣着个木盖，才反应过来，这甘蔗看似倔强，其实还挺聪明。她知道"蜀枸酱"这名字一暴露，自己便失去了与唐蒙交易的独有价值。

与其保守秘密，不如以退为进，坦坦荡荡地把秘密交出去，把对方当成君子来看待，还能博得一丝希望。

“你不要偷看。就算偷偷打开，也看不明白的。”

甘蔗把胥余果壳推给唐蒙，表情认真地提醒了一句。唐蒙看到她的喉咙滚动了一下，知道小姑娘到底还是很紧张。没办法，她太弱小了，弱小到只能彻底放弃挣扎，袒露一切，才能换取对方的怜悯。

“我知道了……虽然我不是君子吧，但守信多少还是能做到的。”唐蒙收下果壳，郑重其事举起右手，“皇天后土为证，我唐蒙在此立誓，不还甘叶清白，不开此壳。如有违者，终生进食无味，如嚼黄土。”

听到这起誓的词，甘蔗忍不住破涕为笑。这还是唐蒙第一次见到她笑。

第九章

唐蒙返回驿馆之后，第一件事就是把甘蔗的胥余果壳放进随身藤箱之内。

这箱子里放的，都是他沿途绘下来的绢帛地图，平时挂一把锁，最为稳妥。可惜的是，他绘制的白云山地势图，不知何时遗失了，还得找时间重绘。

忙完这个，唐蒙找到庄助，后者正悠然自得地擦拭着佩剑，看来跟吕嘉谈得不错。唐蒙把调查结果如实汇报，庄助听完之后沉思片刻："所以你下一步，就是去查这个任延寿？"

"对。赵佗死之前只有四个人在身边，吕嘉、橙宇、甘叶，还有一个就是任延寿。吕嘉和橙宇是同时去的，以他们两人的关系，如果其中一人有什么不轨行为，另一个早嚷出来了，暂时没什么可疑的。甘叶又死了，只有任延寿是突破口。"

庄助道："但你打算怎么查？此人是赵佗的贴身侍卫，可不像梅耶一个宫婢那么好骗。"言语之间，似是跃跃欲试，要亲自去查。

唐蒙一听，赶紧劝阻说："区区一个侍卫，还用不着您出场，我去就得了。"

“区区一个侍卫？”庄助似笑非笑，“你大概还不知道任氏在南越的地位吧？”

关于这一点，唐蒙之前问过甘蔗。可惜她一个小姑娘，所知的并不多，只知道任氏拥有番禺附近最肥沃的一块平整田地，无须缴纳税赋，在南越国地位超然。番禺城流传着一句话：“任氏坞，半城输。”任氏的身家，比半个番禺城还富庶。

庄助道：“任氏当得起这个待遇。要知道，这南越国，原本就是他们任家的。”他从长安出发前，对南越着实研究了一阵，对此颇熟。唐蒙既然提起，他一时技痒，索性开讲起来。

当初五十万秦军进入岭南之时，带队的统帅叫任嚣，赵佗其时只是其麾下一名副将。任嚣扫平百越部落，创建了岭南三郡，又平地建起一座番禺大城，号称“东南一尉”。中原大乱之时，任嚣酝酿着割据岭南，可惜事尚未成，便中途病亡。他临死之前，委托副手赵佗代行政事，这才有了后面的赵佗建国之事。

从道理上来说，第一任南越王本该是任嚣或其子嗣。但任嚣是个聪明人，知道自己一死，任氏后人肯定斗不过赵佗。与其坐等别人来斩草除根，不如早早托孤让位，还能换个阖族平安。

赵佗上位之后，果然信守承诺，对任家后人优容以待，在番禺城旁划了一片膏腴之地，供其繁衍生息。任氏家族颇懂进退，从不参政，只在自己一亩三分地待着。像任延寿这种出身任氏的子弟，还会被赵佗当成心腹，随侍左右。

“任嚣和赵佗这两个人，真是比许多中原王侯要聪明多了。”

唐蒙大为感慨。一个人最要紧的，就是认清自己的实力，以及这份实力在大局中的位置。任嚣也罢，甘蔗也罢，他们的举动本质上是一样的，都是在预感到绝对劣势之后，提前输诚，以换取最好的结果。

甘蔗这丫头，真够聪明的，唐蒙暗想。

这时庄助道：“你说的也有道理，我若前去，难免会引起吕嘉和橙宇的疑心。罢了，这几天我要跟他们周旋大限令和转运策的事，这件事还是你去查好了。”

“大限令和转运策？”唐蒙连忙提醒道，“就怕吕氏打着对付橙氏的旗号，趁机给自己捞好处，您可要小心。”

庄助不以为意：“君子喻于义，小人喻于利。不许些好处，这些南越人怎么会尽心帮忙？只要能为我所用，让他们占点便宜也无妨。唐副使你多努努力，你查到的东西越多，我让给吕氏的好处就可以越少。”

“我……我尽力吧……”唐蒙可不敢把话说满。不料庄助又道：“对了，沿途的这些地图，你也别忘了整理出来。这几日我要用。”唐蒙眼前一黑，怎么你还记得这茬啊？

可怜他熬了一夜，把舆图重新补完，次日顶着两个黑眼圈早早出门。他先与甘蔗在城门口会合，然后从番禺港乘上一条渡船。任氏坞位于番禺城外十里，坐落于一片狭长的江心沙洲之上，四面环水，只能通过舟船往来。

舟行至半路，天色缓缓暗下来，开始落雨。岭南的雨水绵密且黏稠，像无数条藤蔓自铅云上端垂下，搅动着江水。整个江面泛起密密麻麻的小泡，仿佛一釜正“咕嘟咕嘟”熬煮的稻米羹。三伏的暑气非但没被雨水浇散，反而更加闷热起来，令舟上的乘客油然生出一种“造化为厨，天地为釜”的错觉，至于自己，只是被日月煎熬的小小一粒米罢了。

直到小舟行至一片狭长如柳叶的沙洲附近，雨势才稍稍收住，天边露出半个日头。渡船上的乘客纷纷走出船篷，望见一片江中土地徐徐接近。这沙洲的边缘是一圈细腻的砂白色，形状被水流勾勒得十分柔和。越往内陆延伸，颜色越深。东侧黄绿相间的是一块块纵横田垄，西侧绿翠斑驳的是一片片塘草。

而在沙洲最中央的小丘之上，有一座巨大的庄园。这庄园四面皆是黄色的夯土大墙，高逾两丈，四角各自建起一座比胥余果树还要高的木制角楼，俯瞰整个沙洲，俨然一座小城的规模。

唐蒙对地理最为敏感，一看到这个格局，便对赵佗佩服得五体投地。

将任氏安排在沙洲之上，可谓绝妙。这里的土质细腻，皆是上品良田，对得起他向任嚣的承诺；而四周环水的环境，又隐隐把任氏家族限制在一隅之地，无从扩张，安心做个地位尊崇、无足轻重的客卿。

唐蒙一边感叹，一边与甘蔗沿着一条平整大路，朝着坞堡门口走去。他们这次前来，是扮成外来客商，前来洽谈购买稻米之事，为此唐蒙还改换成了凉冠、丝绸短袍和一双卷边薄靴，一副阔少做派。

他们眼看要接近坞堡，唐蒙突然停住脚步，鼻翼两侧的肉抖了抖。甘蔗问他怎么了，唐蒙双眼四下搜寻，口中喃喃道："好香，好香，这是在炖肉吗？"

除了昨天吃了一个裹蒸糕，甘蔗许久未闻肉味。她仰起头来，也贪婪地吸了吸。这香气从坞堡方向传来，醇厚浓郁。唐蒙闭着眼睛细细分辨了一阵，嘴唇嚅动："嗯，里面应该有八角，好家伙，真舍得下料哇。"

所谓"八角"，乃是一种香料，以果形八角而得名。这种香料，是炖肉炖菜的调味上品，只在南越国的桂林郡出产，数量有限，出口到中原都是天价。只有达官贵人，才会在宴宾时放上一点在肉里。

这炖肉里的八角香味，浓郁到隔了那么远都能闻到，放的数量一定很多。任氏的富庶奢靡，可见一斑。

他们循着肉味走到大门口，看到在坞堡大门二十步开外的一棵榕树之下，摆着一尊饕餮纹的四足大鼎。那鼎里正咕嘟咕嘟炖着东西，香气顺着江风飘向四方。

"这么大庄园，难道没有庖厨吗？干吗搁在门外做菜？"唐蒙这个念头刚产生，便看到了答案。

只见一个脸涂白垩土、腰束藤萝的巫师，正围着大鼎念念有词。周围的房屋上方，四五个踩在屋檐高处的人，各自手持一件衣物不断挥动，口中呼喊。不过口音有些怪，听不太懂。在外围的空地上，还有二十多个人在围观，男女老少都有。

这是……在招魂吧？唐蒙猜测。

中原也有类似的习俗，家中亲人去世，家人要站在屋檐之上，挥舞死者生前所穿衣物——所谓“复衣”——呼唤死者名字，希望借此把魂魄召回。至于那尊炖着肉的大鼎，大概是因为南越信奉楚巫。楚地招魂，除了扬复衣，还要把死者生前最喜欢的吃食、用具都陈列摆出，诱惑魂魄归来。

三闾大夫在《招魂》里就描写过诱惑死者的楚地美食：“肥牛之腱，臑若芳些……胹鳖炮羔，有柘浆些……粔籹蜜饵，有餦餭些；瑶浆蜜勺，实羽觞些……”这是唐蒙最喜欢的楚辞作品，一想到，他就忍不住摇头晃脑背诵起来。哎，如果我死了，有这么多好吃的，拼死也要从九泉爬回来啊。

甘蔗突然拽了一下唐蒙的袖子，打断他的遐想：“北人，你仔细听听，他们喊的名字，好像是任延寿啊。”

唐蒙一个激灵，什么？他仔细听了一下，还是听不懂，但三个音节还是能分出来的。甘蔗又仔细听了听，十分确定：“确实喊的是任延寿。”

唐蒙眼前一黑，要不要这么巧啊，刚要找任延寿，他就死了？他情急之下，径直走到旁边观礼的人群中，看看其中一个老者面相和善，过去拱手道：“请教这位老丈，贵府是在为何人招魂？”

老者转头发现是个生人，上下打量，满是疑惑。唐蒙忙解释道：“我是来采购粮食的客商，适见贵府在做招魂，故来询问老丈和死者什么关系？”

说完他主动掏出几枚秦半两，塞到老者手里。老者脸色稍缓：“我是任府的庄丁，这里祭祀的，是家主的第三子，叫任延寿。”唐蒙又问：“敢问因何故去？”老者叹了口气：“夜里睡觉的时候，被一条白花蛇给咬死啦。”

唐蒙倒吸一口凉气。南越多毒虫，经常穿梁进屋，乃至枕旁榻侧。沙洲这里潮湿土软，蛙鼠俱多，想来蛇类也不少。

“唉，真是天有不测风云，年纪轻轻遭此厄运。”他感慨了一句。

“也不算年轻吧，三公子死的时候都四十七了。”老庄丁道。唐蒙先“嗯”了一声，然后觉得有点古怪：“什么叫死的时候四十七岁？”老头不耐烦地摆摆手：“他是三年前去世的，可不是按死的年纪算？”

“什么？”唐蒙这下彻底糊涂了，“三年前死的？为何现在才招魂？”

“谁跟你说是招魂了？”老头嗤笑一声，这些外地人真是没见识，他一指那楚巫，“你听听他念的是啥？”唐蒙侧耳细听，还好，这个楚巫讲的是中原音，而且只一段话反复念诵：“苦莫相念，乐莫相思。从别以后，无令死者注于生人。祠腊社伏，徼于泰山狱。千年万岁，乃复得会。”

这段话唐蒙是听过的，大概意思是请死者不要作祟。我们为你提供祭品，请你老老实实待在泰山底下的冥府，不要回来——这种祭词，一般用于祭祀横死之人，是为“诀祭”，诀者，别也。

“我们这里，被毒蛇咬死最不吉利，魂魄会作祟，为害生人。所以三公子死后，庄里每年都会办两次诀祭，用他生前最爱的吃食，安抚魂魄。”老庄丁直勾勾盯着鼎里，口水都快流出来了。

祭得这么频繁，任延寿死得有多惨？唐蒙微微惊叹，他本想再详细询问，但那边楚巫的腔调已经再度响起。

“苦莫相念，乐莫相思……千年万岁，乃复得会。”楚巫的腔调似说似唱，声音因为喊得太过卖力而显得嘶哑，别有一番苍凉悲怆之感。唐蒙站在人群里，望着他绕着大鼎一遍遍地念着这永诀之辞，忽然眼前一黑，似是被什么东西遮住，然后耳畔传来一阵哄笑声。

唐蒙怔怔呆了片刻，这才抬起手臂，把盖住脑袋的东西扯下来——原来这是一件对襟麻质襦衣，很是破旧，前襟还有大片深黑色的污渍。旁边甘蔗气不过，抬头骂道：“哪个遭狗瘟的烂仔，怎么拿衣服的！”

原来屋顶有一个人挥动衣服时，手一下滑了，掉落的腹衣被江风一吹，恰好盖在唐蒙头顶。这是死人生前的衣物，砸到生人头上，可是大大的不吉。周围观礼的视线齐刷刷投射过来，想看看这倒霉鬼是谁。

唐蒙倒不甚在意，他把襦衣扯下来一抖，心里盘算着这是个跟任氏的人交谈的好借口。可无意间这么一瞥，唐蒙眉头陡皱，似乎看到什么古怪之处。

还没等他张嘴说出什么，一条毒蛇在背后吐出芯子："唐副使不在驿馆安歇，跑来沙洲做什么？"唐蒙浑身一哆嗦，立刻辨认出了这声音。他回过头去，强装镇定："我乃汉使，去哪里应该不必跟橙中尉你报备吧？"

站在背后之人，居然是橙水。

橙水今天换了一身斜肩素白衣装，没有束冠，任由头发散下来，只用一根细绳箍住，俨然一副部落野民的样子——不过讲话风格倒没变："我听说中原最重衣冠礼节。大汉使臣无论去哪里，从来都是着正袍、持旄节，要保持泱泱大国气度。阁下这身藏头露尾的装扮，恐怕不是真正的汉使吧？"

唐蒙暗暗叫苦，谁能想到会在这里撞见橙水。若被他查知自己在调查赵佗之死，恐怕要闹出大麻烦。唐蒙往后退了一步，口中辩解："我这是嫌天气热，所以穿得清凉了一点。你们瘦子可不知胖子的苦。"

橙水朝前逼了一步，他肤色黝黑，更衬出眼白的醒目："对不起，我只看到一个北人鬼鬼祟祟，闯入我生前好友的祭礼窥探。"

唐蒙心下一沉。橙水这是抓住了自己改换身份的痛脚，要大做文章啊。这地方不能久留！唐蒙心一横，伸手猛地一推橙水肩膀。他膀阔腰圆，橙水身躯瘦小吃不住力，当即趔趄着倒退了七八步，唐蒙趁势转身就走。

不料橙水大声发出命令，他虽非任氏之人，但在这里颇有威信，当即就跳出十来个庄丁，朝唐蒙合围过去。

唐蒙一看这架势，高声道："我乃汉使，你们谁敢动我？"庄丁们吃了这一吓，都有些犹豫。不料刚才那老庄丁在人群里喊："他就是个买粮食的客商，刚才还给我钱呢。”唐蒙眼前一黑，看来真不能随意扯谎，报应来得太快。

这下子庄丁们再无犹豫，过去七手八脚把唐蒙给按住了。橙水瞥了一眼楚巫：“不要耽搁延寿的诀祭，先把这人暂时关押在坞内仓库里。等我回番禺时一并带走。”他随手从唐蒙手臂上扯下那件衣服，扔还给屋檐上的人，一比手势，庄丁们把唐蒙双臂一按，朝着坞内送去。

甘蔗在人群里急得不行，要冲出来阻拦。唐蒙挣扎着抬起头，用眼神制止她，嘴唇动了动。甘蔗迟疑片刻，到底还是退回人群里。

待得唐蒙被押走，楚巫重新开始舞动，唱祭词的声音响起。橙水双手抱臂，凝视着那尊飘着肉香的大鼎，死板的五官之间重新浮现一丝忧伤。

庄丁们把唐蒙粗暴地推到坞堡的西北角，那里有一间古怪建筑。整个屋子悬空而起，离地约有一丈左右，四周不与任何建筑相连。建筑底部用数十根粗大的木柱支撑，每一根木柱与粮仓之间，还夹着一个鼓凸的陶制圆坛，好似树枝中间多出一节膨大的瘤子，很是古怪。

他们把唐蒙推进屋子，咣当一声关紧大门，外面用铁链子一缠，然后就走了。唐蒙揉了揉脖子和手腕，环顾四周，仓库里堆放着几大堆尚未脱壳的稻米，金灿灿的分外好看，空气中弥漫着新粮特有的清香。

这种新米，煮成炊饭会格外香甜呢。唐蒙沮丧的心情，被这个小发现莫名地治愈了几分。他索性合身躺倒在谷堆里，双手枕头，整个人陷入松软的包围。

他不担心橙水会杀自己，最多是羞辱一通罢了。唯一可虑的是，这么一折腾，不要想从任氏这里打听到什么线索了。可是……唐蒙环顾四周，忽然注意到一样东西，不由得眼神一凝。他的脑海里突然出现一点火星，就像火镰狠狠敲在燧石之上，立刻引燃了满腹疑惑，让整个思绪熊熊燃烧起来。

唐蒙一骨碌从粮食堆里爬起来，像只狸猫似的，趴在地上寻找着什么。寻了一阵，唐蒙忽然一抬头，看到一朵栀子花，紧接着，一个小脑袋从墙角一处小洞钻进来。

这小洞是朽木开裂形成的，只有甘蔗这样瘦小的身子才能钻进来。

“你怎么从这里钻进来了？”唐蒙有些埋怨，又有些感动。甘蔗说：“我怕爬高嘛，不然就从房梁上攀下来二楼。”

“我又不是问你这个！”

“不是你要我来救你吗？”甘蔗有些着恼，把头上的栀子花拽下来。

唐蒙一摸额头：“我这么一逃，岂不是做贼心虚了？我是让你找黄同。只有他能捞我出来。”甘蔗“呃”了一声，她一心只想着救人，可没想那么多弯弯绕绕。她愣怔片刻，一跺脚：“那咱们先逃走也行……”

说到一半，她自己也住嘴了。就唐蒙的臃肿体态，打死也钻不进这种小洞。

唐蒙摇头道：“算了，我现在还不能走，有些事还没琢磨明白。”他一指粮仓下方的柱子：“你说，这个砌在底柱和仓库之间的圆坛是干吗用的？”

甘蔗有点莫名其妙，这北人莫不是吓傻了，耐着性子道：“这是防老鼠的呀。我们这里，老鼠可多可凶了，顺着人腿往上爬。怕它们偷吃粮食，所以粮仓都是悬空架起来的。夹一个外鼓的圆坛子，这样老鼠就没办法从柱子下面爬上来了。”

“管用吗？”

“草蚊、老鼠和花蛇，在我们这里叫三不防。任你怎么防，都没什么用。”

仿佛为了做注解似的，几个小小的黑影掠过两人视线，迅速从谷堆跑到另外一处角落了。看来这仓库的鼠患颇为严重。

唐蒙对着甘蔗道：“你不是想还你母亲一个清白吗？赶紧去把黄同找来。他到了，我才有办法！”

甘蔗迟疑片刻，双肩不情愿地松垮下来：“好吧……那我还得爬下去。”唐蒙又叮嘱道：“你通知黄同之后，千万不要自己跟过来。橙水眼睛很尖，一看到你，很容易会联想到咱们真正的目的。你就在番禺城等我。”

“你们这些人，心思真多……”甘蔗抱怨了一声，强忍着恐惧，慢慢爬回小洞。

唐蒙目送她离开之后，继续趴在地上，小心翼翼地从地上拿起一粒东西，缓缓放进嘴里，却只敢用牙齿轻轻嗑一下，神情一霎时变得比刚才还严肃。他爬回谷堆，舒舒服服地躺下去，任凭松软的谷粒把自己掩埋，整个人陷入某种沉思。

只见他嘴里轻声嘟囔，手指不住勾画着什么，带起一片片流动的金黄，沙沙作响。随着光线渐渐从气窗外消失，整个仓库陷入一片深沉的黑暗……

不知过了多久，门外忽然铁链“哗哗”一阵响动。先是七八个庄丁提着灯笼进来，为首的正是白天唐蒙问话的老头，然后是黄同和橙水并肩步入仓库，两个人互别苗头，唯恐比对方慢上一步。

他们一进门，就见到大汉副使唐蒙四仰八叉躺在谷堆中间，发出香甜的呼噜声，大肚腩有节奏地起伏着，每次都让几粒稻米从顶端滚落。

黄同一见这情景，脸色更差了。这唐蒙真是自己的扫把星，从大庾岭开始，只要一跟他有关系，肯定没好事。昨天这混蛋借口买五敛子甩脱了跟踪，今天又跑到沙洲捅了这么大一个娄子，连累自己一路狂奔过来。他倒好，居然睡得这么香！

橙水瞥黄同一眼，语带讥讽：“这都能睡着，看来是一点都不心虚嘛。”黄同冷哼一声，不去接这个话。橙水催促道：“请黄左将你仔细验明正身，看是不是骗子冒充汉使。这两者可不太好分辨。”

黄同提着灯笼走过去，照了照唐蒙的脸，闷闷一点头：“正是汉使无疑。”然后他伸出手掌，轻轻拍那个胖子的脸颊：“唐副使，唐副使，醒醒！”唐蒙迷迷糊糊睁开眼，一看是黄同，先打了个大大的哈欠，然后睡眼惺忪地站起身来，伸了个懒腰：“咱们什么时候回去？”

黄同的嘴角抽搐一下，橙水已经拿出一块木牍递过去：“这是供述书，汉使承认自己易服乔装，擅闯沙洲，私窥诀祭。阁下按了手印就可以走了。”

唐蒙还有点迷糊，伸手就要去接，黄同赶忙拦在中间：“汉使只是无意中旁观了一场祭礼而已，何必弄得像个罪人似的？”橙水冷笑：“身为汉使，既要观礼，就该堂堂正正前来。他改换服色，变化身份，分明是内心有鬼。他不是什么都没做，是没来得及做吧？”

黄同哑口无言，唐蒙改换身份这事，实在不知该如何解释。但他知道，若这份供述书落到土人手里，橙宇一定会趁机大做文章，把这事往吕丞相身上扯。吕丞相正在和汉使做大事，绝不能被干扰。

想到这里，黄同只得硬着头皮道：“汉使目前所作所为，并无逾越违制之处。你让他签供述书，就不怕引起大汉不满吗？”

橙水丝毫不惧：“黄同，此人窥探的可是任延寿的诀祭现场。你觉得为了一个汉使的脸面，让延寿冥福有损也无关紧要，对吧？”一听这说辞，黄同猛然炸开：“橙水！你别太过分！少拿延寿来说事！说得好像只有你关心他似的。”橙水悠然道：“延寿这几年的诀祭，我每次必到，你哪一次来了？”

“我是有事在身……”黄同的气势弱了几分。橙水晃了晃那块木牍：“总之，不留下凭据，我不能放人。万一任氏向国主告状，说我故意放走扰乱祭礼的细作，我怎么解释？总不能说我收了大汉的好处吧？”

这一顿夹枪带棒，让黄同气得面皮涨紫。可惜他嘴比较笨，跟橙水对抗从来没赢过。

“总之，签了这供述书，你们可以走；不签，就让国主亲自下旨，我再放人。”橙水说罢，把木牍往黄同和唐蒙面前“啪嚓”一扔，双手抱臂。

这时一直迷迷糊糊的唐蒙，似乎总算恢复了清醒：“你们两个人，与那个任延寿都熟识？”

橙水哼了一声，没理睬。黄同心里直冒火，都什么时候了，还扯这种闲话？他强行压抑住怒意：“我们三个……呃，算是旧识吧。哎，不说这个，唐副使，要不你解释解释，为何易服前来任氏坞堡？”

唐蒙似乎没听见他后半句，继续追问道：“那个任延寿死前是什么状况，你们可知道？”橙水眉头微皱，不知他怎么问起这个了。

唐蒙却很执着：“任延寿死前，是不是大口大口吐过血？”

黄同和橙水闻言俱是一僵，两人骇异地看向唐蒙。橙水有些失态地揪住唐蒙的衣襟，厉声喝道：“你……是怎么知道的？”

唐蒙比橙水高出一头，轻松便把他的手给拨开了：“掉在我头上那件衣服，虽说过去三年，前襟上还是能依稀看到一圈黑污的轮廓，形状如伞似山，一看就知道是喷血溅成的痕迹。”

橙水双眼一眯：“即便如此，与你又有什么关系？”唐蒙却像没听见似的，继续追问：“任延寿之死，我觉得有颇多不解之处，两位既然都是他的朋友，是否能略微解惑？”

橙水眼皮一抖，没有回答。黄同忽然道：“橙水，延寿临死前最后见的是你，你说说看？”橙水沉下脸色：“不要被这个囚犯牵着鼻子走。”黄同却坚持道：“为了你的面子，难道让好兄弟死得不明不白也无所谓？”

这是橙水刚才讥讽黄同的话，这次被后者反加诸橙水身上。“任延寿”这个名字，似乎对他们两个人有着奇妙的影响，一旦抛出，对方便不得不让步。

橙水的牙齿狠狠磨了一番，开口道：“好！我姑且告诉你们，省得你们说闲话。

“三年之前，武王意外身亡，延寿作为唯一一位贴身护卫，自惭有责，返回到任家坞闭门待罪。很快宫里搞清楚了武王死因，是甘叶那个厨娘粗心所致，与他无关。我与延寿是结义兄弟，当即赶到任家坞，把调查结论通知延寿，让他不必自责。延寿却一点也不高兴，一直说嘴里发苦，只让我陪他喝酒。我们一口气喝到大半夜，我还得回城执勤，就先走了，他自己又继续喝了一阵。到了次日，我听说他醉倒在榻上，被潜进来的毒蛇咬伤而死。”

“当时伤情如何？”

“根据事后爰书的说法，他肌肤泛紫，左臂肿胀，臂上有咬痕，胸口衣物上全是喷出来的血。任家庄丁在附近搜查，最后发现在榻下盘着一条毒蛇。”

这时唐蒙悠悠开口道：“两位都是岭南人，对毒蛇的了解比我要多。想请教一下，哪一种蛇，能做到令人吐血而亡？”黄同常年带兵，对山林诸物了解甚多，立刻回答：“岭南有两种毒蛇，可以让人吐血，一种是五步蛇，一种是恶乌子。”

“那么咬死任延寿的，是什么蛇？”

黄同看向橙水，橙水回忆了一下，摇摇头：“爰书上只说是毒蛇。”唐蒙笑道：“如果是秦朝的爰书，肯定会事无巨细，悉数记录，你们南越学得还是不够精细啊。那位负责写爰书的令史，大概觉得这个细节无关紧要，所以偷了个懒——好在有人还记得。”

“谁？”

唐蒙一指那个老庄丁：“我之前听这位老丈讲，说咬死三公子的，乃是一条白花蛇。”橙水转头厉声道：“你又是怎么知道的？”

老庄丁哆嗦着身子，老实回答：“当时三公子被人抬出去，正是我留下来在床榻下搜到那条蛇的。给任家人确认之后，我就挑着蛇出去打死了。”橙水微眯着眼睛，如同一条毒蛇一样冷冷盯着老庄丁。老庄丁承受不住这种目光，“扑通”一声跪下：“我其实……我其实把它打死之后，下锅炖煮吃了。我这也是为任氏考虑，咬死人的蛇是大不吉，留下来会变邪祟，不如吃了……”

唐蒙问道：“好吃吗？”老庄丁“啊”了一声，没料到他会问出这么一个问题。黄同面孔一板：“唐副使！”唐蒙赶紧把话题拉回来：“白花蛇也能致人吐血吗？”

黄同与橙水同时一震，终于觉察到哪里不对劲了。唐蒙冷笑道：“你们一看到尸体肿胀，面皮泛紫，而床下又有毒蛇，就想当然地以为这两者之间有联系，却忽略了死者身上出现了一个不该有的症状。”

黄同喃喃道：“确实，白花蛇是伤神之毒，与五步蛇、恶乌子那种伤血之毒不太一样，是不会吐血而死的……我怎么给忘啦。”橙水顾不上计较这些细节：“若不是因蛇而伤，那你说说看，延寿为何吐血？”

唐蒙道：“他大口吐血，可能是胃部受了极大的刺激，比如说……食物里有毒。”橙水双眉不由得绞紧：“胡说，我当日与他喝过酒，但我可没任何不适。”

“那么你走之后，任延寿还吃喝过其他东西吗？”

“他又叫了一小釜杂炖当夜宵吃。”

“杂炖？”

这次轮到黄同开口解释：“延寿那个人无肉不欢，尤其喜欢把猪、犬、鸟、鱼各色肉类和下水掺在一起乱炖，多加豆瓣酱与鱼露。这菜口味太重，别人都吃不惯，厨子向来是给他单独炖一小釜，每天晚上睡觉前吃。”听得出来，黄同对任延寿的生活习惯很了解，尤其是饮食这一块。

“是不是和诀祭时大鼎里炖的肉一样？”唐蒙追问。

“对，事死如事生嘛，用延寿最爱吃的杂炖来供奉，他的魂魄才会安宁吧。”黄同眼圈微微发红。旁边橙水不耐烦道：“都是三年前的旧事了，你绕来绕去，到底想表达什么？”

唐蒙扫了他们两人一眼：“我认为，任延寿恐怕先是吃了那一釜杂炖中毒，然后才被毒蛇咬中。吐血是因为杂炖里的毒。但这种毒并不立即致死，他在迷迷糊糊中，又被白花蛇咬中，才有浑身肿胀、面皮泛紫的症状。”

“空口无凭！你可有证据吗？”橙水觉得这人简直信口开河。都是三年前的事了，怎么能张嘴就说杂炖有毒？

唐蒙道："我今天观礼，闻到鼎里的杂炖味道奇香，应该放了不少八角吧？"黄同道："任氏在桂林郡也有几处庄园，所以八角这东西，他们家敞开了吃。我们几个年轻时，就喜欢来他家打打牙祭。"橙水哼了一声，没出言否认。

唐蒙羡慕地舔了舔嘴唇，旋即道："以我的揣测，杂炖本身没问题，问题就出在这八角上面。"

"胡说！任家坞向来是这么做杂炖的，没听说过八角会把人吃死的。"橙水断然否定。

"八角不会，但另一种东西会。"

唐蒙缓缓抬起右手，食指和拇指之间夹着一粒东西。橙水和黄同定睛一看，只见汉使手里捏着的那粒东西干巴巴的，颜色枯黄，像一个旋轮，向四周伸展出多个尖尖的角，不是八角是什么？

"你们再看看。"唐蒙提示。

两人闻言，又看了一回，橙水最先发现异常："这个东西角好像比八角多几个尖，十，十一……有十二个角。"黄同不甘示弱，很快也指出一点不同："八角的角是直的，这个东西的角头是弯的，像个钩子。"

"两位说的都没错。这东西不是八角，而是莽草果，两者样子差不多，非常容易搞混。一旦搞混，就要出大乱子。"唐蒙把这东西摊开在手心，一字一句道。

"八角是上好的香料，而莽草果有剧毒。倘若误拿莽草果当八角炖了食物，人很容易抽搐惊厥。倘若这个人经常酗酒的话，还会让胃部痉挛，吐血而亡。"

听到最后一句，两人悚然一惊，这岂不正是任延寿临死前的表现？橙水猛然抓住他的手腕，声音中带着一丝惶急："既是剧毒，你手里这莽草果，又是从哪里弄来的？"唐蒙道："我就在这粮仓里捡的啊。"

橙水眼神一凛，这可是整个任氏囤积粮食的地方，难道有人处心积虑要害死全族不成？唐蒙却笑着摇摇头："在我们豫章，莽草果也叫作鼠莽，可以用来灭鼠。你们岭南那么多老鼠，想来也是同样的办法。"

两个人皆为岭南大族子弟，对于灭鼠这种琐碎庶务，反而不如唐蒙了解得多。橙水出于谨慎，转头去问那个老庄丁。老头咳了一声，说："确实如这位小贼……呃，如副使所说，坞堡每个月都会用脂膏煎一些莽草果，撒在仓库附近，用来毒杀老鼠。"

黄同张大了嘴："这么说来，延寿是误食了杂炖里的莽草果，毒发吐血，然后又被蛇咬了？"他讲到一半，发现对面橙水面孔煞白，顿时意识到哪里不对。

这两件事前后赶得太巧了，不可能是什么误食。

"我看哪，应该是有人先给任延寿的夜宵投入莽草果，待其毒发之后，再放进一条活蛇咬他。任家人一见到床下有蛇，症状也像，便先入为主认为是蛇咬致死，便没人会去追究他吐血的真正原因。也就是说，这是一桩处心积虑的谋杀。莽草果是杀招，蛇咬是遮掩。"

黄同与橙水不约而同地打了个哆嗦。

"这个人应该很熟悉任延寿的饮食习惯：爱喝酒，爱吃夜宵，吃杂炖都是单独一釜。"唐蒙分析道。橙水颔首表示赞同，又补充了一句："此人应该也熟知任氏好用八角烹饪，刻意选择了样子相似的莽草果。这东西在任氏坞里随处可见，根本无法追查其来源。"

黄同脑子有点跟不上，只好乖乖听着两个人交流。

"坞里的厨子！"两人忽然异口同声。能符合所有这些条件的，做杂炖的厨子嫌疑最大。

黄同愤怒地抄起刀来，大骂了一句："那杀千刀的狗奴！待我去砍了他！"橙水伸手拦住他，回身问身旁的老庄丁："你们坞里三年前的厨子是谁？现在何处？"老庄丁挠了挠头："三年前应该是一个姓齐的厨子，不过早就离开了。"

"这齐厨子，和任延寿是否有什么过节？"橙水又问，眼神里也冒出杀意。

老庄丁把其他庄丁叫过去，交头接耳了一番，方才犹豫回道：“大的过节应该没有，不过很多人听过他抱怨，说三公子夜夜都要炖肉吃夜宵，忙得他心力交瘁。”

“只有这么点事？”橙水疑惑。唐蒙“啧”了一声：“橙中车尉，想必你不下厨吧？要做一釜杂炖，从宰杀分肉，到备菜调料，少说也得忙活一个时辰。而且岭南气候炎热，不能提前预备，都得现杀现做，每天搞这么一釜，确实很容易让人崩溃。”

黄同道：“再怎么说，出于这个原因而下手，也太牵强了。”唐蒙看了他一眼：“那如果是别人买通了这个厨子呢？”

这句话像一条沾了冷水的牛皮鞭，抽得黄同和橙水同时一激灵。顺着这个说法再往下联想，水可就更深了。所幸唐蒙哈哈一笑，说“我随便说说，姑且一听”，然后闭上了嘴。

黄同和橙水看向唐蒙的眼神，有了微妙的变化。这个汉使看似贪婪好吃，眼光倒犀利得紧，仅凭着祭鼎里的一缕杂炖味道和一件衣服的喷血痕迹，便抽丝剥茧，一步步还原出了三年前的旧事真相。

“不是我看得准，是因为食物最是诚实，什么东西吃起来什么反应，断然做不得假。”唐蒙谦逊地摆了摆手。

橙水突然开口道：“我再问你一次，你为什么今日会来任氏坞堡？”

唐蒙没想到，他还惦记这件事呢。好在他刚才在仓库里闲着，已经打磨好了托词，遂从容答道：“任氏在南越地位超然。我此来任氏坞，是想了解一下他们家关于称帝的立场。”

他说得很直白，本以为橙水会趁机阴阳怪气一下。没想到对方只是略一点头，又问道：“那你为什么会对任延寿之死有兴趣？”

唐蒙苦笑：“我来此地之前，连任延寿是谁都不知道，能有什么兴趣？我只是恰好闻到大鼎里的肉香，想来探讨一下炖肉的秘方罢了。”那个老庄丁也主动证实，说这个人之前甚至不知祭主是三年前死的——看来那几枚秦半两，还是起了点作用。

橙水对此没起疑心。汉使为了一条嘉鱼就敢跳江，干出这种事也不奇怪。他打量了唐蒙一番，把地上的木牍捡起来，从腰间摸出笔来，改动几下，依旧递过来："你签了字，就可以走了。"

唐蒙一看，这份供述书的内容改动了几处关键地方："擅闯"改为"误闯"，"私窥"改为"偶遇"，"易服乔装"改成了"避暑更衣"，这样一来，就消除了任何主观上的恶意，只是纯粹的一场误会罢了。

这算是委婉地表示感谢？

唐蒙欣然提笔在上面签了名字，橙水面无表情地拿回去："这不代表你可以在番禺城肆意妄为，我会一直盯着你。"唐蒙好奇道："你接下来会怎么做？追查那个齐厨子吗？"橙水脸色更冷："此乃南越国之事，便与汉使无关了。"

黄同嘴唇一动，正要说什么，橙水又抢先一步道："延寿是我的至交好友。不管别人良心如何，反正我一定要彻查到底！"

他说得阴阳怪气，黄同脸色一阵难堪，可终究没再说什么，一跺脚，转身带唐蒙离开了粮仓。

在返回番禺城的路上，黄同全程保持着沉默，伏在马背上如同一尊没表情的石像，身体前弓，似有重重沉郁之气压在头顶。趁着他郁闷不语的机会，唐蒙趁机梳理了一下在沙洲的收获。

甘叶和任延寿，是赵佗生前最后见到的两个人。在他去世之后不久，一个畏罪投水自杀，一个意外被蛇咬死，这本身就是一桩不寻常的巧合。今天又得以确认，任延寿是被人投毒而死，看来三年前赵佗之死，越发扑朔迷离了。

唐蒙实在没料到，这件事越牵扯越复杂，真如同白云山上缠绕山岩的藤蔓似的，看似细长，往下越捋越粗，越捋越盘根错节。好在橙水并没觉察到自己的真实目的，主动去查任延寿之死，倒是省了自己很多麻烦。

想到这里，唐蒙抬头看向黄同的背影，忽然对他和橙水的关系产生了浓厚兴趣。

橙水一对上黄同，总是夹枪带棒，而且每次总能准确地戳中某个痛点，令黄同哑口无言。这种关系，可不是一般仇人能做到的。而且刚才看他们各自听到任延寿死因的反应，更是有趣，很值得玩味。

眼看快要回到番禺城中，唐蒙摸了摸肚子忽道："我折腾了一天，啥也没吃上。黄左将，咱们先去寻个吃饭的地方可好？"

黄同低声说："汉使今日烦扰不少，还是尽快回驿馆歇息为好。"唐蒙笑道："今日能顺利回来，黄左将当记首功，不如我顺便请你去喝一顿酒。长安有句俗语，叫作一醉解千愁，没有什么事是几杯酒化解不开的。如果有，那就再加一顿夜宵。"

黄同依旧摇头，唐蒙道："我昨天去过一家卖梅香酌的酒肆，酒味甘而不冲，味道极美。我跟你说，那酒味辛辣醇厚，一杯下去，从舌头尖一直挂到喉咙眼，别提多爽快了。"黄同听他说得神采飞扬，怔了怔："莫非是梅娘开的那一家？"唐蒙一拍手："正是。今日我偶观诀祭，原也该喝些酒，去去晦气，如何？"

黄同心情此时非常郁闷，而一个郁闷之人，喝酒乃是最本能的欲望。唐蒙接连不断地抛出理由，一点点撬动对方心中的块垒。果然，黄同到底还是"勉强"答应下来："番禺城有夜禁，就以三杯为限。"

他们进城赶到酒肆门口，梅耶正忙着上门板，一看到唐蒙复来，脸色骤变。唐蒙翻身下马，满面笑容："放心好了，我这次纯粹是来喝梅香酌的。"

他重重咬住"梅香酌"三个字，梅耶哪里敢违抗，只好乖乖卸下半扇门板，让两人进来，亲自去烫酒，还端来一碟盐渍乌橄榄，权当下酒小菜。黄同拿起酒壶来，二话没说，先咕嘟咕嘟倒满一杯，一饮而尽。

酒是一种奇妙的东西，它自粮而生，因曲而化，变成一种物性截然不同的液体。人喝酒的过程，就像把一枚鸡子泡入醋中，看似坚硬顽固的外壳，很快就会被软化。酒过三巡，黄同神情缓缓松弛下来，眼神有些涣散。唐蒙见时机已到，不经意问道：“你们三个人，感情可真是不错啊。”

黄同一阵苦笑：“我和橙水那厮都吵成什么样了，你哪里看出感情不错的？”唐蒙给他又斟满一杯：“你自己可能都没觉察到。适才一提到任延寿的死因，你们俩态度可真默契，一唱一和，配合无间，连震惊和起急的点都一样，好似两个乐工敲同一套编钟似的。”

一声长长的叹息，从黄同喉咙里发出来。他重重地把酒杯搁下，砸得案几一震，吓得柜台后的梅耶一哆嗦。

“橙水啊，他原来可不是这样……”黄同痛惜地感慨了一句。唐蒙知道，这老蚌已经张开一道缝了，急忙说了一句：“那是怎么样的？”

黄同道：“我和橙水、延寿仨人啊，本是光着屁股一起长大的玩伴。橙水鬼主意最多，延寿体格最好，而我最擅长找好吃的。我们在番禺附近一同捅蜂窝，一起下河摸鱼，一起挖蛇洞、捉青蛙，向来是橙水拟订方略，延寿去执行，弄回食材来我烹熟，我们是番禺城里最能折腾的三人组。长到十来岁时，我们偷偷跑到白云山里面，结拜为异姓兄弟，我老大，橙水老二，延寿年纪最小。”

黄同讲到这里，语气沉郁起来：“可等到我们成年之后，秦、土两派的冲突越发激烈。我家是秦人军官出身，和橙氏天然敌对。我俩都要为家族效命，身不由己。橙水那个人又特别轴，脑子一根筋，对我的态度越来越偏激，关系也越来越僵。”

“那么你们和任延寿的关系呢？”

“任氏多年来只在沙洲闭门经营，他家既不算秦人，也不算土人。所以任延寿跟我们两个都很好，也一直想弥合我们之间的关系。但……始终没办法。唉，到了十六年前，情况更糟了。”

唐蒙对这个年份很敏锐。十六年前，那不正是南越驱逐汉商，颁布转运策的时间吗？黄同晃了晃酒壶，突然笑了：“嗯，这酒里有枣味，嘿嘿，又是壶枣。”

看来梅耶的酒是什么来历，黄同知道得很清楚，只是不说破罢了。唐蒙很好奇，为何他说“又是壶枣”？

黄同大概是真喝得有点上头了，唐蒙稍一撩拨，他便滔滔不绝地讲起来：“十六年前，南越王忽然召见我父亲，交给他一项机密任务，让他带人潜回中原，前往恒山郡真定县。”

“赵佗的老家。”唐蒙双目一闪。

“对，反正都是十六年前的事情了，也没什么不能讲……”黄同醉醺醺道，“武王交给我父亲的任务是，设法从那边弄一批壶枣树回来，而且指名，一定要真定当地的、已生根成株的树苗，一定要秘密运回，不要惊动大汉朝廷。”

唐蒙眉头一皱，这个命令够古怪的。赵佗派这些精锐深入中原，不为舆图军情，不为农铁技艺，居然只是为了几株壶枣树？

“我父亲不太理解，但军人总要执行命令。他开始召集人手，准备冒充客商，北去中原，结果我祖父得知之后，也要跟着去。我家老爷子，当年是跟随武王到岭南的老秦兵，籍贯在涿郡。他离开家乡几十年了。听说有这么个机会，想回去看看。父亲听到这要求，吓了一跳，祖父都快九十了，哪里受得了舟车劳顿？更何况，他是南越国所剩不多的几个老秦兵，武王很看重他们，每隔几日就召去宫里讲话，又怎么瞒得过？

“可祖父铁了心，说他从小离开家，无论如何也要回去看一眼。父亲拗不过他，只好对外谎称老爷子生病，偷偷把他放进队伍里去，一起出发。”说到这里，黄同拿起酒杯，又一饮而尽，眼神更加迷离，话里的情绪浓厚起来。

“祖父体格是真好，八十多岁的人了，硬着跟随队伍跨越几千里，来到了北方。我父亲先到真定县，把壶枣树苗采集好，然后绕了点路，前往涿郡涿县附近一个叫娄桑的村里。祖父原先常常给我讲，说他们村口有一棵大如天子冠盖的桑树，那就是乡梓所在。他回到村里，家里亲戚早就没有了，只有那棵大桑树还在。他抱着大树号啕大哭了很久，然后就在树下咽了气。结果因为这一场大哭，惊动了当地官府，身份暴露。”

唐蒙一惊，几个南越人在涿郡被发现，这可是严重的外交事件。

黄同的表情耐人寻味：“我父亲也觉得这一次完蛋了，没想到当地官府非但没有将他们下狱治罪，反而好酒好肉招待。没过多久，朝廷派了一位专使过来，为我祖父在涿郡修了一座墓，然后陪同我父亲返回南越。那一百株壶枣树苗也一并运回，沿途郡县，都以礼相待，主动协助运输。”

这个意外的转折，让唐蒙惊愕不已。

“我们返回南越之后，专使去觐见武王，拿出一道圣旨，说天子听闻我祖父之事，深为触动，特许南越老秦士兵及亲眷返汉省亲，如欲归骨乡梓者，悉听其便，朝廷还会给予钱粮支持。圣旨还说，天子御赐南越王百株壶枣树苗，以全什么狐死首丘之德——唉，你说送树就送树，何必辱骂武王是老狐狸呢？”

“喂……不是这意思啦。”唐蒙知道黄同不熟中原典故，特意解释了一下。狐狸临死之前，头一定冲着出生的洞穴，这是一种归恋故土之意。孝景帝此举，意在劝说赵佗回家乡看看，怎么也不算是辱骂。

黄同听完解释，神情怔怔，喃喃道：“竟然是这样吗？我还以为是骂他老人家呢……反正吧，当时汉使的消息哄传整个南越，人人都在谈论。第一代老秦兵里，还有十几个人活着。他们听说汉廷允许探亲，一起上书恳请回乡。没想到武王勃然大怒，将请求一并驳回，转天就颁布了转运策，还赶走了所有驻在番禺的中原商人。”

唐蒙心中一阵感慨，原来十六年前的大汉、南越交恶，居然是这么个前因后果。甘蔗的父亲卓长生，也恰是那个时候被迫返回大汉的。看来冥冥之中，每个人的命运都是交错的。

“转运策颁布之后，橙水那个一根筋，坚持认为我祖父与父亲有内通中原的嫌疑，背叛了武王，背叛了南越，跑上门来让我表态，说什么忠孝你只能选一个，说得好像我们家罪名已经坐实了似的。我气得跟他大吵了一架，从此分道扬镳。”

黄同一杯接一杯地斟着酒，他已经不是在品，而是往嘴里倒，讲话变得含混不堪：“我们家从此失势，我也被远远发配去了边关，做个没前途的左将。如今汉军喊我作南蛮，身边的土人同僚叫我秦人，背地里喊我北人。就算是吕氏那种秦人贵族，也不把我当自己人，唤我为寒门。嘿嘿，我如今都不知道我自己到底算什么人了……”

黄同嘟囔着，终于醉伏在了案几之上。剩下唐蒙一个人坐在对面，想起还有一个问题忘了问。

“那一百株壶枣树苗，后来怎么样了？”

第十章

“有意思，真有意思。”

庄助注视着铜镜，握住一把双股小剪，轻轻一捏。双刃交错，清除掉了唇边突出的一小截胡须。镜中那张俊朗的长脸，又规整了一点点。

在其身后跪坐的唐蒙，苦着脸揉了揉太阳穴。他昨天喝到很晚，一早起来强忍着宿醉头疼，先来给上司汇报工作。哪知庄助没提吃早饭的事，慢条斯理地先修起面来。他只好按住腹中饥饿，把昨天的调查成果一一讲出来。

没想到庄助最关心的，不是任延寿的离奇死亡，而是黄同醉酒后的那一通牢骚。

庄助随手从小盒里抠出一块油脂，双手揉搓开，一根根捋着须子，使之变得油亮顺滑：“我原来一直不解。十六年前大汉与南越明明关系很好，赵佗何以突然策令转向，原来竟是因为一个思乡的老兵。”

唐蒙一怔：“这未免太夸张了吧？黄同的祖父何德何能，可以左右南越的政策。”

庄助把手里剩余的油脂涂在面颊上，边揉边转过身来：“区区一个老兵归乡，何足道哉？就算是全部老秦兵都回来省亲，也不过十几人而已。

关键是此例一开，意味着南越承认源流就在中原，老兵要归来，别的要不要一起归来？狐死首丘，狐是谁？丘在哪儿？这在名分上可是占了大便宜的。”

“怪不得赵佗对这四个字这么敏感。”唐蒙感慨，还是庄助分剖得清楚。

“孝景皇帝英明睿断，从这么一个意外事件窥到机会，故意搞得沸沸扬扬，尽人皆知，直接把赵佗置于两难境地：答应了老秦兵归乡，名分不保；如果拒绝，底下秦人不满，南越国同样会被分化。此乃堂堂正正的阳谋。”

庄助走前几步到衣架前，拿起几件锦袍，一件件往身上试：“如果我是赵佗，也要恼怒。本来是自己派人去北边偷偷弄几棵树，结果多年的老兄弟不告而别，还被汉廷堂而皇之做成招安的旗幡，来劝自己归附，就连那些树都变成了大汉皇帝的赏赐，以后队伍怎么带？”

唐蒙忽有所悟：“所以赵佗不是恼怒，而是心生警惕。”

“不错。赵佗到底是条老狐狸，一嗅出苗头不对，立刻壮士断腕，禁绝了中原商贾进入南越。比起商贸上损失的利益，他显然更惧怕汉廷的影响力渗进南越——这才是出台转运策的最根本原因。”

一边说着，庄助一边把头顶的束冠系好，得意扬扬道：“可惜啊，赵佗再狡黠，也不过是一人而已。中原淳淳文教，无远弗届，可不是一条转运策能屏蔽的。你看，他这个孙子赵眜，就是个心慕中原的人。吕丞相已经安排好了，今日我会进宫为国主及世子讲学。”

唐蒙这才明白，为什么上司一大早不吃饭先装扮起来。他忽然想到什么，连忙趋近身子：“今日……我能不能跟庄大夫您一起进王宫？”庄助眉头微微一皱，顿生警惕：“王宫里有什么好吃的？”

“您也开窍啦，终于知道找美食啦……”

庄助系腰带的动作一停：“别废话！我是问你去王宫干吗?!”唐蒙忙解释道：“赵佗、任延寿、甘叶三个人的最后交集，就在南越王宫宫苑内的独舍。虽说事隔三年，我还是想去看看，或许能有所得。”

“那任延寿之死你不查啦？”

唐蒙道：“那条线自有橙水去查，他这种地头蛇能调动的资源比咱们多。”

“橙水？”庄助十分疑惑：“你何时跟他有了勾连？”唐蒙笑着摆了摆手：“他还是和从前一样讨厌北人。但我近距离观察过，橙水和任延寿感情甚笃，不似作伪。不用我们催促，他自然会挖个清楚，省掉我们一番功夫。反而是王宫独舍，非自己亲见不可。”

庄助不太习惯他这么积极主动，把腰带狠狠一勒：“也好，你随我一同进宫，到时候我设法制造个机会。但你千万谨慎，失陷了自己不足惜，影响到朝廷大事就不好了。”

“您可真会鼓舞士气啊！”唐蒙赞道，随后又道，“要不要提前跟吕丞相那边通个气？”

庄助沉吟片刻，最后还是摇了摇头：“那只老狐狸，有自己的小算盘，不宜过早惊动。你先去查，查出来什么再说。”

“明白，那等您用过早餐，咱们立刻出发。”

庄助不悦道：“事不宜迟，还吃什么早餐，直接走！”

“啊？”

唐蒙顿时傻眼了。他昨晚只陪着黄同喝了几杯酒，没怎么正经吃东西，就指望早上能好好暖一下胃呢。可庄助已兴冲冲离开房间，他也只能愁眉苦脸跟上去。

王宫派来的牛车就在外面候着，黄同早早守在牛车旁。他脸上宿醉痕迹也很明显，一见到唐蒙，居然露出几丝扭捏，大概是想到昨晚的酒后胡言吧。

一听说唐蒙也要跟着觐见南越王，黄同露出一丝诧异，但也没多问，吩咐车夫出发。

唐蒙扶住厢壁，颇有点心慌意乱。他只要一少吃，就是这样。相比之下，同样没吃早餐的庄助却气定神闲，面不改色。唐蒙无法理解，这家伙从不正经吃东西，却总是神采奕奕的，难道真是修仙不成。

牛车刚要启动，唐蒙转动脖子，却忽然看到街边一个小脑袋探出头来。他赶紧跟黄同说稍等，然后跳下牛车，提起袍角快步走过去。

只见甘蔗站在街角，一脸担忧，两个黑眼圈都快要比脸盘大了。一见到唐蒙走过来，她鼓起嘴委屈道："我等了你一宿，都快要急死了。"

唐蒙暗叫惭愧，昨天回城太晚，跟黄同喝完酒后直接回了驿馆，竟忘记告诉甘蔗一声自己已脱困。这孩子有点死心眼，估计在家里担惊受怕整整一晚。他正琢磨着怎么解释，甘蔗从身后抱起一个小胥余果壳："喏，给你的。"

唐蒙接过胥余果壳，发现还有点烫，里面似乎盛着什么热乎乎的东西。他的胃似有直觉，发出"咕"一声响动。唐蒙心下感动，对甘蔗道："我等一下是去南越王宫，想办法去看一眼你阿姆工作过的庖厨，也许能有收获，你先别着急啊。"

甘蔗一听"王宫"二字，不由得瑟缩了一下。对一个小酱仔来说，那大概是能想象到最可怕的地方，比任氏坞堡还要危险十倍。她迟疑片刻，小声说："太危险了，要不你别去了。"唐蒙揉了揉她脏兮兮的乱发，大拇指往自己胸口一摆："放心好啦，这次我可不易服了，堂堂的大汉副使，谁敢动我？"

甘蔗的神色稍微放松了一点。唐蒙哈哈一笑："再说了，我还想要蜀枸酱呢，不去王宫，拿什么跟你换？"

那边庄助不耐烦地催促了一声，唐蒙捧着胥余果壳回到牛车上。车子一动，他便迫不及待地打开壳上的小盖子，里面满满的皆是黄色的糊糊，旁边还很贴心地插了一个棕榈叶茎编成的木勺。

他先假惺惺地递给庄助，庄助唯恐弄污自己的长袍，摇了摇头，不动声色地把屁股朝反方向挪了挪。于是唐蒙心安理得地拿起勺子，舀了满满一勺放进嘴里。

这黄糊糊口感非常顺滑，甘甜绵软，还带有一丝丝酸味来调腻，热乎乎地落入胃袋，十分舒服。他细细品味了一番，应该是用薯蓣捣碎成泥，再拿甘蔗汁和五敛子汁调匀去涩，甚至还有一丝奶香，大概是用的水牛乳——做法很简单，但要做到口感如此丝滑，非得把薯蓣磨到足够碎才行，可见甘蔗昨晚基本没睡，一直在忙活。

牛车抵达王宫大门的同时，唐蒙刚好狼吞虎咽喝完最后一口薯蓣羹。听到庄助催促，他赶紧掏出一块锦帕，一边擦去嘴边的糊糊，一边抬头望去，一瞬间浮起一种熟悉感。

只见王宫大门左右两侧，是两座巍巍高阙，立在大道两侧，形制布局一如中原。随着牛车逐渐深入宫内，这种熟悉感越发强烈起来。同样的长廊高台，同样的飞阁水榭，同样的直脊庑殿，就连宫墙格局都与长安几无二致，只是规模上缩水了一些。

两位客人对此并不奇怪。这座王宫本就是任嚣、赵佗两个秦人指挥建造的，自是以咸阳为模板，与中原诸侯王的宫城没有太大区别。

不过这里毕竟是岭南之地，庭廊之间遍植奇花异草，分布着很多水榭和小池，彼此之间以一条人工挖掘的水道相连。那水道两侧以条石嵌边，渠底铺有一层纯白色的鹅卵石。整条水道宛若一条轻柔的白练，蜿蜒曲折，缭绕于诸多殿阁之间。

“可惜他们只得其形，细节上还是不成。”庄助随口指出一些细节上的疏漏。比如那两座石阙的摆放颇有参差，比如贵人步道与宫人便道居然不分开，比如丹陛的边角不做磨圆……总之比起长乐、未央诸宫还差得远。

唐蒙没有搭腔，他正饶有兴趣地观察着那条水道。水道每隔几十步就有一个向上的缓坡，上面摆着十几块黑褐色的石头似的东西。待凑近了才能看清，原来那竟是一群乌龟，正舒舒服服趴在坡上晒太阳，有种说不出的惬意。

“真是人不如龟呀。”唐蒙扯起衣襟扇了扇风，羡慕地感叹，惹得庄助狠狠瞪了他一眼。

牛车一直走到宫城深处的清凉殿，方才停住。两人被侍从引进殿内，发现地上没铺毯子，而是摆放了两块磨平的画石。这石头的纹理如画，平常摆在地窖里积蓄寒气，用时才搬过来。唐蒙跪坐于其上，只觉一股清凉之气缓缓从底下沁入身体，稍稍减轻了酷暑的煎熬，不禁舒服得发出一声呻吟。

反倒是庄助，因为体质不易流汗，跪坐在画石之上反而很不舒服，只能尽力维持着仪态。

过不多时，赵眜也来到殿内。他身穿便袍，气色比起在白云山时好了一些，但眉宇间始终有恹恹之色。他身旁还跟着一个眉清目秀的少年，没到加冠的年纪，左右两束头发梳成总角。

“这是我儿子赵婴齐，特来与汉使相见。”

赵眜主动介绍道。庄助一听这名字，先是一怔，随即露出笑意，开口道：“这名字好啊。高祖麾下有昭平侯夏侯婴、颍阴侯灌婴；孝景皇帝麾下有魏其侯窦婴，皆是响当当的人物。以婴为名，是有封侯之志。”

赵婴齐见庄大夫开口称赞自己的名字，很是激动，拱手拜谢。唐蒙在一旁暗暗发笑，一位国王世子，却夸人家有封侯之志，庄大夫这个口头便宜可占大了。

赵眜拍拍赵婴齐的脑袋：“我儿和我一样，也喜读中原典籍。今天叫他来，是想请教一下诗三百的奥义。”庄助颔首道：“《诗经》的学问，如今在中原计有四家：鲁诗、齐诗、韩诗与毛诗，你想学哪一家？”

赵眜父子面面相觑，赵婴齐表示听老师的。庄助沉思片刻，大袖一摆：“其他三家不是注重训诂，就是阐发经义，不如讲韩诗好了。这一脉乃是韩婴韩太傅所开创。韩太傅擅长以诗证史，眼界更宏阔一些。你听完了韩诗，对几百年来的中原史事也能了解透彻了，对日后处理政事大有裨益。”

赵婴齐两眼放光，似乎很感兴趣，身子不由自主趋前。赵眜却拍拍他的肩膀，对庄助道："还是讲讲毛诗吧。这孩子资质鲁钝，能稍解《诗经》中的字句训诂，已是难得。"

庄助眉头一皱："世子日后是要做南越王的，难道不该多学学？"赵眜焦黄的面孔，微微浮现一丝古怪的情绪："只要他能如我一般遵从先王教诲，便足够了，又何必多学呢？"

庄助眼神一闪锐芒，似乎从中捕捉到什么。赵眜的神情不是自嘲，也不是讥讽，似是真心实意，而且还隐隐带着一种恐慌。他之前在武王祠就觉得不对劲了，吕嘉和橙宇斗得那么凶，赵眜身为上位者，却置若罔闻，这反应实在不太寻常。

现在又是如此。赵眜连自己儿子要学治国，都像一只乌龟缩进壳里，这实在不似一个统治者的做派。

庄助双眼一眯，试探道："可武王已然仙去，殿下您才是南越的王啊。"赵眜身体猛地哆嗦了一下，似乎被这句话狠狠蜇了一下，嗫嚅道："萧规曹随，萧规曹随而已。"

赵眜果然深受中原影响，连躲避话题都用中原典故。庄助笑了笑，放弃了与他讨论政事的想法，转而给赵婴齐滔滔不绝地讲起毛诗来。

唐蒙在旁边百无聊赖，端详南越王神态，不由得轻轻感叹。他双眉向外耷拉，眼下发暗，似是一只离巢雏鸟。

要知道，赵眜和吕嘉是一样的，从出生到长大，一直就在赵佗的羽翼之下。羽翼可以遮蔽风雨，同样也会束缚手脚，以至于他如今年逾五十，本质上却还是个惧怕风雨的婴孩。赵佗猝然离世之后，这位国主不知所措，只得"萧规曹随"，不敢逾越半步。

可当年赵佗凭借威名，尚可以压制诸方。如今土秦相斗、吕橙争权，还有大汉、闽越诸国的微妙关系，这些在赵佗时代并不存在的问题，一个接一个地摆在赵眜面前。"萧规"没有答案，又如何"曹随"？赵眜只得本能地回避，怪不得他长期焦虑失眠……

橙氏和吕氏斗得这么厉害，也是看准了他的软弱，这才无所忌惮。

赵昧对此也无可奈何。当然，这对大汉王朝来说并非坏事。一个无能的南越国主，总好过一个刚强有主见的。只要解决橙氏，国主自然就会倒向亲汉一派。不过这些事情太麻烦了，就交给庄大夫去头疼好了，唐蒙心想。

庄助一口气讲了一个时辰，宣布休息。四个侍女鱼贯上殿，分别端上四个热气腾腾的小陶盅，每人案前放下一个。唐蒙动了动鼻子，嗅到一股陌生的味道。

他伸手忍不住掀开盅盖，看到里面是一团浊白稠浆，状似米粥。唐蒙能分辨出椰香与蜜味，敏锐地从中捕捉到一丝隐藏的腥气和霉味。

“此物唤作燕窝，北方应该不曾见过。”赵昧看向汉使，笑了笑。

“啊？这就是燕窝？”唐蒙记得黄同曾经提过一嘴，说是揭阳特产。

赵昧对这个话题的兴趣大过毛诗，开口解释道：“揭阳临海，当地有一种金丝燕，用唾液及绒羽在岩壁上筑巢。这燕巢拿来熬煮，可以大补元气，润肺滋阴。”

赵婴齐这时接过父亲的话头：“不过此物甚是难得，需要有人从崖顶缒绳下去，垂吊在半空凿壁取窝，经常有跌死摔伤的情形。父亲体恤民力，每年也只取二三十窝而已。”

庄助暗暗点头。抛去政治上的怯懦不说，赵昧和赵婴齐父子的待人接物颇为和善，也懂得百姓之苦，换个环境，未必不是一方贤相良臣。只可惜呀，谁让他们生在王侯之家，而且生在这么长寿的王侯家呢？

那边唐蒙已经迫不及待地拿起木勺，要去舀来品尝。庄助冲他轻轻咳了一声，唐蒙只好依依不舍地放下小盅，对赵昧道：“国主最近睡得可好？”

赵昧揉揉眼袋：“勉强，勉强而已。之前那釜壶枣睡菜粥效果甚好，只是原料不易得，还要再等些时日才能喝到。”庄助把视线转向唐蒙：“其实安眠之法，不止一种。我这位副使对厨艺颇有研究，也有个办法。”

赵昧眼睛一亮，他最关心的就是安眠良方。唐蒙道：“我知道一味寒鸡，同样有助眠功效，国主不妨一试。”

“寒鸡？”赵眛完全没听过这个古怪菜名，“是说生鸡肉吗？那也能吃？”

唐蒙哈哈一笑：“中原有一句古话，叫作‘燕臛羊残、鸡寒狗热’——飞禽最好拿来熬羹，羊肉最好是烹煮，狗肉趁热吃，鸡肉放凉吃，如此方得至味。”

赵婴齐好奇道：“鸡肉凉了，岂不是没味道吗？”唐蒙道：“世子有所不知，所谓寒鸡，是把鸡肉煮熟，再用酱汁把肉卤透放凉，肉质内收，锁住汁水，不以热力害味……”

唐蒙一提吃的，便说得眉飞色舞。赵眛忙问烹饪之法，唐蒙说：“耳闻不如目见，目见不如口尝。臣愿亲下庖厨，为殿下调和五味。”赵眛大喜，祖父赵佗见过那么多次汉使，可都没这么大的面子。

“只是这寒鸡烹制起来，至少要两个时辰……”唐蒙故作为难。赵眛道：“大使不妨就用宫中庖厨，各种厨具食材都还算齐备。我们这里多听听庄公子讲课，也是好的。”

唐蒙和庄助对视一眼，彼此轻轻点了一下头。赵眛立刻叫来一个侍卫，把唐蒙带到位于王宫东侧的庖厨所在。赵婴齐本来还想跟着看看，可想到庄大夫还要上课，便老老实实跪坐回来。

南越王宫不算大，这宫中庖厨的规模却不小，足足占了一间偏殿的大小。唐蒙一进门，就兴奋得两眼发光。只见庖厨的西侧是加工间，食材山积，酱料斗量，还有鸡鸭鹅蛙等活物，在笼子里聒噪；而在东侧，则摆着一排鼎、鬲、甑、釜，各色厨具一应俱全。

在东南殿角，坐落着一个陶制大灶，足有十步见方。灶上有三个大灶眼和三个小灶眼，一根斜竖的烟囱伸向殿外。如果仔细观察，会发现设计得十分巧妙，大灶在火膛正上方，尽收火力，适合烹煮煎熬；小灶设在烟囱旁，可以利用余热，适合爊煨。

唐蒙一眼就看出其中妙处，可以把粥羹汤糜之类搁在小灶上保温，南越王想吃，可以立刻奉上，温度不失。他油然想起宫苑里那条给乌龟晒太阳的水道斜坡，南越人别的不说，在享受这方面实在是用心到了极致。

此刻灶内的火苗烧得正旺，每个灶上都咕嘟咕嘟煮着东西，整个殿内蒸汽弥漫，气味虽香，可在酷暑的天气里，下厨之人可是够难熬的。唐蒙擦擦额上的汗水，走到殿外，把厨官叫过来。

厨官是个胖乎乎的秦人，比唐蒙还胖，不知平日里偷吃了多少东西。他一听这位汉使要亲自下厨给国主烹饪，大为惊疑，不知自己犯了什么错。

唐蒙又好气又好笑："我不会抢你的位子。我只把食谱做法讲出来，具体上手还是你们的人。"厨官这才如释重负，赶紧把庖厨里的几个帮厨都叫过来，聆听指示。

唐蒙清了清嗓子，说先准备五只三岁的肥公鸡，放完血之后，去掉所有内脏、头、脚，以及屁股，斩成大块待用；同时备好五斤猪棒骨和一只老母鸡，大块清水下釜，佐以葱酒姜醋，用来熬制高汤；还要准备良姜、桂皮、肉蔻、小茴香、丁香等料，统统擦碎调匀……

他嘴唇翻飞，说得极快，几个厨子忙不迭地记录，生怕有所遗漏。这些东西虽然多样，都是寻常之物，宫厨里常年有备。这时唐蒙又道："白云山下有个张记酱园，去那里买两罐豆酱来。"厨官眉头一皱："大使，老张头家的东西太咸了，先王还偶尔吃点，如今国主根本碰也不碰。"

唐蒙点点头："那东西确实咸得齁人。但寒鸡的关键在于先卤，卤汁用他家的熬正好。"厨官正要吩咐手下去取，唐蒙又道："寒鸡是你家国主点名要吃的，经手之人，还是小心点为好。"

厨官一听这话，没办法，只得亲自去一趟。他走之前，吩咐帮厨们听从唐蒙安排，别让汉使有找碴的机会。

唐蒙背着手，继续给帮厨们分派任务。他对每一道工序都要求足够精细，譬如良姜要去皮再擦，猪棒骨焯的时候必须随时撇沫，不要见半点血水在上面……总之这十来个帮厨都被支使得团团转，每个人都忙得无暇他顾。

看着这么多人影在蒸汽中忙碌，身边再无闲人。唐蒙这才不动声色地离开庖厨，信步朝着宫苑方向走去。

他事先已经打听清楚了独舍的方位，一路走过去。梅耶说南越王宫的宫禁森严，可不知为何，这条路沿途只有零星几个卫兵，防卫很是松懈，唐蒙轻而易举就绕了过去。

一直走到独舍的外墙边缘，唐蒙才明白原因。眼前那一面夯土高墙，几乎被疯长的墨绿色藤蔓爬满，伸展得全无章法，几乎把整个墙面都包住了。看来赵佗一死，这里便被彻底封闭，无人打理，久而久之，便破败成这副荒凉模样——怪不得没什么警卫，谁会在意一个废园呢?

唐蒙沿着外墙转了一圈，发现一处小木门，门边结满蜘蛛网，轻轻一推，门枢发出滞涩的嘎吱声——居然没锁。

唐蒙迈步走进院子，先展现在眼前的是一片荒芜的园苑。园内枯树林立，残枝向天空伸展，恍如垂死的骸骨在乞求宽恕，与外界郁郁葱葱的景象形成了鲜明的对比。一条笔直的小路穿过枯树林，向着园中深处延伸，路面几乎覆满了腐败的落叶，让他总觉得哪里不对。

小路不长，唐蒙很快走到尽头，发现在一片树皮灰褐，布满裂纹的枯树林间，坐落着一间屋舍。这屋舍不是宫阙形制，而是最寻常的夯土民舍，斜脊叠瓦，短檐无枋，只分出正厅与左右两间厢房，比武王祠大不了多少。

观察了一阵，唐蒙才恍然惊觉，那种古怪感从何而来。

这间民舍不是南越样式，而是典型的燕地风格。比如屋舍的烟囱和灶台位于两侧，很显然屋内必有土炕，需要灶台把热力送过去，再通过另外一侧的烟囱排出。这是苦寒之地特有的设计，酷热的岭南，根本用不着这东西。

再一看屋舍旁边的枯树，那分明是成片成片枯萎的壶枣树！只有几棵勉强还活着，可枝条稀疏，只怕也产不出几枚枣子了。其实唐蒙一入园时看到腐叶满地时，就该有所觉察，这正是北方初冬特有的景象。

壶枣树、土炕屋舍……赵佗这是硬生生在南越王宫里造出了一片家乡真定的景象啊。

唐蒙屏住呼吸，围着独舍转了几圈。他先前听了黄同的自述，一直很好奇。赵佗如果想吃枣子，直接进口干枣不就行了？为何大费周章去北方采集树种。看到此情此景，他才隐约触摸到真正的答案。

赵佗这是犯了思乡病啊。

唐蒙见过很多老者，无论何种性格，立下何等功业，年纪大了之后都会不由自主思念故土，想回到幼时生长的环境。赵佗纵然是一代枭雄，大概也逃不过这情绪。他自己回不去家乡，就只好把家乡的景物搬过来，聊以自慰。

这独舍周围的景色，应该就是赵佗在真定年轻时住的环境。他三十岁离开家乡，来到岭南，一待就是七十多年，思乡之情该是何等浓重，所以他在临终前的日子里，宁可不住华美的宫殿，也要搬到这种北方民宅里来。

唐蒙现在有点明白，赵佗对于孝景皇帝那一句“狐死首丘”的用典为何如此愤怒，不是怒其污蔑，而是因为这四个字，正戳中了他的心思。

堂堂南越武王，居然思乡，这要是传出去，成什么样子？

唐蒙忍不住好奇，赵佗到底是一个什么样的人？他抗拒内附，却又不禁子孙学习中原典籍；他警惕大汉，却对北方来的使者优待有加；他颁下“转运策”，极力降低汉人在南越的影响，却在宫苑内建起这么一间燕地独舍。

他对黄同祖父和其他老秦兵如此愤怒，一方面是因为其在政治上造成了被动；另外一方面，大概……也带有一点难以言喻的嫉妒。

身为南越王的赵佗，和身为真定子弟的赵佗，交替在唐蒙脑海里浮现。两者皆真，两者皆有。

仿佛被某种哀伤的思绪所引导，唐蒙信步在枣林中漫步起来。明明是酷热天气，这里却凭空生出一种晚秋的萧索之意。枯树残枝，腐叶空舍，仿佛一个垂垂老矣的枭雄，正坦率地敞开自己的心境。种种矛盾，种种迷惑，答案就藏在这片破败枯朽的枣林之中。

唐蒙走到独舍里，推开房门。里面的陈设颇为简陋，一个炕头一个灶，挂着几件农具，没别的了。所有的东西上都盖着一层厚厚的尘土，霉味十足。这间独舍的门窗都很小，通风不良，在湿热环境下极易生霉。北方的屋舍结构，终究不适宜岭南风土。

他环顾四周，希望能找到一些线索，可一无所获。唐蒙走出独舍，发现附近还有一间小庖厨。这是一间很小的屋子，藏在枣林之中，距离独舍大约几十步。三年之前，甘叶应该就待在这间屋子里，随时为赵佗准备吃食。

赵佗意外身死之后，这里早被上上下下搜了一遍。唐蒙踏进屋里，只在地上找到几个残破的陶片而已。他俯身寻摸了一圈，大部分是灰陶，也有几片小巧的白陶片，与甘蔗手里的白陶小罐质地相同。

唐蒙转了几圈，正要出来，忽然注意到窗下内侧靠近灶台的地方，有一个小石槽。槽体狭长，中间下凹，旁边还有一个凹口，地下还有一条条朽烂的竹条。唐蒙从窗子探出头去，看到一条水道流经窗下，一架转轮水车的残骸依稀可见。

那架水车的功能，应该是把清水从水道汲起，顺着竹轨注入石槽。如此一来，厨官做饭洗碗时，手边清水俯首可得，源源不断，省去缀绳摇辘之苦。他不得不再一次发出感慨，南越人实在是太会享受了。

唐蒙看了一会儿，正要把头收回去，不防右肩之上突然多了一只手，同时一个冰冷的声音在背后道：

“唐副使，你跑来这里做什么？”

唐蒙下意识侧过头去，看到橙水站在身后，面无表情地看着自己。

他顿觉浑身冰凉，糟糕，糟糕，怎么会被这家伙盯上？

再一想，之前在武王祠，橙宇把吕氏的中车尉一职给了橙水，他便负担起了宫城宿卫，出现在这里也不奇怪。唐蒙勉强挤出一个笑容：“你们南越王宫太大了，我本来是要为国主做寒鸡，想在宫苑里找点食材，不知不觉便走到这里来了。”

橙水讥讽道：“你们北人真是出口成谎。”唐蒙挺直了脖子，奋力辩解：“这是真的，我要给国主与世子烹饪寒鸡。寒鸡制卤需要十几味配料，我唯恐别人弄错，只得亲自寻找。”

橙水只是冷笑：“独舍在宫城一隅，而且还是封禁状态，你能无意闯入？只怕是别有用心吧？”

唐蒙大叫：“我当然是别有用心，烹制寒鸡最重要的一味食材是枣子，整个王宫只有这里才有。”橙水慢悠悠道：“之前在沙洲，你说你只是去任氏那里探听立场，我起初还信了。如今你偷偷跑来独舍这边，还说是找枣子？”

他上前一步，阴鸷道：“你，是在查武王当年身死之事吧？”

唐蒙没想到橙水一句废话没有，直接揭了自己的老底，顿时大为惊慌。这事太过敏感，若被橙氏掀出来可要闹出大麻烦。他心脏狂跳，眼光游移，恨不得把脑子像甘蔗条一样压榨，找出破局之法。

橙水稳稳盯着这位狼狈的汉使，如同一条毒蛇注视着洞穴尽头的老鼠。唐蒙悄悄瞥了他一眼，突然发现了什么，一瞬间情绪恢复了平静：“哎，大哥不说二哥啦橙中车尉。”

“我可没跟你结拜过，别叫得这么亲热。”橙水皱眉。

“这是中原俗话，意思是一只喜鹊落在猪臀上，谁也别嫌谁黑。”唐蒙耐心地做了文字训诂。

橙水脸色一沉：“巧言令色！你以为这样就能逃脱罪责？”唐蒙笑嘻嘻道：“我逃不脱，你也逃不脱，咱俩是一根绳上的蚂蚱。”橙水不由得失笑：“我乃是负责宫城宿卫的中车尉，来这里巡查乃是天经地义，有什么要逃的？”

唐蒙道：“我进门的时候，蜘蛛网都结了几十层了，可见多年来根本没人进来过。你怎么突然起意，巡查至此？只怕也是别有用心吧？”

橙水见他的态度有恃无恐，颇觉古怪，不由得沉声道：“你不怕我抓你走吗？”唐蒙笑嘻嘻道：“橙中车尉，你既是来抓我，为何孤身一人？身边连个侍卫也不带？”

“我现在一声呼唤，会有几十名护卫前来。”

“你喊，你喊，你不喊就是我们北人养的。”唐蒙索性双手抱臂，一脸无赖神情。橙水一时坐蜡，右手举起又放下，终究没有喊人来。唐蒙趁势得意扬扬道：“你说的没错，我是偷偷闯入，想要查一下武王去世之事——而你，也是同样的心思，对不对？”

看着橙水一脸见了鬼的神情，唐蒙知道自己说中了。他一张大脸几乎凑到橙水面前，逼得后者倒退了几步：“任延寿之死与武王之死有着千丝万缕的联系。你应该也有了疑心，才跑来独舍，看看是否还有线索。”

“我来这里做什么，与你无关。”

一张狸猫般的大脸，在橙水面前得意扬扬：“……是不是因为你怀疑南越高层有什么人脱不开干系？宁可暗中调查，不想打草惊蛇？”

橙水冷哼一声，终究没有否认。这个汉使看似蠢胖贪吃，但眼光的穿透力堪比最犀利的弩箭，再掩饰也没用。唐蒙如释重负，亲热地拍了拍他的肩膀：“你看，大家都是一般心思，大哥不说二哥。”

“谁和你一般心思！”橙水狠狠瞪了胖子一眼，把他的手从肩上拨开，语气却微微有了变化：“武王乃我主君，延寿乃我兄弟。我身为南越国人，查明真相乃是天经地义；你一个北人又为什么关心这些事？”

唐蒙道：“我查这个，是为了一个小姑娘。”他见橙水眼神不对，意识到表达有误，赶紧摆摆手：“不对，准确地说，我是为了她娘。”然后又觉得不妥，赶紧找补：“哎，我是为了还她娘一个清白。”

“甘叶、甘蔗母子？”橙水立刻联想到武王祠那个奇怪的女孩。她阿姆和任延寿是武王临死前身侧仅有的两个人。

唐蒙道："不错，就是甘蔗。她答应我办成了，会告诉我蜀枸酱的来历。"

"就为了这个？"橙水压根不相信。

"你一个生在岭南之人，怎么也跟庄大夫似的？总是把吃饭当成负担。"唐蒙痛惜地摇摇头，"佳肴之美，远胜随侯珠；口感之妙，堪比万户侯，怎么你们就不能理解呢？"

他见橙水仍旧不为所动，知道说了也是白说，遂换了话题："总之吧，南越国主身死之后不久，这两个人一个自尽而死、一个毒发身亡，怎么想都太巧合了。我们各自都掌握了一些消息，不妨互通有无。"

橙水沉吟不语，唐蒙知道此人疑心病太重，索性主动开口，先把自己这边掌握的消息简单说了说。橙水听到"壶枣粥的厨序不可能混入枣核"之后，双目寒芒大冒，伸手握住旁边一棵垂死的壶枣树："你是说，那枣核是别人放进去的？"

唐蒙说："对。"橙水思忖片刻，却忽然摇了摇头："不对，不对。如果这人是为了杀武王，他怎么能保证武王恰好吃到那一口粥里的枣核，又恰好被卡在咽喉噎死？"

"倘若武王不是死于枣核噎死呢？"唐蒙反问。

橙水沉声道："武王死后，宫中仵作做了仔细检查，身体没有任何外伤，也没有任何中毒迹象，唯是右手抓胸，颈项充血。这说明死前呼吸困难，以致胸闷难耐，确实像是噎死。"

"那我问你，噎死武王的枣核，后来找到了吗？"

橙水记忆力很好："根据仵作出具的爰书，那枚枣核是在地上找到的，沾满粥液。爰书猜测，也许是武王拼命想把它咳出来，可惜为时已晚。他老人家一百多岁，本来就患有心疾，难受时总要抓几下胸口。这么一折腾，没撑过去也属正常。"

"所以你们并没有确切地、清楚地在武王咽喉里，找到那枚枣核，一切只是事后猜测。”唐蒙追问不放。

“是的。”橙水只好承认。

唐蒙蹲下身子，用手指在枣树根下翻找起来，连续找了七八棵，终于在一棵树根旁的土里，翻出一枚朽烂枣核。他摊开手心，把它拿给橙水看。橙水端详了半天，不明所以。唐蒙道：“壶枣产于北方，南方物候不同。从北方把它移栽过来，想必很是麻烦。”

橙水想了想道：“王宫园林不归我管，但我确实听宫里面抱怨过，说枣树太难伺候，容易枯萎不说，难得结几个枣子，也干瘪得很。我吃过一个，味道一般，不知道武王为何觉得好吃。”

唐蒙把枣核用双指捏住：“我跟你说，真定产的壶枣，枣核起码比这个长半个指节。它在岭南水土不服，连核都生得比寻常要小，这个尺寸，武王就算刻意生吞，也卡不住喉咙。”

橙水隐约理解唐蒙的论点了：“你是说……”

“这枚壶枣核，不过是另一条咬死任延寿的毒蛇罢了。”

一听这比喻，橙水“腾”地升起一股杀气与恨意。

任延寿是被杂炖里的莽草果毒死的，却被刻意误导成蛇咬致死。枣核之于赵佗，恐怕也是伪装，以此遮掩其真正的死因。两个手法，如出一辙。

“所以那枚枣核会不会碰巧噎死赵佗，根本不重要。那个凶手只要确保它沾了粥液，留在地上，就足以达到误导仵作的目的。”

橙水咬紧牙关，脸色凝重，仿佛还在消化这个惊人的事实。唐蒙徐徐道：“我认为，武王去世当夜，除了任延寿、甘叶，还有别人来过独舍，这个人应该就是凶手。”

橙水立刻否认：“不可能。事发之后，中车尉仔细盘查过内外情况。那天晚上独舍里只有他们两人。”唐蒙淡淡道：“不对吧，当天夜里，左、右两位丞相不是也见过武王吗？”橙水目光陡然凝成长矛，刺向唐蒙：“你在胡说什么！他们两位是被武王叫去议事的。”

“我没说他们俩有问题。但那晚来过独舍的人至少有四个，这个说法总没错吧？”

橙水一时语塞，半晌方道：“左相和右相的关系势同水火。如果他们对武王有任何不轨举动，对方早就闹起来了。”

“如果这事是他们俩一起……”唐蒙话没说完，橙水勃然大怒，抽出腰间佩刀：“你再敢胡说这种荒唐事，我就割掉你的舌头！”唐蒙缩了缩脖子，嘟囔道：“我只是探讨一种可能嘛，你反应怎么那么大？”

“我们土人本是茹毛饮血的野人，全靠武王一心栽培，才有今日之局面。他老人家活得越长，我们越好，怎么会有土人去害自家恩人？倒是吕嘉那些秦人，对武王扶植土人早有怨言。要说可能，吕丞相最有可能。”

唐蒙知道橙水习惯性地陷入族群对立的思维，什么事都往身份上扯。他及时止住这个话题：“我够有诚意了吧？你的诚意呢？”

“毒死延寿那个厨子……我已经查到下落了。”橙水终于也讲出自己的调查情况，“他三年前离开任家坞，去了别处，然后酒醉淹死在河里，对，酒醉。”

橙水刻意重复了一次，语带讥讽。唐蒙这才明白，他为何会只身前来独舍——这齐姓厨子居然也死了，几乎是明白地宣告，甘叶、任延寿乃至赵佗之死背后，藏着一只操控一切的黑手。一切相关人士，都被不动声色地灭口了。

面对这种情况，橙水沉默不语。唐蒙知道他内心正在翻腾，顺势提出酝酿很久的问题：“任延寿为何被害？是不是当晚看到了什么？他跟你提过吗？”

大概是唐蒙十分敞亮，橙水也很痛快地讲出来。他跟任延寿莫逆于心，知道得相当详细。

原来在事发当晚，赵佗在独舍接见了吕嘉、橙宇两人，商谈国事。与此同时，任延寿守在独舍檐下，甘叶则在庖厨候命。大概子时时分，任延寿去找甘叶，要端夜粥，却发现她不在。”

“壶枣睡菜粥？”

“对，这是武王多年以来的习惯，他睡眠不好，每晚子时必会喝一小碗壶枣睡菜粥。任延寿负责传递膳食与试菜，他到了时辰，就会去庖厨里端粥。”唐蒙敏锐地抓住了关键：“这夜粥里面，应该也添加了蜀枸酱的酱汁吧？”橙水看了他一眼：“我正要讲到这里。”

“任延寿等了一会儿，甘叶才回来。他问甘叶去了哪里，甘叶说庖厨里的蜀枸酱用光了，刚才外出去取，带回一罐新酱。然后甘叶很快熬好了粥，让任延寿送到独舍里去。恰好那边刚刚谈完话，两位丞相起身告辞，武王自己开始进食。没过多久，任延寿听到屋里有动静，冲进去时发现武王倒在榻上，粥碗打翻在地。”

“不对！”唐蒙忽然脱口而出，“甘叶怎么会缺少蜀枸酱？”

“庖厨里短了几味调料，不是很寻常吗？”橙水反驳道。

唐蒙摇摇头：“她既知武王每晚子时要喝粥，应该都提前备好，不可能临到熬粥才发现料用光了。而且这蜀枸酱的来源十分难得，两个月只得两罐，番禺城根本没有卖的。即使甘叶手头用光了，也不是想补就能补到的。”

橙水眼神一眯：“哦，这么说凶手竟是甘叶？”

“什么？”

“她借口外出取回毒药，掺入粥里，然后再偷偷放一枚枣核，岂不就可以谋害武王？只有她具备这个条件。”

唐蒙一时语塞，没想到推来演去，居然把甘叶绕进沟里去了。他只得辩解说：“甘叶若参与了此事，应该连夜潜逃啊，又何必留下来畏罪投江呢？”橙水冷哼一声：“死士也不是什么稀奇东西。换了是我，只要拿她女儿的命做要挟，她也只能俯首听命。”

“果然只有恶人最知恶人手段。”唐蒙暗暗骂了一句，橙水冷冷道：“你这么急着为她辩白，又是图什么？”唐蒙见他似乎认定了凶手，不由得高声道："不对，不对。若依你所言，甘叶打算毒杀武王，然后自杀了事。那她何必多此一举，用枣核做遮掩？"

这个质疑，顿时让橙水无言以对。

唐蒙又道："而且任延寿还要为武王试膳。如果是甘叶在粥里下毒，也要过任延寿那一关才行，除非，真正下毒的是……"

"胡说！延寿对武王忠心耿耿，绝无歹心！"

两人同时沉默下来。他们唯一取得的共识，就是这罐蜀枸酱肯定有问题。但甘叶和任延寿两个经手人，各有各的嫌疑与矛盾。最后还是唐蒙出言道："现在下结论还太早，还需要更多线索来判断。当晚任延寿那边，是否还提过别的事情？"

橙水仰起头，迟疑了一下："那天晚上在两位丞相造访之前，武王与延寿聊过几句，先是抱怨说自家儿孙都不成器，然后拍了拍他的肩膀，说了一句'乃祖之忧，今知之矣'——这话有点敏感，虽然爰书里记下了，但大家都装看不见。"

唐蒙一怔，赵佗这话意思可深了。什么叫"乃祖之忧"？任延寿的先祖任嚣，临终前担心子孙幼弱，果断让位给赵佗，换得家族几世平安。难道说赵佗如今，也有这样的忧虑？

确实，看赵眜那畏畏缩缩的样子，望之不似人君。无论是秦人还是土人，个个如狼似虎，他作为南越共主，很难像赵佗那样靠威望压平。赵佗拿任嚣做比喻，莫非也有让贤之意不成。

看来他与吕嘉、橙宇谈到深夜，聊的大概是托孤之事啊……

唐蒙突然一个激灵，看到远处庖厨飘起的炊烟，他一拍脑袋："哎呀，我都忘了，那边还炖着寒鸡呢。南越王和世子还在等着用餐，我得先回去。"

橙水点点头，此事干系重大，还得细细揣摩才行，于是两人一同离开独舍。当他们迈出院子的小门后，橙水猛然一下拽住唐蒙。唐蒙一怔，以为他还有话要说，不料橙水抬起头，冲远处的一队卫兵大喊："有人擅闯宫禁，快快把他擒下！”

唐蒙大惊，明明两人刚才谈得那么好，怎么橙水瞬间翻脸？他想挣扎，可橙水的手如同钳子一般，死死抓住唐蒙胳膊，直到卫兵们赶到，才缓缓松开。

“我是大汉副使，你们不能抓我！”唐蒙仰起头来，大声抗议。可这些卫兵都留着垂发，就知道是橙氏安排在王宫执勤的土人，他们对唐蒙的抗议毫无反应。

橙水走到唐蒙面前，阴沉道：“正因为你是汉使，才要将你抓起来。”

唐蒙愤怒地瞪向橙水，本以为对方会得意扬扬，不料他看到，那张严肃的脸上居然闪过一丝歉疚。这个发现，非但没让唐蒙略有安慰，反而让他浑身冰凉。

要知道，橙水本来也是暗中潜入独舍，不欲人知——这正是唐蒙有底气跟他联手的原因，但他现在公然喊来卫兵，这说明什么？

说明适才两人的推断，已开始接近真相。而这个真相，橙水绝对不希望汉使深入挖掘，不惜暴露自己也要阻止。

橙水想要为任延寿报仇不假，但他毕竟是南越人，毕竟是土人，毕竟是橙氏子弟。

第十一章

三只绘花小陶盘轻轻摆在了赵昧、赵婴齐和庄助面前。

盘中各有四块切好的鸡肉，拼成一个方形。肉块的外皮呈深棕色，泛起一层油津津的光泽，靠近皮下的部分则呈现淡黄色，似有卤汁浅浅渗入，越往下肉质越白，层次分明，赏心悦目。在餐案旁边还有一个小碟，里面装着盐梅与石蜜调的蘸料。

赵昧好奇地端详了一下，没感受到任何热气，果然如唐蒙说的，这道菜叫作“寒鸡”。忐忑不安的宫厨在旁边急忙解释：“是唐大使说的，出釜之后，一定要放入井中除去热气，再端上来。”

赵昧点点头，拿起筷子夹起一块，放入口中，眼睛不由得一亮。寒鸡果然要冷吃，才能更清晰地感受到咸卤的浓香——那张记的豆酱入口太咸，做卤倒恰到好处。鸡肉本身鲜嫩有嚼头，再蘸上一点点酸甜口的盐梅酱汁，微带果味，口感清爽不腻，如同一阵凉风吹过盛暑的林间。

庄助吃了一口，搁下筷子道：“《尚书》有云：若作和羹，尔惟盐梅。这是殷王武丁对贤相傅说所说的，明说盐梅乃烹饪必备之调料，实则是说要善用贤良之人为佐使，国政方可清明。”

赵氏父子嘴里嚼得正香，听到寒鸡还蕴含着如此深刻的大道理，味道霎时寡淡了几分，一时颇为尴尬。赵眜转动头颅，有些奇怪，那个一谈起吃的就喋喋不休的家伙，居然不在，如果换了他在旁边解说，吃起来应该会更开心些吧？

旁边宫厨忙道："唐大使交代完烹饪工序之后，就不知跑到哪里去了。我们找了一圈没找到，这才自作主张，把寒鸡先端上来。"

庄助听见两人交谈，暗暗有些焦虑。那家伙怎么搞的，这么半天还没回来，这里毕竟是南越王宫，不要出什么岔子才好。

一直到赵氏父子把盘中鸡肉吃了个精光，唐蒙仍旧没有出现。

就在这时，殿外忽然传来急促的脚步声。三人转头望去，发现来的不是唐蒙，而是橙宇和橙水，前者双眼黄得几乎要放出光来。两人见过赵眜施礼之后，橙宇先瞪了庄助一眼，然后大声道："大酋，宫里出事了！"

赵眜一怔，宫里出事了？他们如今不就是在宫里吗？

橙宇使了个眼色，橙水上前跪在地上："出事的是武王独舍。"

"啊？怎么回事？"赵眜惊慌地从毯子上站起来，任何与武王有关的事，都会让他异常紧张。橙水顿首道："适才卫队巡逻，发现有一人在武王独舍附近，鬼鬼祟祟的，上前抓住盘问，他自称是大汉副使，叫作唐蒙。经过搜查，我们发现他刚刚将一具桐木人偶埋入独舍旁边的枣树下方。"

橙水说完，从怀里拿出一具人偶。人偶长一尺有余，雕刻得极为潦草，勉强可以分清头部和躯体。

"咣当"一声，蘸料碟被碰翻在地，庄助脸色铁青地站起身来。他厉声大喝："橙宇！尔等好大的狗胆，居然敢在国主面前污蔑汉使？"橙宇凸着眼睛，看起来比庄助还义愤填膺："这是中车尉亲眼所见，众目睽睽，人证物证俱在！"

赵眜一听是唐蒙，顿时疑惑起来："他不是在庖厨为本王烹制寒鸡吗？怎么跑到独舍那边去了？"宫厨慌张地摆了摆手："唐大使说是去寻食材，中途离开了，我们也不敢拦阻呀。”

赵眛看向橙宇，仍旧不解：“他寻食材就去寻，干吗在独舍埋什么人偶？”橙宇压低声音，气愤中带着几丝恐惧：“我问过几位大巫，都说这是中原的巫蛊之术。只要将人偶埋入屋下土中，便可以诅咒户主。武王乃我南越的主心骨，在他生前独舍埋入人偶，这分明是在诅咒我南越国运啊！”

庄助知道南越国上下皆笃信巫术，立刻出言呵斥道：“荒谬！唐蒙是堂堂大汉副使，根本不懂什么巫蛊之事。这是毫无凭据的栽赃！”

“毫无凭据？”

橙宇的双眼闪过一道得意的黄光，从袖子里抽出一张绢帛：“武王祠堂奉牌当日，臣在地上捡到一样东西，正是从唐大使的袖口里滑落而出的。”赵眛接过去展开一看，只见线段勾连交错，并无注释，不明其意。橙宇解说道：“您看，这一道一道代表山势起伏，综合起来，便是一幅白云山的地势舆图。”

赵眛和庄助同时大惊。橙宇不待庄助说什么，又道：“橙水适才紧急搜查了驿馆，在唐大使的房间里搜出许多东西。”

他一挥手，橙水举过一个托盘，托盘里放着一叠绢帛，里面绘制的线段与白云山舆图如出一辙。橙宇唯恐赵眛不解，还贴心地做了讲解：“这是大庾岭的，这是番禺城的……每一幅都十分详细，不是在短时间内画得出来的。”

“这些舆图之上，有我南越半壁江山。无论堪舆还是用兵，都大有用处啊。”橙宇别有深意地强调了一句。殿中气氛，一时变得无比凝重。赵眛拿着这些绢帛，手在微微发抖。

庄助脸色铁青，右手握住剑柄，恨不得一剑刺穿橙宇。巫蛊人偶是假，但唐蒙闯宫是真；诅咒王室是假，但绢帛舆图是真。橙宇把真真假假的证据掺在一起，由不得赵眛不相信。

接下来要怎么办才好？庄助心念电转，一时想不出什么扭转局势的好办法，只得先叱责道：“汉使持节，有如皇帝亲临。你们竟敢擅自搜查房间，这是僭越！”

橙宇皮笑肉不笑：“你们在宫中埋设人偶，难道不是僭越？私绘舆图，难道不是僭越？”他一转身，拱手对赵昧大声道：“咱们南越可以倚仗的，只有武王威名和五岭天险。这个汉使先窥虚实，再毁气运，如不严惩，恐怕后患无穷！”

赵昧看向仍旧跪在地上的橙水：“你所见的，确实属实？”

橙水的头保持低垂，闷声道：“是。”赵昧的嘴唇哆嗦起来：“那可是先王的独舍啊，怎么可以，怎么可以……”他忽然扔下绢帛，挥手把寒鸡盘子狠狠打碎，然后一脚踢翻桌案，冲着庄助大吼：“你们辱及先人，未免欺人太甚！什么仁义道德、君子品性，都是假的，假的！”

他最惧怕的就是祖父，最敬爱的也是祖父。眼见赵佗被巫蛊诅咒，心中硬生生被逼出了一股上位者的凌厉。

庄助被吼得几乎抬不起头，正要解释，赵昧已转向橙宇，急切问道：“这个诅咒可有禳解之法？”橙宇不慌不忙道：“臣已问过大巫们。他们说，这巫蛊之术十分厉害，乃是专为镇压王家之用。诅咒如水，气运如火，水泼火上，自然会把火浇熄。若要禳解，唯有一法，那便是把火烧得更旺，便可以反过来把水蒸干，不受其害。”

赵昧还没反应过来，庄助却第一时间醒悟。他一咬牙，作势拔剑，哪怕自己接下来会被砍为齑粉，也得先把眼前这家伙干掉，不然局面会一溃千里。他右手正要发力，却被一只苍老的手按住，长剑一时没拔出来。

这么稍一迟延，橙宇的话已经说出口：“只要变王家为帝家，气运定会高涨，诅咒自然也会被禳解，保得南越与大酋无虞。”

是言一出，殿内一片安静。庄助怒目转头，想看看谁拦着自己出剑，却发现竟是吕嘉。吕嘉胸口喘息起伏，可见是听到消息之后一路跑过来的。吕嘉抓住他的手腕，扯到殿外小声抱怨道：“你那个副手怎么回事？

惹出这么大一桩祸事！”

庄助心中也在骂唐蒙粗疏，可又不能对吕嘉直言是去查赵佗之死。他稍微镇定心神，开口道：“这件事分明是他们橙氏栽赃。而今之计，得先逼着橙氏把唐蒙捞出来，问明情况才是。”

吕嘉苦笑：“我知道这是橙宇栽赃，但眼下最急的不是捞他，而是止损！”

“止损？”庄助脸上闪过一丝疑惑。

“对，止损。你就说唐蒙有隐疾，突发癫狂或者头风……甭管什么借口，总之都是他自己肆意妄为。你褫夺其副使身份，表示此举与大汉朝廷无关。”

“那他不就死定了吗？”庄助终于冷静不下去了。褫夺了唐蒙的副使身份，就意味着他将失去大汉朝廷的庇护，变成一个普通北人。在如今的番禺城里，一个普通北人会是什么下场，不言可知。

吕嘉看了一眼赵眜，语气变得严厉起来：“国主如今正在气头上，若他一时兴起当场决定称帝，一切皆休。你把唐蒙先扔出去，让他消消气。我才好设法转圜劝说。小不忍则乱大谋啊。”

“可是……”

“您当初在会稽怒斩司马，何等杀伐果断，怎么现在倒婆婆妈妈起来了？难道这唐蒙比一个司马还可怕吗？”

庄助握剑的手始终没有松开，可也没继续拔剑，整个人变得和翁仲一般僵硬，一滴诡异的汗水，从几乎从不出汗的额头沁出，沿着鼻梁缓缓滑落到鼻尖。

吕嘉见他不语，便当是默认，举步回到殿内。远远地，庄助看到他走到赵眜身旁，低声讲起话来。这一番交谈短暂而激烈，赵眜难得讲了很多话，动作很激烈，不时挥动手臂，还有橙宇在旁边搅局。

可惜庄助站在殿外，听不太清楚，也不想听到。此刻他的五官五感，都深陷在尴尬的泥沼里，连呼吸都觉艰难。这时赵婴齐走了出来，好心地递来一方手帕。庄助木然接过去，把鼻尖上的那一滴汗水擦去。

赵婴齐问：“先生明日还来讲学吗？”庄助想到自己刚才还在侃侃而谈君子之道，不由得自嘲地苦笑一声，没有回答。赵婴齐怔怔看了一阵，没有追问，恭敬地施了一礼，转身离开。

过不多时，吕嘉回转过来，一脸疲惫，可见刚才那一番争论极耗心神：“谈妥了，主上想问一下汉使，唐蒙所为，您可知情？”

吕嘉说完之后，盯着庄助。庄助知道他在等一句话，只要说出这句话，这场危机便可以暂时躲过。岭南如此潮湿的天气，他却感觉到咽喉无比干涩，像是被人扼住咽喉。吕嘉又催促了一句，庄助只好清了一下嗓子，含着泥沙似的说道：“不知……”

短短两个字，仿佛抽去了庄助的筋骨和气力，令他几乎站立不住。吕嘉满意地回殿内复命，庄助一拂袖子，几乎如逃离一般地走下台阶。

回到驿馆之后，庄助屏退了所有人，只留黄同一人在侧。黄同已听说了宫中发生的事，心中忐忑不安。眼前这位汉使似乎比平时更爱干净，用一块鹿子皮反复擦着佩剑，仿佛上面沾染了什么不得了的污渍。

就在黄同以为他会迁怒杀人时，庄助突然开口：“黄左将，我听唐蒙说，你祖父葬在了中原？”黄同点了点头，庄助叹道：“无论什么人，终究得找到自己的根，方才踏实。乃祖叶落归根，也算可以瞑目，敢问黄左将，你的根又在哪里？”

黄同不知他的用意，谨慎道：“我在南越出生，根自然在南越。”庄助斜看他一眼：“南越人？那请问你是秦人还是土人，是北人还是吕家人？”一听这问题，黄同就知道那天的醉话肯定被唐蒙记下来了，但他实在不知如何回答，只好保持着沉默。

庄助冷笑一声，扔开鹿子皮，爱怜地用修长的手指蹭了蹭剑刃，突然横剑于膝，振臂一撅。只听剑身发出一声哀鸣，竟断折成两截。黄同吓得往后退了三步，再抬头一看，发现这位无论何时都保持着仪态的翩翩贵公子，陡然露出一种近乎崩溃的扭曲神情。

“黄左将，我把这柄断剑送给你，你须帮我做一件事。”庄助低声道，双眼密布血丝，“你去把唐蒙救出来！”黄同一惊：“吕丞相知道吗？”

“我这不是求助吕丞相，我这是命令你！”庄助进逼一步，声音愈加严厉。

“大使不要为难在下了，我哪里有这个本事洗清他的罪名……”黄同惶恐地摆了摆手。

庄助道：“我不是要洗清他的罪名。只要你把他活着弄出番禺城，送过大庾岭即可。”

眼下为了大局，唐蒙注定要被放弃。但堂堂一位大汉使节，居然被一个蕞尔小国逼迫着出卖同僚，这已是不堪忍受的屈辱。倘若唐蒙因此而死，那对心高气傲的庄助将是一次极大的打击。

再者说，那些舆图绢帛虽被没收，但唐蒙脑子里肯定还记着，只要他能活着回去，一样可以复原出来。无论从德行还是功利角度出发，庄助都需要唐蒙活下去。

黄同双手捧着断剑，苦笑起来：“庄大夫何必为难我一个小人物。”庄助厉声道：“你自从被俘的那一刻起，在南越便已没有出路可寻了！你和唐蒙一同回去中原，凭这柄断剑，我保你重新寻回你们黄家的根！”

黄同知道，庄助这是算准了自己在南越的窘境，逼自己站队。他犹豫再三，只好叹了口气，恭敬地把断剑奉还给庄助：“在下……只能尽力而为。”

庄助没有再叮嘱什么，有气无力地挥了挥手，让他退下，一个人枯坐在屋内的阴影之中。

唐蒙痛苦地翻了一个身，大口大口喘着粗气。

南越宫城的监牢并不阴森，恰恰相反，这里的采光非常充足。岭南的阳光如弓箭一样从四面八方射进来，刺穿着、炙烤着这个倒霉的囚犯。

唐蒙绝望地把衣袍全都脱光，可身上仍是一层一层地冒着汗，黏腻的暑气渗入肌肤，顺着血管和经络一路焖烧上去，皮肤上全是蒸干后白花花的盐渍，与蚊虫叮咬的一片片大包交相辉映。

唐蒙伸出手，想再喝一口水，可水盆早就空了。他只得勉强从口腔里挤出几滴口水，稍稍润一下咽喉。自己在这个甑里待了多久？他已经不记得了，只记得水盆被填充了四次，每一次他都一口气喝光。

这点水分只能勉强吊住性命，却无法让头脑维持正常运转。无论是橙水突然的背叛，还是迟迟不来的庄助，唐蒙都已经无力思考。迷迷糊糊间，他感觉自己变成一条釜中的嘉鱼，在滚烫的釜中一遍遍煎熬，鳞皮透软，脂膏融化，意识也逐渐随之涣散，居然还带着点香味。

嗯，这釜里简直是个聚宝盆，蓬饵、髓饼、煮桃、炙串……还有笋尖牛腩、豚皮饼、鹌鹑拌橙丝、经霜的菜苔裹鲤鱼鲙、拌着肉酱的菰米饭，诸多滋味，交混一处，简直什么都有。唐蒙喜不自胜，挣扎着想抓住那些食物，大快朵颐。可釜下的炉火越发旺盛，熏炙着他，难受无比，他感觉几乎要消融在釜中。

“等一等，我还没吃完……”

唐蒙猛地大叫一声，睁开眼睛，发现自己仍旧置身于监牢之中。他喘息片刻，侧过脸去，先嗅到一股栀子花的香气，然后看到一双大眼睛正焦虑地望着自己。

“甘蔗？你怎么在……这儿？”

“来救你啊！”甘蔗急躁地推动他的身躯，可惜她太瘦弱了，根本推不动。唐蒙挣扎着想自行爬起来，不料后背被汗液紧紧粘在地板上，他用力一抬，脊背疼得撕心裂肺，像被一只狸猫用爪子从脖子划到腰下。

唐蒙疼了好一阵才缓过来，甘蔗把脸偏过去，递来一个竹筒。唐蒙这才想起来自己是赤身裸体，连忙把旁边的衣袍捡起来穿上，咕咚咕咚把竹筒里的清水一口气喝光，一抹嘴才问道：“我这是关了多久了？”

“三天了。”甘蔗心疼地望着他，赶忙拿出两个冬叶包的裹蒸糕。唐蒙饥肠辘辘，恨不得一口一个，一边咀嚼一边问道：“他们怎么会放你进来？”

“开始是不许的，但后来橙水准许我送点清水和裹蒸糕进来。说你是宫廷要犯，不能在审判前死了。”

唐蒙“嘿”了一声，也不知橙水这是有限地表达一点点歉意，还是要把自己利用到死。甘蔗伸手摸了摸他的脸颊，责怪道：“你这个蠢北人。如果不是黄同告诉我，我都不知道你竟会冒这么大的风险跑去独舍。”

唐蒙先是苦笑，然后“咦”了一声，追问道：“是黄同跟你说的？”甘蔗点点头。唐蒙又问：“他没说别的？”甘蔗对黄同没什么好感，一撇嘴：“他一个秦人，还能说什么？”

有了食物补充，唐蒙的思维稍微恢复了一点敏锐。黄同如果真要来捞人，用不着通知一个孤弱女子。甘蔗出现在这里，只可能意味着一件事：外面情况变得很严重，严重到庄助和吕嘉无法施救，只能通过甘蔗这种毫无威胁的小角色送点饮食，聊表关心。

也就是说，他已经被放弃了。

唐蒙摸了摸下巴，意外地并没多惊慌，大概也是因为没什么力气惊慌。他伸开双臂，重新躺倒在地，有些如释重负。

“为了一罐蜀枸酱，值得吗？”甘蔗盯着他。

“其实我不是为了蜀枸酱。”到了这个时候，唐蒙决定还是说实话为好。甘蔗似乎不怎么惊讶，垂下头小声道：“我知道，我一个小酱仔，谁会平白无故关心呢？”

唐蒙歉疚地看了她一眼，这时外面传来卫兵的脚步声：“时辰到了，快点离开。”甘蔗扬声对外面喊道：“裹蒸糕不能吃快，得慢慢嚼，再等一下吧。”卫兵骂了一声：“临死之人还这么多讲究！”甘蔗扬声道：“是橙水让我进来的。”

卫兵一听这名字，也只能悻悻踱步离开。唐蒙正要开口，甘蔗把手指放在唇边，“嘘”了一声，往下面一指。

顺着甘蔗的手势，唐蒙发现这个监牢的地板下方，隐约可以看到一个空洞。透过板条间隙，可以看到空洞里盘踞着几条蟒蛇。

“这是要让我主动被蛇咬死，体面自尽？”唐蒙冒出一个荒谬的念头。甘蔗也不多言，从胥余果壳里掏出一把小巧的石锤。真亏她藏得巧妙，卫兵恐怕想不到那个盛满清水的果壳底部，居然还能放下这东西。

甘蔗拿起锤子，狠狠朝地板颜色最深的地方一砸。这种高温湿热的环境，板条早已朽烂不堪，颜色越深说明烂得越彻底。只见锤头落处，碎屑飞溅，断口处还有不少白花花的蛆虫爬出来。唐蒙见她挥动几下就满头大汗，接过手去帮忙一起砸，很快地板上就出现一个洞。

“跳下去！”甘蔗催促道。

唐蒙心想，自己吃了一辈子肉，死于动物之口也算公平，一咬牙跳了下去。等到他跌到空洞底下，爬起来环顾四周，这才发现那些东西根本不是蛇，而是几条盘根错节的老树根。从树根走向能看出来，它们应该同属于一棵巨大的榕树，伸展到监牢下方，生生在泥土里挤出一块空间。这些树根交错成一些空隙，似可勉强钻行。

真亏了甘蔗发现这一条路，唐蒙暗暗惊叹。这时他感觉脚下一阵吱吱声，几只大黑老鼠飞快地跳过脚背，钻入树根空隙消失了。他突然意识到，这棵榕树自己曾经见过，应该就是甘蔗栖身的家！

唐蒙被关入监牢时就注意到了，这里位于宫城东南角，毗邻宫墙，而甘蔗住的榕树，恰好与宫城东南一街之隔。他的脑子里稍做定位，立刻判明了两者的关系。榕树的根系极为发达，顺着宫墙下方侵入，变成一条天造地设的通道——当然，这根本不算巧合，宫城东南地势低下，只有关押犯人的场所、排污区域和赤贫民众才会安置在这里。

这地板从下往上没法砸，所以甘蔗假借探监之名，从上往下开路。接下来，两个人只要从榕树根下钻过宫墙，就可以逃出生天。

唐蒙欣喜之余，仰起头来，伸出双臂，等着甘蔗跳下来。

可就在这时，卫兵迈步再度接近监牢，又来催促。如果被他发现这个大洞，那就彻底完蛋了。甘蔗咬了咬嘴唇，抬起头对牢门外大喊道："你等等，马上就好啦。"然后把头转回来，俯瞰着唐蒙，难得露出一个微笑。

唐蒙大惊，他一瞬间就看出来她要干吗。甘蔗开口道："你快走吧，钻过树根上去，会有人接应的。"

"快跳下来！现在走还来得及！"唐蒙大吼。

"我不跳啦，我怕高嘛。"甘蔗苦笑道，"再说，总得有人拦在门口才行。"

甘蔗把枯黄的几缕头发撩上额头，从头上摘下栀子花，递给下面的唐蒙，柔声道："你现在可以去打开那个胥余果壳啦，但你要答应我一件事，回到中原找到我阿公，替我问问他，想不想我的阿姆，想不想我。"

说完之后，小姑娘的脸从洞口消失了。那一瞬间，她的脸和梦境中某一个人的脸重叠在一起，令唐蒙的脸颊剧烈地颤抖起来，仿佛被一根长矛戳中了最深的旧伤。

但这个时候，已容不得他拖延。唐蒙一咬牙，低头钻进树根底下去。他的身体比较臃肿，挤过根隙很费劲，必须巧妙地调整角度，徐徐前进，才能避免蹭伤。

可唐蒙此时就像一头红了眼的野猪，不管不顾地猛冲硬闯。粗糙的根皮和岩块不时刮开皮肤，割破血肉，整个人很快遍体鳞伤，可冲劲丝毫不减。

待得他顺着天光方向，拽着藤蔓爬上地面，发现出口恰好就在甘蔗榕树下的家里。此刻等候在那里的，却是一个意料之外的人。

"梅耶？"唐蒙一怔。

梅耶见一个浑身破破烂烂的血人钻出来，吓了一跳，旋即冷静下来，朝他身后看去："甘蔗呢？"唐蒙低声道："她去拦住守卫。"梅耶脸色陡变："所以你就把她扔下不管了？"唐蒙一屁股瘫坐在地上，无言以对。

"果然一出事，你们北人跑得比谁都快。"梅耶讥讽了一句，"不过算了，甘蔗说用他爹的人情换一次遮掩，可没说遮掩谁。我们快走吧，她一个小姑娘，可挡不住多久。”

一辆牛车停在大榕树下，上面搁着大大小小十几个酒瓮，众星拱月般地围着一个大酒缸。梅耶让唐蒙跳进缸中，盖好盖子，然后驾着牛车迅速离开。

唐蒙蜷缩在酒缸里，听见外面除了“咯吱咯吱”的车轮声，还能听见一片古怪的喧闹声。如江似潮，似是很多人的叫嚷声聚合在一起，不断变化和移动着，从牛车两侧呼啸而过。其间车子还停下来几次，隐约可以听见梅耶的声音，似乎是被阻拦了。

好在有惊无险，牛车很快顺利抵达了酒肆，直接开进了后院小酒坊。梅耶跳下车，敲了敲酒缸，却没动静。“不会死了吧？”她嘀咕着掀开盖子，发现唐蒙蜷缩在里面，整个人陷入一种呆滞状态。

“喂喂，快出来，你要在里面待多久？”梅耶伸手抓住他的发髻，拼命摇晃。如是三次，唐蒙才缓缓抬起脖子，眼神恢复，仿佛刚从沉思中清醒过来。梅耶道：“我联系了相熟的私酒贩子，一会儿你从他们的渠道出番禺城，接下来，我可就不管了。”

唐蒙从缸里摇晃着站起身，脸颊带着潮红：“我不会走。”

“亏你之前还拿私酒的事威胁我，现在怎么着？还不得靠这个逃命？”梅耶讥讽道，讲到一半才反应过来，“什么？你不走？”

“对，我的事情还没查明白。”唐蒙语气坚定，肩膀微微开始发抖，整个人陷入一种古怪状态。梅耶大为恼火：“你知不知道，甘蔗为了救你，是怎么跑过来求我的。她现在连命都交代进去了，你就这么浪费？”

“正因为她把命都交代进去了，所以我才不能走。我得帮她阿姆洗清冤屈，说好的事情。”唐蒙喃喃道，推开梅耶朝外走去，“我要先回驿馆一趟。”

梅耶双臂交叠在胸口，只是冷笑：“我看你是在牢里热糊涂了，不知道这几天整个番禺城都开了釜了。汉使埋设人偶，用巫蛊诅咒先王，这件事在城里简直要传疯了。”

唐蒙眉头微微扬起，人偶？巫蛊？这是什么？他被橙水扣押起来之后，直接投入监牢，接下来发生了什么，浑然不知。梅耶疑惑道：“难道你没做吗？”她把外面听来的传言讲了一遍，唐蒙忍不住大为惊叹，橙宇实在是太有想象力了。

梅耶敲了敲木桶：“你来的路上也听见了，街上现在全是人。城民们都很愤怒，纷纷朝着驿馆那边聚拢过去，要汉使滚回去，要为武帝报仇，严惩你这个恶毒的巫师。你敢现在露头，恐怕会被城民打死在街头。”

唐蒙愣了愣：“他们的要求是什么？”梅耶道：“严惩你这个恶毒的巫师啊。”“上一句。”“要为武帝报仇。”

唐蒙“嘿”了一声，暗暗钦佩。毫无疑问，这背后肯定有橙氏之人在煽动。巫蛊这种怪力乱神的东西，虚无缥缈，偏偏大部分人都笃信无疑，流传极快极广。只要稍加挑唆，他们就能煽动起巨大的民意。等到万民皆高呼赵佗为“武帝”，橙氏再提称帝之议，赵眜也就“从善如流”了。

那个橙宇，可真会一根甘蔗吃到头。唐蒙本以为橙氏抓到自己，最多是在朝堂上闹一闹，没想到橙宇反手一记栽赃，竟能裹挟着民意，把自家的谋划又推进一大步。

“你呢？你信不信我埋下人偶，诅咒赵佗？支不支持南越王改帝号？”唐蒙问梅耶。

梅耶一扬手腕，一脸无所谓：“我信不信，根本不重要。大酋称帝不称帝，与我有什么关系？是能减点税？还是能少服点徭役？”

“可惜番禺城的大部分百姓，没你看得明白。”唐蒙一边用井水洗脸，一边说。

梅耶抬起残疾的右手：“如果他们像我一样，因为一点小错就被斩下手腕，赶出宫去，大概也就没什么心情掺和这种事了。天天嚷嚷着土人秦人，好像分清楚了能当饭吃似的，真以为自己能为朝廷分忧？到头来，还不是上头的几个人得利，我们这种升斗小民该受苦还是受苦。”

唐蒙知道她那只断手，背后必然有一个悲惨故事，可眼下实在没有余裕去关心。

“我不能走，我得把甘蔗救出来。”他的语气迟缓沉重，却有着不容动摇的坚定。

梅耶眨了眨眼，忍不住问道：“为什么？你堂堂一个汉朝使者，为何对一个小酱仔如此上心？她既不是权贵亲眷，也非国色天香，何至于执着到这地步？”

“她答应会告诉我蜀枸酱的来历。”

梅耶冷哼一声：“这种话只好去诓骗三岁娃娃。”唐蒙的腮帮子抖了抖，似乎病得更厉害了，但双眸里挤出的神色，愈加坚毅：“我之前曾辜负过别人，我不想再辜负第二次。”

梅耶见他语气凛然，不再说什么，拿出一套南越人常穿的凉服和一双木屐让他换上，又取了些酒糟抹在他领口。

“你若被官府盘问说错了话，就推说自己喝多了，也许能遮掩一二。”梅耶顿了顿，又叮嘱道，“你可千万要把甘蔗救出来啊，她够苦的了，不要像她娘一样……”一提及甘叶，梅耶的声音微微颤抖了一下，眼神很是复杂。

“如果真把她救出来……能不能把她带回北边，送到她父亲手里？”

“嗯，我会尽力。”

梅耶犹豫了一下，露出一丝略带尴尬的笑容：“如果，我是说如果啊，你能找到卓长生，把甘蔗送到，能不能顺便问一句，是否还记得梅耶这个人。”

没等唐蒙答应，梅耶已迅速转过身去，推开了酒肆后院小门。

唐蒙简单地分辨了一下方向，然后大踏步朝驿馆走去。沿途街上人潮汹涌，似乎整个番禺城的人都出来了，群情激昂，个个涨红了脖子，没人注意到这个走路歪歪斜斜的醉汉，更没人关心这醉汉的双眼，正陷入沉思。

之前蜷缩在酒缸的封闭空间里，唐蒙从头到尾做了一次复盘，发现赵佗之死的最关键点，就在甘叶外出取回的那一罐蜀枸酱。

如果甘叶是凶手，直接在粥里下毒就是了，根本没必要特意外出去取蜀枸酱——你都要杀死对方了，何必在乎这粥的口感？所以问题很可能就出在那罐新蜀枸酱上，里面大概多了点东西，而甘叶自己都不知情。

从这个思路反推，只要找到蜀枸酱的来源，也就锁定了凶手的身份。想到这里，唐蒙遗憾地敲了敲脑壳。

如果甘蔗还在，这件事就简单多了，她这三年来一直从那个神秘的渠道拿货。可惜她如今失陷于王宫，唯一还藏着答案的地方，就在驿馆里的那个胥余果壳里。

之前唐蒙严守承诺，不还甘叶清白，便不去打开果壳。现在这个形势，不得不提前揭盅了。他想到这里，脚步不由得加快了几分。

今天的番禺城温度格外高，空气中浮动着一股莫名的燥热，即便满城绿植也滤不掉其中的火气。唐蒙一路走到驿馆前的路口，却发现自己挤过不去了，眼前密密麻麻全是人。

他们都是番禺城民，男女老少都有，大家群聚在路口，爬满墙头，嗡嗡地喧哗着，每个人看向驿馆的眼神都充满愤恨。在人群中还有好几个冠羽披毛的巫师，蹦蹦跳跳地施展着各种古怪的巫术，试图向馆内降下诅咒。少数几个卫兵拦在驿馆门口，他们只能勉强挡住人群往里冲，别的就顾不过来了。

看来梅耶说得没错，整个番禺城都因为巫蛊之事而沸腾了。其实这些城民既不懂称藩、称帝的道理，也不关心虚名、实利之间的关系。只要涉及神秘刺激的人偶、诅咒等等，又和北人沾边，他们就会亢奋异常，到处传播。

某种意义上，橙宇也是个高明的大厨。同样一道食材，经他妙手烹饪，给人的刺激便大不一样。这个老家伙对人心把控精准，总能恰到好处地煽起民意，相比之下，吕嘉还是那一套高高在上的贵族矜持，只关心、笼络上层。怪不得赵佗死后短短三年，土人如急稻一样迅速崛起，遍布朝野。

唐蒙一边感慨着，一边混在人群里，琢磨着怎么进入驿馆。就在这时，他身子突然一阵哆嗦，感觉到脑袋有点发昏，在人群里差点没站稳。

其实这症状刚才就显现了，唐蒙还以为是折磨了三天之后的虚弱。可他现在发现不太对劲，身体抖得越发厉害，汗水蹭蹭地往外冒，如此热的天，身体居然感觉有些发冷。

“糟糕，先热后寒，难道我是得了瘴病吗？”唐蒙大惊。

岭南瘴气弥漫，中原来人多会罹患怪病。唐蒙粗通医术，猜测自己这种症状，大概是瘴病之中的所谓“酷疟之疾”，八成是在监牢里被蚊子狠狠叮了三天的缘故。

可眼下不是病倒的时候，唐蒙拼命打起精神，想要进去，却不防被一个人拽住。他脚步虚浮，没什么力气，只得任由对方把自己拽到附近的僻静角落。

“黄同？”唐蒙迷糊中叫出对方的名字。

第十二章

黄同一脸疲惫，眼窝发青，下颌的胡须东一绺西一绺，一看就是执勤太久没休息过。

从“巫蛊诅咒”在番禺城传开之后，番禺人就一直零零散散地跑到驿馆前抗议喧嚷，简直把这里当成茅坑来宣泄。偏偏南越王那边并没有给出明确指示，黄同不敢镇压，也无法驱赶，就只得率众坚守在门口，到现在都没得到休息的机会。

唐蒙揉了揉太阳穴，觉得又增添了头疼的毛病：“你怎么认出我来的？”

“南越人没有这么胖的。”黄同望着他，神情诧异，“没想到甘蔗真把你救出来了。”

他这一句话里，暴露出不少信息。可唐蒙没力气细究，勉强打起精神：“快带我去见庄大夫。”

黄同摇了摇头：“国主已经宣布后日要开廷议，庄大夫现在吕丞相府上，紧急商量对策呢。倒是你，怎么还敢跑回驿馆来？”唐蒙一听急了：“我不是来寻求庇护的，我是有要事禀报的。”黄同叹了口气，眼神有些微妙：“外头闹成什么样，你也看到了。庄大夫已经公开褫夺了你的身份，你在这里得不到庇护。如果我是你，就赶紧逃得远远的。”

唐蒙想了想，重新抬起头：“那你能不能去我房间，拿一个胥余果壳出来？里面有一样物事，对我很重要。”黄同苦笑：“你的房间早已经被橙水他们翻了个底朝天，连舆图绢帛都收走了。”

一听舆图绢帛被收，唐蒙终于明白庄助为何如此被动了。他抓住黄同手臂，近乎恳求道：“黄左将，你代我去找找，去找找，那只是个随处可见的果壳，也许他们没当回事，还扔在原地。”黄同双手一摊：“唐副使，请你体谅一下我，我已经很难了。自从跟你们搭上线，所有人都在怀疑我，所有人都在排挤我。我没把你直接扭送见官，已经是冒了大风险了。”

“可我要查的事情，事关任延寿和甘叶之死，事关赵佗之死！”唐蒙高声强调。

黄同一听这三个名字，脸上的伤疤似发癫痫一般上下抖起来。若换作之前的唐蒙，他只当是大话。可在沙洲他亲见唐蒙抽丝剥茧，把三年前的一场隐秘谋杀还原，莫非这家伙这次又查出来什么了？

唐蒙逼近了一步，黄同沉思良久，终于开口道：“好，我去找找看，是什么东西？”

“不知道。”唐蒙回答得很干脆。

黄同呼吸一滞：“你不知道是什么？你让我怎么找？”唐蒙如今实在没精力斟酌字句，索性把自己在独舍的遭遇与猜测一一讲出。黄同听得目瞪口呆，右手攥紧又放开，整个人陷入惶恐之中。

唐蒙见黄同态度发生了变化，这才开口道：“所以我现在必须找到这家商铺，它不光与甘蔗卖的蜀枸酱有关，还与赵佗之死有着千丝万缕的关系。”

“所以甘蔗留给你的果壳里，就是那个商铺的名字？”

“我只能确定一点，不是文字相关的东西，她不识字，而是某种身份的标识，只能拜托你去找找了。”

“你明明都拿到答案了，居然忍住没去偷看？”黄同有些难以置信。

“食物至真，我这么爱吃的人，也该见贤思齐才是。”唐蒙一本正经地回答，然后换了个口气，“黄左将，你也是挚爱美食之人，又是任延寿的兄弟，于情于理，也该帮我把这件事查清楚。等到功成之日，即使在吕丞相面前，你也能直起腰来了。”

他每说一句出来，黄同的眉毛就绷紧一分，到最后五官都绷在一处，唐蒙一度担心他的伤疤会因此崩裂。好在后者思忖再三，面皮“啪嗒”一下松弛下来，叹了口气：“我……我试试……”

黄同将信将疑地离开了，唐蒙寻了个坊墙根下的小棚子，请摊主榨了一碗鲜蔗浆，扶着墙坐下，大口喝下去。虽然甜美的糖分无助于缓解疟疾，但多少能让体力恢复一点。

他刚才一直强忍，是怕黄同发现自己得了疟疾，不肯施以援手。那家伙胆子太小了，一旦发现情况不对就会退缩。目前他只有这一个外援可以倚靠，断然不能有失。

在等待黄同的过程中，唐蒙先后又发作了好几次打摆子，不得不蜷缩在墙角，把注意力放在外面的街道上。

不停有番禺城的城民从他身前走过，手里捧着各色瓜果，叫嚷着去驿馆门口。到了门口扔完瓜果，就嘻嘻哈哈地退到后排，与同伴闲聊。赶上有人喊一嗓子，他们就跟着喊一句，然后继续聊。唐蒙感觉他们简直是把这件事当节日来过，巫蛊什么的，根本不重要，重要的是有一个发泄狂欢的机会。

他甚至看到，有一个皮肤黝黑的垂发土人，偷偷摸摸给一群准备离开的城民发裹蒸糕，一人一个，大概是酬劳吧。可惜唐蒙病得太厉害，只勉强辨认出这人似乎是进城时砸了自己一记五敛子的那个家伙，但没力气深究。

等了许久，黄同才匆匆回转，手里拿着三样东西：一块香橼皮、一枚八角和一把植物根须，那根须颇粗，呈黄白颜色。

“喏，这是我在你房间里找到的，至于是不是原本在胥余果壳内，就不知道了。”他把这三样东西交过去。唐蒙捧着它们，仔细审视。他带过不少吃食进房间里，但肯定没带过这三样。

可以确定，它们就是甘蔗放在果壳之内的物品。

但这是什么意思？

黄同告诉唐蒙，那香橼皮是从一种香橼果上剥下来的，可以蒸出香精，城中很多女眷都很喜欢用；八角不必说，至于那些植物根须，闻起味道来颇为苦涩，应该是一味叫龙胆草的草药。

甘蔗不识字，更不会用太复杂的隐语，她想通过这些表达什么呢？唐蒙拿着这三样东西，左看右看，可惜他病得有些重，精力始终无法集中。黄同也凑过来帮忙研究，忽然道：“会不会她的意思是，那个商铺卖这三样东西？”

唐蒙精神一振，确实有这种可能。他将三物收在怀里，转身欲走。黄同把他叫住了：“你去哪里？”

“番禺港，我要去找那个商铺。”他回答。黄同迟疑了一下：“我陪你去。”唐蒙抬抬眉毛，这家伙向来畏事，怎么如今突然改了性子？

黄同的脸色一下子变得阴郁：“我也想知道，到底是什么人杀了延寿。”一提这个名字，他脸上的疤痕忍不住微微抖动起来。

有了黄同带路，唐蒙不必担心被愤怒的番禺百姓发现，两人一路赶到城外的番禺港，直奔位于港边的市舶曹。

这是南越效仿大汉设立的一个衙署，番禺港举凡市易、课税、平准、仓储、诉讼诸事，皆由这里处理。所有在番禺有买卖的商家，都会在这里登记造册，以备查验。黄同的身份不低，又是吕家的人，一亮身份，市舶曹立刻派出一位资深令史陪同，带他们来到贮藏档案的书室。

这地方说是“室”，其实是一个巨大的库房。房中搁着一百多个大竹架，分成三层，上面堆满了一卷卷的竹简与木牍。老令史打开门之后，回身笑盈盈道：“番禺港的市易商户，皆在此间，黄左将想要查什么？”

黄同看向唐蒙，后者想了想，说：“中原商户的卷宗，是在哪里？”老令史愣了愣，语气多了一分对外行的轻视：“自从十六年前颁下转运策后，这里没有中原商户了，都是由本地商队代为转运行销。”

唐蒙说那就先看看进口货品总类吧。老令史“哦”了一声，在竹架上翻找了一阵，拿出一摞木牌。每一个牌子上写着一样中原出口到南越的货品。找到正确的牌子，然后再按图索骥，去找所有转运此类货品的商家。

唐蒙看了一圈，没看到蜀枸酱的名字——这倒也不奇怪。无论是甘叶还是甘蔗，每两个月只能拿到两小罐枸酱，可见这东西的产量极小。代理商人大概只是随手捎上，不值得报关，从卷宗里根本看不出谁会携带。

黄同在旁边有些焦虑：“怎么办？难道真要一家家查过去吗？”唐蒙“哗哗”地翻动竹简不语。老令史见他们面露为难，主动道：“这市舶曹的卷宗如何查看，门道可多了。两位不妨告诉小老，到底想查什么。”

唐蒙想到甘蔗放进胥余果壳里的那三样东西，问道：“我想查一下，番禺港的中原转运商里，有没有兼卖香橼皮、八角、龙胆草的？”

老令史更加确信，这是一个地道的外行。他一捋胡子：“好教各位知道。我番禺港口的转运行商，向来规范有序，一共分为四亭。中原亭只与汉家做生意，南海亭通南海诸夷，诸越亭通东瓯、闽越，还有西南亭，通夜郎、靡莫、滇、邛都等地。每一个商号，专注于一亭，不得跨亭转运行销。”

“所以？”

“香橼皮是布山特产，八角是苍梧特产，而那龙胆草，乃是夜郎特产草药，这几个地方皆属西南方向。中原的转运商，怎么可能会去卖西南的特产？”

唐蒙懵了，这和他想的完全不一样。卓长生明明属于蜀中卓氏，那酱也叫作蜀枸酱，都是地地道道的汉家货，怎么甘蔗给出的提示，却是一个西南方向的转运商？

黄同又问龙胆草是做什么用的，老令史果然是资深吏员，说此物可以治疗湿热瘙痒、疹子黄疸之类疾病，都是南越常见的病症。不过龙胆草采摘不易，所以进口数量很有限。

唐蒙心中突地一动，似乎想起什么事。可那感觉模模糊糊的，说不清楚缘由。

“那么劳烦老丈帮我看看，西南亭的转运商里，可有同时卖这三样东西的商户？”

老令史点点头，转身走到架子中间翻找了一阵，然后抄出一份名单来。西南方向的贸易体量不大，能同时有这三种货物贩卖的，一共也只寥寥三四家而已。

唐蒙拿到这份名单后，与黄同匆匆离开市舶曹，前往西南亭专属的码头区。在半路上，他突然又起了一阵寒战，这次实在掩饰不住，不得不停下脚步瘫坐在地上喘息。黄同看出他的异样，一探脉搏，脸色不由得大变。

“你打摆子?!”他可知道这病的厉害。每次率军穿越丛林，总会有士兵莫名生起一阵阵寒热，走着走着打起摆子，很快就死了。

唐蒙用双手猛烈摩挲一下脸颊，努力恢复点精神：“我没事，咱们继续查……”黄同连连跺脚：“你有这种病，怎么不早跟我说？”唐蒙坦然道：“我说了，你就不会帮我了。”

黄同“呃”了一声，倒是没有否认，可他又忍不住问道：“庄助拼命我能理解，橙水拼命我也能理解。唐副使你明明从一开始就不愿意来岭南，何以现在这么拼？”

唐蒙咧开嘴笑了笑：“我说我是为了那一罐蜀枸酱，你信不信？”黄同看了他一眼，什么都没说。不知是真的相信了，还是放弃了沟通。

两人很快赶到了西南亭的码头。这里是四亭中最简陋的一个，位置偏僻，只有两处孤零零的栈桥伸入珠水，栈桥靠岸的这一边，立着一排小商铺。比起其他三亭来，简直可以用“荒凉”来形容。

这也没办法，西南那边仍未开化，拿得出手的也只有一些天然药材，除此之外，并无别的大宗交易。

至于这几家之间如何甄选，唐蒙也有办法。他告诉黄同，甘蔗家里挂着一串榕树叶，每天挂一片，凑到六十片叶子，就来码头取一次。他抵达番禺的时候，甘蔗恰好把枸酱卖光，她说要八月初才有新货送来，算算日子，就在这几天。

也就是说，谁家在这几天上过新货或即将上新，谁家的可能就最大。

黄同打听一圈下来，最终锁定了一个叫“莫毒”的商家。唐蒙此时状态已经很差了，不得不让黄同搀扶了一把。可就在两人快到那户人家时，却见到一队港区的卫兵迅速跑过来，散开一个扇面，把他们团团包围。

黄同沉下脸来：“我正在执行公务，你们想干吗？”

“我很好奇，黄左将你到底执行的是哪一家的公务？”刻毒的腔调，从一张刻毒的面孔里吐出来。队伍随着这声音徐徐分开，两人看到橙水从容站在中间，负手而立。

橙水看也不看唐蒙，反而对黄同嗤笑一声：“找一个僻静港口偷偷把这个要犯送走？我在所有码头都有眼线，黄左将你的想象力，比起厨艺可差远了。”

黄同没有像之前那样怒吼着反驳。现在唐蒙已经不是大汉副使，橙水随时可以借题发挥，他不敢硬顶。

唐蒙虚弱地看向橙水，双眼赤红：“甘蔗在哪里？”橙水微微一笑：“我好心让那个小酱仔去探望一下你，她却把你给放跑了，害我被家主狠狠责骂。她明明是个土人，却吃里扒外，这种背叛者该接受应有的惩罚。”

“你的嘴也配说出背叛两个字吗？”

“你我没有任何承诺，各为其主，谈何背叛？”橙水的语气里毫无愧疚。

唐蒙眯起眼睛，突然问了一个怪问题：“你前来码头，就为了阻止我逃走？”橙水像是看一个白痴一样：“不然呢？”

唐蒙突然哈哈笑起来，此时他身体潮红，双目发赤，笑起来有些发癫，让橙水隐隐涌起一丝不安，似乎什么事情超出了掌控。“来人哪，把这个诅咒大酋的逃犯抓起来！”他喝道，不料唐蒙跌跌撞撞，趋近面前，哑着嗓子道：“可惜啊，你自作聪明。我来这个码头，根本不是为了逃走。”

“哦？”橙水抬了抬眉毛。

“我是为了任延寿之死的真相而来。”

橙水冷笑：“我劝你不要花言巧语，妄图拖延时辰。汉使已经褫夺了你的身份。整个南越国没人能来救你。”唐蒙回之以更冷的笑，摆出束手就擒的姿势：“你若不信，直接抓我走便是。反正兄弟生死，没有自家邀功来得重要。”

橙水面色微僵，仿佛被这句话刺中要害。唐蒙的手段他见识过几次，确实敏锐而犀利。说不定这家伙逃离监牢之后，又获得了什么新线索。橙水迟疑片刻，到底抬起了手，让卫兵们暂且后退几步。

“延寿之死，与这个码头有什么关系？”

唐蒙见他开口询问，便知道有希望：“当夜甘叶去取的枸酱，可能就在此处。”

橙水是个极聪明的人，只听这一句，立刻就懂了：“你是说，这个铺子可能有凶手的线索？”

唐蒙没有继续说，只是把眼神挪向“莫毒”所在的店铺。橙水正要迈开脚步，唐蒙突兀地问了一句：“橙中车尉进去之前，可要想清楚。”

“我想清楚什么？”橙水停下脚步，睨着这个可笑的囚犯。

“我每次去赴宴，上菜之前都很发愁。比如说，主人端上来一盘鹅脯梅菜羹，一盘红烧大塘鳖，一盘烤牛腿筋，都是珍馐，可一个人的肚子就那么大，先吃哪个，后吃哪个，多吃哪盘，少吃哪盘，总得有个取舍，否则会左右为难，留下遗憾。”一提这个，唐蒙的小眼睛便放出光彩。

橙水眉头一皱，这胖子到底在说什么？不料唐蒙忽然话锋一转：“对武王的忠诚、对任延寿的情谊，以及对橙氏的利益，橙中车尉最好在进店之前，也想清楚何者为重，何者为先，免得到时候左右为难。”

橙水不由得冷笑起来：“武王，延寿与我橙氏，皆是南越人，国利即为家利，轮不到你一个北人挑拨离间。”

唐蒙嘿嘿笑了笑，不再言语。那笑容轻浮狡猾，有如一口浓痰堵在橙水的咽喉里。卫兵们正要上前把犯人带走，橙水深深吸了口气，发出命令：“你们先别动，他跟我进去。”卫兵们大惊，急忙劝说：“橙尉，万一他再跑了……您可又要被家主责罚了。”

橙水不为所动：“我只是带他去这家店铺里转转。私事而已，耽误不了多久。你们守好出入口，不会出问题的。”

卫兵们无奈地退后了几步，把唐蒙留在橙水身旁。这时黄同也犹犹豫豫跟过来，橙水转头看了看他：“若是为延寿，我容你一道去看看；若为了唐蒙，你最好滚开。”黄同怒道：“你以为是谁帮他找到这里的？你以为这几年来，只有你关心延寿身后之事？”

“武王忠诚、兄弟情谊与家族利益，这三盘菜，你怎么选？”橙水把唐蒙的问题也抛给他。黄同“呃”了一声，有些羞恼：“你别废话！”

橙水盯了黄同一阵，没有追问，手势一摆，三个人一起朝着“莫毒”铺子里走去。

这家铺子的铺面不大，连前后间都不分隔，一个小案几直接摆在几个货架前方。一个管铺模样的中年人跪在案几前，身旁摆着一个盛满了生草的竹筐，正满头大汗地研磨着药粉，整个铺子里充斥着浓烈的味道。唐蒙耸了耸鼻子，觉得这气味有几分熟悉。

管铺一见外面进来三个人，急忙搁下研器迎了出来。他经验老道，视线一扫，就知道来者绝非普通客商，态度变得极为恭谨。

橙水懒得对一个小商人废话，开门见山道："我是中车尉橙水，这是左将黄同。现在有一桩事情，需要你仔细回答。"

管铺连连点头，大气都不敢喘一声。橙水拍了拍唐蒙的肩膀，示意他上前。唐蒙强打起精神，咽了咽唾沫，上前一步问道："你们商队一般是做什么买卖的？做到哪里？行商周期如何？"

管铺老老实实道："回几位。莫毒主要以转运夜郎、靡莫、滇、邛都等地的草药为主，共有两支商队一去一回，沿牂牁江、珠水而行，往返一次约两个月，所以也兼做一些桂林、象两郡的生意。"

"所以夜郎国的龙胆草，也是你们这里卖的？"黄同先开口。管铺拍了拍手里的姜黄粉，回答说没错，因为店铺采购生料回来，还得自行加工，否则赚不回什么利润。黄同嗅了一圈："闻这龙胆粉的味道，似乎与别家不太一样。"

管铺得意道："西南产龙胆草的地方不少，但唯有夜郎国的六枝龙胆草是极品。整个西南亭，只有我家能弄到这种等级的货。"

唐蒙说："你们可有行商图，取来我看。"管铺连忙翻出一张绢帛，上面把整条路线标得清清楚楚。唐蒙一看到这张图，总算明白甘蔗的提示了。

香橼皮是布山所产，八角是苍梧所产，龙胆草出自夜郎国，三样物事的产地连起来，恰好是一条夜郎至南越的商路图。唐蒙又道："你们除了草药生意，是不是每次还会捎回两罐蜀枸酱？"管铺微微惊讶："啊……"

三人一看管铺这反应，便知道没错，精神俱是一振。难怪很多人搞不清楚甘蔗的蜀枸酱来源，都是被这名字误导了，都以为是汉地传来，没想到居然是从夜郎国那边过来的。

唐蒙还要追问，管铺为难地陪笑道："本商铺以诚信为本，答应客户保密。"

"你们这酱，是不是交给一个叫甘蔗的小姑娘？"黄同懒得跟他废话。

管铺眼皮一抖，正要否认。橙水面无表情地晃了晃中车尉腰牌，意带威胁，他的脸色立刻变了，迟疑道："这……官爷们可不要说出去，否则小店的招牌可就砸了……"

"快讲。"黄同催促。

管铺吞了吞唾沫，低声道："这个委托，从十几年前就挂上号了。夜郎那边有个小港口叫椟戛，每两个月，会有人送三罐蜀枸酱到鄙商号的货船上，运到番禺港来。本来是甘叶来提货，三年前改为她的女儿甘蔗。本商号以诚信为本，童叟无欺，每次都准时交付，从无延滞，也从不泄露客户身份。"

"等等，三罐？不是两罐吗？"

管铺道："这酱虽说只是捎带，可也不能白饶。那边每次送三罐，其中一罐会折作行脚钱。我们莫毒商铺捎带两罐给客人，再留一罐贡给东家。"

"那边送枸酱的是什么人？"唐蒙问。管铺挠了挠头："这个我就不知道了，都是椟戛港的商人代为转送，我们只管收钱、运货。"

"七月是不是你们交付蜀枸酱的日子？"

管铺道："对，七月底八月初，我们会有商船归来。"

"那么三年前的七月，商船也是准时回来的吗？"

这下似乎把管铺问住了，他尴尬地回想了一下："这个……那时是我父亲管着铺子，我还没接手，不是很清楚。"

"那你父亲如今人呢？"黄同在旁边插嘴道。管铺摇摇头："三年前已经去世了。"

"怎么去世的？"橙水的细眼眯一条线。

管铺叹了口气："靠水吃饭的，迟早要归于水。三年前的八月，我家老爷子押着商船出发，子时起航，一不小心溺死在珠水里。"

三人对视一眼，心中都震撼不已。任延寿、甘叶、齐姓厨子，再加上莫毒的老管铺，与赵佗去世当夜关系密切的这些人，几乎都在短时间内意外身死。

管铺见三人久久不言语，颇为忐忑，以为自己哪里说错话了。

这时唐蒙沙哑着嗓子道：“有三年前的账契吗？”管铺赶忙回身，在货架后头翻找了很久，捧出一堆散乱竹简。这些竹简没有编连在一块，就一根根散放在筒里，而且每一根都是断裂开来的。

这种断简叫作“契”，也是秦人传下来的做法。商人做交易时，在一根空白竹简上写下货物明细与日期，然后将其一撅为二，买卖双方各执一半，他日若要对账或有纠纷，便拿着断契来核验。如果两枚断契的裂口严丝合缝，便可验真伪。

唐蒙盘腿坐下来，用力摩挲一下脸颊，一枚枚竹简看过去。黄同看不懂这些，橙水也摸不清这个胖子葫芦里卖的药，两人只能垂首立在旁边，静待着检验结果。

黄同盯了一阵，觉得实在无聊，他抬起脖子左右看去，恰好与橙水四目相对。

“黄同，你居然有胆子陪唐蒙跑来这里，也算你还有点良心。”橙水习惯性地讥讽了一句，火药味却没那么浓了。黄同冷哼一声：“不是只有你才关心延寿，我与他做兄弟的日子，算起来比你还长一年。”

“你们那也算兄弟？不过是被长辈逼着一道练剑的顽童罢了。我与延寿才是过命的交情，我当年不慎跌入池塘，若非他恰好路过扯来藤蔓相救，只怕我已淹死了。”

“我也出过力的好吗？你爬出池塘之后，是谁给你烧的野姜蛙汤驱寒？”

听到黄同的抗议，橙水微仰起脸来，极为罕见地浮现一丝少年气的笑意：“你烧的那汤太难喝了，我至今都记得。”

大概是这间店铺与外界隔绝，没有旁人在场。两人的话，比平时要多了些。黄同咳了咳，突然发出一声长长的叹息：“想当初我们三个人多好，可你……可你……”

橙水迅速敛起笑容：“你和延寿同是秦人后裔，可知道为何我态度不同？”

“因为你一直对我有偏见。”

“错！是因为任家早早就认命了，把自己当成大酋的臣子，当成南越人，毫不含糊；而你们黄家首鼠两端，身在南越，却还惦记着北面故土，永远找不准自己的位置。”橙水目视前方，语气平淡。

黄同的怒火一瞬间被浇灭了。

橙水道：“你若想帮唐蒙，就该拼尽全力帮到头；若不想帮，从一开始你就别沾手。你先只打发甘蔗一个女孩去救他，然后冒险陪着唐蒙来西南亭，瞻前顾后，欲帮又止，又有什么用？”

黄同没料到，橙水对自己的小动作洞若观火，更没料到他会突然讲这么多话。橙水深吸一口气：“小时候你就是这种性子。记得咱们那会儿一起夜爬白云山。我和延寿都说抄近路一口气登顶，可以看到日出。你呢，又想看日出，又害怕山路险峻，结果在半山腰上上下下转了半宿——嘿嘿，这么多年，真的一点长进都没有。”

“我那时只是想找一条最稳妥的路而已。”黄同试图辩驳。

橙水嗤笑起来：“想两边都不得罪，结果就是两边都得罪。你黄家本是开国元老，混成现在这样子是有原因的。”他见黄同脸色铁青，语气和缓了些：“但你这么怯懦的人，居然还愿意陪着唐蒙一起疯，好歹也算是对延寿有点感情。”

黄同“哼”了一声，脸色却微微发白。橙水道：“这就是为什么我准许你跟进这家铺子。在铺子里，咱们是失了一个兄弟的老兄弟，但出了这间铺子，仍是各为其主。”

“你就不怕查出什么结果，我回去禀报给吕丞相吗？”黄同哑着嗓子道。

橙水嘴角轻勾：“你们黄家真是昧于大势，不明大局。大酋称帝在即，此事已无可阻挡。你若看不清形势，早晚要被珠水冲刷下去。”

“你！”黄同捏紧了拳头，正要说什么。这时唐蒙突然高高举起一根竹简，表情如释重负。橙水目光一凛，快步上前，接过去看。

这根简，正是三年前七月的蜀枸酱契简，日期恰好就是武王去世当天。但真正微妙的地方在于，交付日期的位置，明显有被小刀削改的痕迹。

黄同和橙水都没看明白这意味着什么，但后者最先反应过来，瞳孔一缩，大声喝道：“够了！”他伸手从唐蒙手里抢过那根契简，然后大声道：“这间铺子涉嫌大案，立刻查封，里面所有货物与卷宗，就地封存，人员就地扣押，没我的命令，任何人不得接触！”

无论唐蒙发现了什么，都不容他再继续深挖下去。南越国的事，该由南越人来终结。

唐蒙正要起身抗议，不防一阵眩晕袭来。他下意识伸手拽住旁边黄同的衣袖，却没有拽牢，整个人“扑通”一声栽倒在地。橙水疑惑地看过去，只见唐蒙脸色苍白，口唇、指甲发绀，四肢蜷缩环抱，大肚子瑟瑟抖动着。

“疟疾啊？”橙水脸色微变。这家伙可真行，居然顶着疟疾还在到处乱跑。

黄同蹲下身子，把唐蒙搀扶起来，后者已经陷入半昏迷状态。他之前一直强行压抑着不适，当决定性的证据出现之后，精神一松懈，反弹得极为猛烈。

橙水叫来两个卫兵，吩咐他们把唐蒙带走。卫兵粗暴地拽起唐蒙的两条胳膊，像拖死狗一样往外拖去，橙水眉头微微皱了一下：“此人是巫蛊之案的重要嫌犯，不能轻易死掉。”卫兵们听了，动作这才变得温柔了点。

橙水又看了一眼黄同，冷冰冰道：“闲杂人等，不得逗留。黄左将，请你自便吧。”黄同忍不住开口道：“你们到底发现了什么？杀延寿的到底是谁？”

橙水道：“黄左将莫急。待我彻底查明，自然会公之于众。”黄同怒道：“待你查明？现在唐蒙和证据都落在你手里，还不是你想怎么说都成？我看你根本不关心延寿之死，什么兄弟，你只是橙家的一条狗罢了！”

难得地，橙水没有用更毒辣的话反击，反而说了句暧昧不明的怪话：“我是橙家的狗，你是吕家的狗。喜鹊落在猪臀上，大哥不说二哥。”黄同一怔，这是什么意思？这时橙水已经转身离开。

黄同呆立在原地，就这么眼睁睁看着他带走唐蒙，眼睁睁看着所有文卷账册被封存。

唐蒙发现自己再一次置身于釜中，但这次的噩梦比上次更可怕。

各种美食山堆海积，令人目不暇接，可整个釜中忽冷忽热。他眼睁睁看着一张上好的髓饼架在急火之上，厚厚的一层髓脂都快烤煳了，里面的麦芯还是生的。唐蒙大急，要扑过去把火压小，可转瞬之间，炽热又变成了天寒地冻，旁边一碗热气腾腾的白菘炖羊汤，表面迅速覆上一层白膜。唐蒙气急欲喊，却被一口夹生的粳米饭噎住，不住地抖动……

不能容忍的异常越来越多，不可逆转的糟蹋越来越明显。唐蒙东忙西顾，天地都在疯狂旋转，混乱到了极致，

“喂！豆酱里不可以放蜜啊！”

唐蒙猛然惊醒，整个人几乎要被虚汗溻透，喘了好一会儿粗气，才算恢复平静。他回忆自己晕倒前的状况，自己应该是在莫毒铺子里强撑着查验完契简，然后疟疾发作，晕倒在地。他记得橙水就在旁边，这是把自己送回监牢了？可这不像啊……

梦里那些乱象，大概都是疟疾症状所引起的幻想吧？唐蒙自嘲一笑，发觉头脑一思考依旧钝疼。可他恍惚记得，有一件极重要的事切不可忘记，只好强忍着痛楚，一点点把记忆从浑浊的梦境里过滤出来。

“喂喂，北人，北人，你还好吧？”

唐蒙侧过头去，先听见一阵叮当金属撞击声，然后看到甘蔗飞扑过来，在自己面前一步的距离停住了。她的脚踝上拴着一根长长的铁链，铁链的另外一头拴在屋角的壁柱之上。

唐蒙正要开口说什么，甘蔗拿着一个小陶碗递过来：“快，先把这个喝下去。”唐蒙低头一看，里面是半碗绿油油的浑水，不知是什么。

甘蔗一迭声地催促，唐蒙正浑身烧得难受，便一仰脖全数喝下去。别说，这绿液很是清凉，还有一种淡淡的草香，一落入胃袋，体内灼烧之势登时被抚平了几分。

甘蔗伸手把碗要回去，说：“你再休息一下，我再弄一点。”然后拖着铁链转回身去。唐蒙好奇地看过去，看到她那边放着一个木桶。那桶里盛满了清水，一捆长草斜斜倒浸在里面。那草的根茎很细，上面外展出一簇簇羽毛般的青绿色小叶。

只见甘蔗蹲在木桶旁边，抓出一小株细草，甩了甩水，双手用力扭绞，直到绞出几滴青绿色汁水来，落在陶碗里。

这不是一桩轻松的活，甘蔗胳膊太过细弱，几下就绞得满头大汗。唐蒙回想刚才那碗里的绿汁量，这姑娘恐怕要忙活很久，才攒下那些量。

“你喂我喝的，是什么东西啊？”

甘蔗手里一直不停：“这是我阿姆家乡罗浮山下的草，叫作青蒿。只要把它用水泡上一夜，再绞出汁来，就可以止疟救命。我小时候得过一场疟疾，阿姆就是用这种草治好的。你足足昏迷了两天，灌了一大桶青蒿汁，这才稍微见好。”

唐蒙敏锐地注意到，她的声音和上次有微妙的不同。上次是焦虑，因为还有机会逃走；这次却带着一种绝望后的平静，看来这地方守卫应该很森严，断绝了一切侥幸。

“你怎么会在这里？青蒿哪里来的？”唐蒙追问道。甘蔗动作稍稍停顿了一下，头却没转回来：

“你逃走之后，我就被橙水抓住了。他说北人狡黠，逼我说出你的藏身之地，反正说了很多大道理——我当然没理他。他很快把你抓回来了，病得快要死掉。我恳求他给你治病，没想到他很痛快地就答应了，把我们一起抓到这里，还给弄来了几桶新鲜青蒿。”

甘蔗说到后来，带着一脸不可思议，不明白那个恶人怎么突然变得善解人意。

“我可是恶毒诅咒南越王的犯人，如果不小心病死，对橙氏来说可就太浪费了。”唐蒙撇了撇嘴。他看看那条铁链，一阵心疼：“真是连累你了……”

她本来在码头上做个小酱仔，现在却被卷到这么复杂的斗争中。甘蔗撩起几缕枯黄的额发，语气坚定：“扔下去的石头溅起来的水，我一点都不后悔。”

“我告诉你个好消息，我现在有十足的把握，你阿姆肯定是清白的。而且她应该不是自杀，而是被人杀死，伪装成投江。”

甘蔗的脊背一颤，这个消息委实太过有冲击力，她的小脑袋瓜一时无法理解。就在唐蒙本以为她要哭出来时，小姑娘昂起头，用手臂擦擦额头的汗水，居然露出一个释然的笑容：“太好了，原来阿姆没有抛下我不管，她不是不要我了啊……”

唐蒙心下恻然。她没有问凶手是谁，也没有问动机为何，第一个反应居然是这个，可以想象之前她的心里孤苦到了何种地步。唐蒙正要详细说，甘蔗却用指头按在他嘴唇上：“多的不必讲了，你还虚着呢。我信你，你说不是阿姆，就一定不是她。”

甘蔗转过身去，继续绞着青蒿汁，唐蒙看得出来，她其实还想问问卓长生。他宽慰道：“放心好了，等此间事了，我亲自跟着莫毒商铺的船去一趟夜郎。既然能找到枸酱的来源，不怕找不到你父亲。”

甘蔗笑了笑，表情旋即黯淡下来：“你这个北人，又来哄我。自己自身难保，还去夜郎呢……”她说到这个就来气，气呼呼地抱怨道：“你真傻，我好不容易说服梅姨帮你逃走，为什么还要回来呢？”

“不回来，哪里能查到线索？不找到线索，怎么还你阿姆清白？不还你阿姆清白，我怎么弄到蜀枸酱？”唐蒙一拍肚腩。

“骗鬼啦！”甘蔗耸耸鼻子，“谁会为了一口吃的，做到这地步。”

“唉，庄大夫也是，橙水也是，想不到你也是……你们怎么都不能理解呢。美食才是最值得托付真心的东西啊。”

唐蒙见甘蔗仍旧不信，索性双手枕住后脑勺躺平，看向天花板：“反正闲着也是闲着，我给你讲讲我从前的事吧，也许你就能理解了。”甘蔗动作没停，但耳朵明显朝这边侧了侧。

“我是沛县唐氏出身，我家祖上据说还是唐雎——哎呀，说了你也不知是谁，总之是个不大不小的人物——唐氏在当地算是个小家族，我是这一代的长子，我父亲一心盼着我出人头地，封个侯什么的，就像沛县出去的那些大人物一样，所以天天逼着我不是读儒经，就是练骑射。可我对那些都没兴趣，我最大的爱好，就是吃，吃得成了一个小胖子。

“你没去过沛县，不知道那里有多少好吃的。光一个微山湖里，就有甲鱼可以焖炖、鲤鱼拿来熬汤，水边的鹌鹑烹熟了拌橘丝。夏天有新剥的鸡头米，冬天还能去打兔子……”唐蒙说着说着，几乎流出口水，赶紧擦了一下，回到正题。

“所以我从懂事时起，就天天钻到庖厨里看大厨烧灶。我父亲气得够呛，天天拿着藤条追打，骂我不求上进，身为世家子弟，却自甘堕落去搞贱业。可我觉得吧，沛县的诸姓大族子弟少说也有几百人，大家都天天练骑射、读儒经，可最后得到郡里举荐的有几个人？能送到长安做郎官的有几个人？但食物可不一样，只要吃下肚子，那实实在在就是你的，怎么都亏不着。”

唐蒙拍了拍肚皮，毫不惭愧地说：“再者说，烹饪讲究五味调和，暗合时令物候。所谓酒食五味，以志其气，目明耳聪，皮革有光，百脉充盈，阴阳乃生，这不也是究天理、明天道的学问吗？——可惜我父亲听不懂，放着阳关道不走，非要让我去闯那独木桥，好像天底下只有那一条路似的。

“我十五岁那年，恰逢大旱，流民四起，沛县一带尤其严重。唐家全族都退回自家坞堡里，紧闭大门，严守粮仓。有一天晚上，正赶上大雪纷飞，轮到我守门。我看到一对姐弟互相搀扶着过来，两个人都面黄肌瘦，在雪里饿得快站不住了。姐姐趴在堡门口哭着叩头，说只求给她弟弟一口饭吃。我见他们实在可怜，自作主张打开了坞堡小门，让他们进来烤火，然后偷偷溜进厨房，做了一釜麦粥，浇上几勺菽豆羹端过去。

“其实我那天发挥不太好，菽豆干瘪，麦粥也不够软，再掺点肉醢口感会更好。可姐弟两个人狼吞虎咽，一扫而光。姐姐说，她们的母亲最擅长做这样的食物，她原以为母亲死后就再也吃不到了。

“说实话，我之前也下过厨，可从来没见一个人吃东西能吃到如此开心，姐弟俩脸上的那种光芒，让我至今都难忘——原来食物不光能让自己开心，也能让别人如此开心。镜子能映照出人的面目，食物能映照出人的心情。那对姐弟的笑容，是发自内心的，给我带来一种前所未有的成就感。吃饱的人，原来是这样的。

“姐弟俩吃完之后，千恩万谢离开了。我父亲知道之后，勃然大怒，说万一她们离开之后，告诉别人唐氏坞堡里面有粮食，引来大批流民怎么办？我说我叮嘱过那对姐弟，让他们不要外传。我父亲却丝毫不信任，说流民的话哪能信？我说她们既然答应了我，就不会食言。

“可惜我父亲压根不听，派人去联络了两家平时与我家交好的大族，请他们守望支援。那两家很讲义气，纷纷派了私兵来支援。可当我父亲打开坞堡大门前去迎接时，私兵们却突然翻脸，大加杀戮……”唐蒙讲到这里，声音微微发颤，“我们全家都惨遭毒手，只有我恰好在庖厨翻找吃的，发觉不妙之后，拿了釜底灰抹在脸上，藏在灶头后面，才幸免于难。

“两家把现场伪造成流民劫掠，把粮仓搬空走了。嘿，大灾之年，活下去才是胜利，谁管什么交情，手里有粮食才是王道。我从灶头爬出来，望着坞堡里的尸体，整个人不知所措，活活哭晕在地。”

甘蔗小小地“啊”了一声，下意识捂住了嘴。她在南越遭遇过很多苦难，但都没法跟唐蒙相比。唐蒙翻了个身，继续说道：

“这时那一对姐弟居然赶回了坞堡。他们之前遇到过那两个家族的私兵，听说要对唐家不利，赶回来报信，可惜还是迟来了一步。嘿嘿，你说这世界荒谬不荒谬。那些锦衣玉食的大族，倒背信弃义得毫无压力；没饭吃的流民却信守了承诺。他们俩把我从尸堆里拽出来，把乞讨来的一点点粟米加上野菜熬煮，给我喝下去，勉强救醒我。

“可我不知道，那是他们最后一点点存粮。我拍着胸脯，说：‘我带你们去投奔朋友，肯定可以大吃一顿。’可是，当年父亲的那些朋友，一个个都拒不接纳，我们奔波了十几天，什么都没讨到。偏偏这时天降大雪，我们三个饿得昏昏沉沉，躺在一个废砖窑里。我很惭愧，他们如果没来救我，也许跟着流民大队，不至于沦落到这种绝境。

“我没别的办法，就给他们讲我研究过的美食，从食材到烹饪厨序，从摆盘到滋味，讲得非常详细。他们听得津津有味，不停地舔嘴，弟弟还流口水，害得姐姐不停去擦。我讲啊讲啊，把我吃过的佳肴都讲了一遍，拍胸脯说等以后脱困了，一样一样做给他们吃。我说完一回头，看到姐姐和弟弟斜靠在一起，脸上带着笑容，那笑容和那天晚上他们吃到麦粥时一样，幸福安祥，仿佛那是全世界最美味的东西。我发现不对劲，赶忙过去探他们的鼻息，发现姐弟俩已经没了……”

说到这里，唐蒙的声音低沉下去，嘶哑而沮丧，硕大的身躯弓下去仿佛坟包。甘蔗眼圈里转着泪花，一次次伸手轻抚，生怕唐蒙过于悲伤而死掉。

过了良久，唐蒙深深吸了一下鼻子，才继续讲道：“也许是我天生肥胖，能比他们多挨几日，终于被我熬过大雪，见到了当地的郡守。我当面提出控诉。郡守把那两个家族叫来对质，他们当然矢口否认。我要求打开他们的库房查验，结果在里面发现了籼米。哎，你肯定不知道，沛县普遍种的都是粳米，米粒是圆的，口感很软糯；但我稻饭爱吃硬一点的，所以我母亲请人从番阳娘家买了一批籼米回来。籼米的米粒是长的，口感偏硬，整个沛县只有我家里有。

“食物至真，到底证明了我家的冤仇。可惜郡守不打算把事情闹大，毕竟和一个已经消亡的家族比，两个现存的家族更有价值。郡守劝我说大局为重，我开始不肯同意，可孤身一人又有什么法子？最终还是妥协了，郡守只杀了两家几个带头的庄丁，赔了点资财，草草结案。我心中愤恨，又怕留在原籍被报复，遂远避到了番阳县——我母亲的娘家，在那里做一个文法吏，后来积功做了县丞。”

讲完自己的故事，唐蒙喘息片刻，方才喃喃道：“所以什么高官厚禄，什么仁义道德，我都不关心，那都是虚的。我生平仅见，只有那一对姐弟吃麦粥时的满足表情，才是最真诚的。我一直沉迷于庖厨烹饪，就是希望能够通过美食，再次见到这样的笑容。”

甘蔗抬起手背，擦去眼角源源不断的泪水：“他们……他们真的好可怜啊……”

唐蒙抬起手，做了个剥冬叶的手势：“甘蔗，你知道吗？你之前在街头吃裹蒸糕时露出的笑容，和他们真的一模一样。我辜负了那对姐弟的笑容，我不能再辜负第二次啦！”

甘蔗垂下头去，看不清表情。唐蒙翻了一个身：“你看，美食不会骗人，也不会辜负人。每个人在它面前，都会露出本性。我相信你父亲也是如此，他一直惦记着你们母女，所以才会一直托人送枸酱过来，十几年如一日。”

“可他为什么不捎句话呢？我每次去取货的时候都在期盼，也许这次他能亲自来，最起码带来一封信，我不认字，可以让别人念，可我每次都只是接到枸酱罐而已，别的什么也没有……”甘蔗低声道。

“这世间不如意的事情，可太多了，也许他是有苦衷的。”唐蒙轻轻喟叹，伸手摸了摸甘蔗的头顶。甘蔗垂下头，绞着青蒿。可滴落在陶碗里的，却不仅有青绿色的汁水，还有一滴滴略带咸味的晶莹。

就在这时，房间外面忽然传来一阵脚步声。唐蒙循声看去，看到橙水走过来。不过他今日的气质有些古怪。如果说之前橙水是一条危险的毒蛇；如今的他，就像一条被从头到尾捋过一遍脊骨的毒蛇——毒归毒，却少了几分精气神。

两人对视片刻，都试图从对方的表情里读出东西，但似乎都没得逞。橙水冷笑："看来你恢复得不错啊。"一挥手，吩咐狱卒打开牢门，要把唐蒙带走。

"你们要把他带去哪里？他还没好透，不能乱动！"甘蔗扑到门口喊道。可橙水压根不理睬她，给唐蒙带上镣铐，押出房间。

"唐蒙！"甘蔗尖叫起来，声音简直可以撕裂心肺。

唐蒙站定脚步，对橙水道："把甘蔗放了吧，这一切与她毫无关系。"橙水一推肩膀："你是在教我做事？"唐蒙看向他："我不是以汉使的身份，而是以一个朋友的身份请托。"

"朋友？"橙水的语气满是讽刺。

"至少我们也曾合作过。"唐蒙看向甘蔗，"即使你讨厌北人，但至少对自己的同胞好一点吧？"

这句话令橙水的动作停滞了了。他沉思良久，终于伸直右胳膊，对守卫做了个手势。守卫再次打开牢门，把甘蔗拽了出来。甘蔗一恢复自由，就要扑向唐蒙，却被更多的士兵拦住。

唐蒙隔着人墙，冲她比了个去找黄同的口型，然后转过身去，对橙水道："我们走吧。"

他的头被套上一个布袋，人被推上牛车，晃晃荡荡走了半天，然后布袋忽然被摘下来。出乎唐蒙的意料，这里不是什么更阴森的地牢，而是城墙的墙根，距离旁边的街道不过数十步，但被几个土堆挡住视线。

那里有一个极不起眼的小门，仅有六尺宽窄，门板刷着黑色的漆，用白垩土涂着一个仕女半探出头的样子。一看这画，唐蒙感觉一股阴森的死气缠住心脏。这……这不是阴阳相隔的墓门吗？

橙水的声音，从身后冷冷传来："唐副使，你眼前的这道门，乃是番禺城的幽门所在，通往城外的乱葬岗。所有官府处刑的囚犯、病死的百姓，不得走正门，皆是从这道幽门抬出去。"唐蒙没作声，他知道还有后文。橙水道："现在你有两条路可以选，一是横着从这里出去，二是立着从这里出去。"

唐蒙眉头一皱，橙水这话听起来……难不成还要放自己一条生路？他环顾四周，发现没有其他人在场，只有橙水一人。

"只要你说出，那一日你在莫毒商铺看到了什么，我就放你一条生路。一横一竖，应该不难选吧？"

唐蒙这才明白为何橙水不在私宅里审问，而是要把自己带来幽门之前。当生机就摆在眼前，人是最容易动摇心志的。就好比一个绝食之人，在满盘珍馐面前最难把持。

"我那日在莫毒看到的，你也看到了。我找到的契简，也被你收走了——你还想知道什么？"唐蒙感觉身子还是有点虚，索性盘腿坐下。

"不要掩饰了，我知道你一定还有别的发现。"橙水沉声道。他见唐蒙一脸懵懂，语气难得地软了一些："唐副使，我打听过你的事。你明明不情愿来南越，只想回番阳过安生日子，又何必替那个爱出风头的庄助卖命？你出了事，他直接把你当弃子；你立了功，也是他在皇帝面前显摆，值得吗？

"南越国与大汉这些事，与你无关，却对我影响甚深。你讲出来，我保你一条命离开南越，从此去过安逸日子，这难道不好吗？天底还有那么多美食没吃过，你如果横着过了那道幽门，从此可就只有冷烛可以吃了。"

说到后来，橙水的语气难得地满怀诚挚。唐蒙似乎被这番话触动了，微微抬起下巴，似在沉思。过不多时，他忽然笑起来，笑得双颊上下颤动。橙水眉头轻皱，莫非这人疟疾入脑，失心疯了？

“你笑什么？”

“我只是忽然回忆起来，此情此景，和咱俩在独舍时一样。”

“什么一样？”

唐蒙歪了歪脑袋：“当时你也是吓唬我，要抓我去见官。结果呢，你自己明明也是偷偷跑去调查的。”

橙水嘴角一抽，神情现出几丝惊讶。唐蒙用力挥手，厌恶地驱开慕味而来的蚊虫：“如今也一样。你身为中车尉，一个人悄悄把我带到这幽门之前，恐怕是自作主张吧——你，到底是在躲着谁？到底在怀疑谁？”

“我只想知道真相！”橙水低吼，如同一头彷徨的困兽。

“你已经知道了，否则不会这么纠结。”唐蒙挠着肚腩上的几个蚊子包，漫不经心道，“我再问你，武王忠诚、兄弟情谊和家族利益，你到底先吃哪一道菜？有答案了吗？”

这一句反问，有如飞石直接砸开了紧闭的城门，砸出了守军的真面目。暮色之下，橙水的五官被凸起的一条条青筋牵系着，似乎已绷到了极限。橙水“唰”地抽出腰间的佩刀，架在唐蒙肥厚的脖颈处：“别废话，快说！”

唐蒙后颈的皮褶，短暂地夹住了刀刃。就在橙水欲要加力时，幽门旁边忽然传来一个兴奋的叫声：“快来！”

橙水和唐蒙同时转回头去，看到一个赤裸着上身的黝黑土人，从土堆另外一侧探出头来，神情因过度兴奋而扭曲。这人唐蒙看着眼熟，细细一想，正是进城时砸了自己一记五敛子的家伙。

他视线扫到唐蒙，伸出细瘦的胳膊尖叫：“那个狗汉使在这里呢！我记得他的面孔！”呼啦一下，从四周拥来二十几号人，看装束都是番禺城的无赖城民。他们大概是在城里游荡，恰好游荡到附近，其中有不少面孔唐蒙看着都熟悉，不是进城在街道两旁闹事的，就是堵在驿馆门前的。

他们举着棍棒，气势汹汹地冲过来，个个双眼泛着绿光。番禺城里没几个北人，他们一腔怒气无处发泄，好不容易撞到这一个大家伙，自然不能放过。

橙水见有人打搅，转身拦住道："我是中车……"话音未落，为首的城民已举起棍棒，狠狠当头砸去。橙水没料到他们居然敢动手，一时间被砸得头晕目眩，一头栽倒在地。

一个同伴注意到橙水的装束，提醒说这似乎是官家的人呢。那城民亢奋地一挥棒子，根本不信："哪个官家会一个人跑到这里来？"同伴还有些迟疑："可他留的是垂发呀，好像是咱们土人。"第三个人瞥了眼半开的幽门，突然恍然大悟："我知道了，他是想把狗汉使从幽门放出去吧？"

这一个猜测，让其他人顿时义愤填膺。身为土人，居然帮一个诅咒南越王的北人，简直太可恨了。眼见橙水从地上要爬起来，一个性急的城民扑过去，狠狠骂了一句"南奸"，棒子又狠狠砸在他额头上，砸出一道汹涌的血流。

这血腥味一下子刺激到了周围所有的人，他们都变得双目赤红，呼吸急促，棍棒和拳脚雨点一样砸下来。橙水开始还要挣扎，可随后慢慢没了动静。

唐蒙身子虚得很，既无法逃离，也没办法上前阻拦，只能眼睁睁看着血肉横飞。他固然痛恨橙水，可见到这个一心维护土人利益的人，被一群土人城民当作南奸往死了殴打，却也丝毫高兴不起来。

眼看那边没了声息，有几个城民终于想起这边还有正主。他们拎着沾满血痕的棍棒，转过身来，狞笑着走到唐蒙身前。唐蒙反应很快，一个转身，双手抱头趴在地上。

他很有经验，这种姿势最适合防御，任凭棍棒噼里啪啦地砸下来，多数都被背部的肥肉承接住，只是皮肉受罪，却无筋骨断折之苦。

城民们打得疲累不已，这胖子却好似一只乌龟，无处下嘴。为首的那个瘦小汉子转回身去，从一动不动的橙水身上捡起佩刀，舔了舔嘴唇，准备拿他当鱼一样片上一片。这下唐蒙紧张起来，可他毫无办法，只能浑身瑟瑟发抖。

那瘦小城民瞪圆了双眼，先用右手揪起他腰间的肥肉，然后左手持刀，用刀刃缓缓贴着肉皮拉去。唐蒙疼得眼前发黑，忍不住发出惨叫，周围的人哄笑起来，觉得实在过瘾。就在唐蒙觉得自己必无侥幸之时，一个他熟悉的声音猛然震动了耳膜："住手！"

众人一起抬头，只见黄同铁青着脸，从土堆顶冲下来。土堆后面还露出一个小脑袋，正是跑去报信的甘蔗。

城民们都参与过围攻驿馆，认得他是维持治安的军人。那瘦小城民得意扬扬，挥着刀喊道："今日我等奉行王令，好好教训了几个贼……"话未说完，便被黄同狠狠用刀鞘抽了一记耳光，连牙带血飞溅而起，整个人旋了一圈，当即昏倒在地。

与此同时，又有数十名军人冲过来。他们武器精良，久经训练，只是一个回合，城民们便被全数按倒在地。只要有人敢抬头出声，便会被劈头盖脸痛打一顿，幽门前很快便安静下来。

唐蒙缓缓抬起头，以为黄同会跑过来搀扶自己。没想到他看也没看，径直冲到了橙水跟前，费力地搀起他的上半身。只见一把小刀插在橙水的胸口。

"是谁?!"黄同怒极，转头大吼起来，众人不敢答话。这是用来削五敛子的小刀，番禺城内人人皆有，一时也无法分辨。他顾不得查问，重新垂下头去，见到橙水双目还睁着，似乎不敢相信，自己会死于土人之手。

黄同的右手伸向死者，颤抖着要把他的双眼合上。可不知是手抖得太厉害，还是橙水死前的委屈太强烈，反复拂了数次，眼皮仍未完全垂下，就这么空洞地睨着曾经的兄弟。黄同的情绪再也绷不住了。

唐蒙见过黄同发怒，见过他大醉，见过他窝囊隐忍到表情扭曲，但他还是第一次见到这个五十多岁的老兵号啕大哭……

幽门前的骚乱，很快就平息了。

事实很简单，事实也很复杂。堂堂中车尉居然被几个城民活活打死，这实在太过蹊跷。但闻讯赶来的橙氏官员也无法解释，为何橙水会私藏钦犯，还只身把他带来幽门。所以这件事在各方心照不宣之下，被迅速压下去。

至于位于旋涡中心的唐蒙，则作为钦犯被重新送回了宫牢。黄同负责押解，却全程一言不发，整个人仿佛被抽走了灵魂似的，收押办妥之后，他拖着沉重的步子转身离开，就连唐蒙隔着栅栏提醒他去照顾甘蔗，他都像没听到。

到了第二天，一个意外的访客出现了。

“庄大夫，你来啦。”

庄助今天依旧穿得一丝不苟，衣袍上散发着淡淡的熏香，唯独腰间不见了佩剑。他脸上闪过一丝歉疚，随即又隐没在矜持里。唐蒙猜测，大概是橙水之死让橙氏变得被动，吕嘉趁机出手，才给庄助获得一次探监的机会。

庄助尽力让语调平静：“我先通报你一件事。南越王三日后就要群臣聚议，极大可能当场宣布称帝。我已做好准备，一旦劝说不成，会当众自刎，以表明朝廷的坚决立场。”

这是汉使们心照不宣的行事准则：事谐，见汉使之功；事不谐，见汉使之志。功业与风险永远如影随形。

庄助的言外之意是：“连我都要准备自刎了，就别指望我能把你救出去。”唐蒙吓了一跳：“大夫你别那么冲动。我们尚存反败为胜的希望。”庄助眉头一皱，这胖子是不是烧坏了头，现在还想着翻盘？

可他看到唐蒙的表情，虽说虚弱不堪，可那两只细眼却绽出强光，全不似一只穷途末路的老鼠，倒似是跃跃进击的肥螳螂。这种莫名的信心，也感染到了庄助，让他不由自主靠近栅栏。

“你要我做什么？”

唐蒙道：“我现在只希望大夫你做一件事：三日之后的议事，一定要给我争取一个当众发言的机会，一定要当众！”庄助迟疑片刻，但还是狠狠地点了一下头——当众发言这种事再难，也难不过当众自刎。

“但为什么？你要先告诉我。”

唐蒙奋力站起身来，把嘴凑近栅栏。庄助深吸一口气，强迫自己弯下一点腰，把耳朵贴近栅栏。唐蒙的嘴唇嚅动了几下，庄助开始还努力维持着平静，可越听双眼睁得越大，五官缓缓错位，仿佛被最为离奇的诅咒击中。

待唐蒙说完，庄助整个人几乎陷入呆滞，半晌方喃喃道：“你确定吗？”

“你可以责难我的人生态度，但别质疑我对食物的眼光。”唐蒙咧开嘴，笑得无比自信。

第十三章

唐蒙在这个监牢里待了足足三天，大概是有人打过招呼，待遇比先前好得多，至少晚上可以放心入眠。到了第三天，唐蒙一直睡到眼皮被阳光晒得发烫，才不情愿地睁开双眼。他慵懒地打了个哈欠，感觉身体比之前松快多了，整个人似乎瘦了一圈，头脑也变得清明了一些。

栅栏外搁着一个陶碗，里面堆着三个薯蓣。这种东西谈不上什么烹饪，就是把薯蓣蒸熟，最多撒上一撮盐，乃是大部分南越百姓日常的主食，比甘蔗精心烹制的差远了。但如此粗糙的食物，居然也能令唐蒙腹中涌起一种热切的欲望。

他抓起薯蓣，开开心心地吃着。还别说，虽说处置粗糙，可盐味很巧妙地中和了薯蓣的涩味，反而引出些许清香，不失为一种新奇体验。

他正吃着，栅栏外忽然传来脚步声。典狱长走到栅栏前，面无表情地打量了一下唐蒙，打开牢房门，两名卫兵一左一右抓起囚犯的胳膊，给他戴上脚镣就往外拖。

唐蒙倒不惊慌，只有上刑场的死囚犯，才不用戴脚镣。他甚至不忘揣上一个薯蓣，搁在嘴里咀嚼，因为接下来可能需要消耗大量体力。

果然不出所料，他先被带到一处小殿之内，在那里脱下满是汗臭的衣袍，换上一身干净的凉服，稍加梳洗，甚至还用柚子叶简单熏了一下，然后继续上路。在穿过一系列小殿与回廊之后，唐蒙看到眼前出现了一座方正的高台大殿，抬头一看匾额，心中彻底松了一口气。

这是南越王宫最大的一座宫殿，匾额上题着“阿房宫”三字。秦人对咸阳的记忆，至今仍残留在南越之地，所以这座建筑一定用于最重大的议事和典礼。如果赵眜要宣布称帝之事，只可能在这里。

在阿房宫的台阶之下，甘蔗早已站在那里。她整个人魂不守舍，眼神恍惚。直到卫兵把唐蒙带到她身旁，咳了一声，甘蔗才猛然惊觉。她一见唐蒙，双目先是闪过一丝惊喜，可旋即被黯淡所取代。

甘蔗正要开口，唐蒙却示意她先别讲话。待卫兵走上台阶去通报的空档，他压低声音问道：“我托庄公子让你做的事，可准备好了？”甘蔗点了点头，眼神里却疑惑不减，不明白那件事有何意义。

可唐蒙没时间解释了，因为四个王宫卫士走上前来，把他和甘蔗带上殿去。

一到大殿门口，首先扑入唐蒙鼻孔的，是香味，各种香味。南越人爱熏香，有点身份的大族都会调配自家的独门香料。这么多种不同的香味齐聚殿内，汇聚成一股复杂、黏腻、浓烈的氛围，彰显着这次大议的级别。

此时大殿里站着一百多人，除了少数侍者，其余都是南越的高级官员。从发型可以分辨出来，秦人土人大约各占一半，他们分别站在吕嘉和橙宇身后，显得泾渭分明。有资格跪坐在毯子上的，只有位于圈子最中央的南越王赵眜、世子赵婴齐。

赵眜身侧其实还有一处席位，但此时空着，席位的主人正站在大殿正中央，手持断剑，一袭挺拔的白袍，在众多玄袍之间格外醒目，有如一只落在鸦群中的玉鹤——正是庄助。

他此时手持断剑，面色因激动而微微涨红，可见之前已经有过一番激烈的舌战。整个殿里弥漫的杀伐之气，甚至盖过了熏香的味道。

庄助见唐蒙和甘蔗被带上殿来，当即转向赵眜，手执断剑一拱手：“殿下，唐蒙已到。”赵眜还是那一副恹恹的神情，他往下一看，先注意到甘蔗，不由得一喜：“哎呀，你几日不进壶枣睡菜粥，本王又睡不好了。”

甘蔗没见过这种大场合，本来颇有些瑟缩，此时听到赵眜什么都不关心，居然先说起睡菜粥，脖子一扭：“我被抓起来了，做不了！”赵眜碰了个硬钉子，也不气恼，挥手吩咐给唐蒙松绑。

唐蒙恢复自由之后，揉了揉酸疼的脚腕。庄助走到他身旁，低声道：“适才橙宇已正式提出，要为南越王上帝号，吕丞相明确反对，如今双方摆明了车马，白刃见红，就看赵眜的最终决定了。我坚持说要先澄清巫蛊之事，否则大汉将不惜一战，这才给你争取到一次发言机会。”

唐蒙本想表示“您放心”，没想到一张开嘴，先冒出一个嗝，显然是薯蓣吃多了。

庄助额头冒起一根青筋，一瞬间有些后悔，连忙郑重叮嘱道：“今日成败只在你手，希望不要辜负陛下。”他微微顿了一下，又用更小的声音道：“我已修书一卷，提前送回中原。倘若今日你我不幸身死，朝廷会明白前因后果。”

唐蒙笑了笑：“庄大夫你道歉的方式，还真是别致。”他拍拍庄助的肩膀，坦然走上前去。庄助目送他走到朝堂正中，忽然感觉到一阵来自天道的讥讽，大汉和南越无数人的命运，居然掌握在了一个无时无刻不想着逃避的懒虫手里，何其讽刺。

那边唐蒙正要开口，橙宇拍了拍桌案，瞪起那一对黄玉似的双眼：“一介囚徒，见了大酋为何不跪？”吕嘉在对面阴阳怪气道：“监督朝仪，可不是你左相的职责，中车尉呢？”

橙水前几日意外身亡，而且死得不清不楚。吕嘉如此说，其实是暗含讥讽。

橙宇被噎了一下，庄助已经阔步而出，大声道：“本使在此恢复唐蒙的副使身份，汉使见王，不必跪拜。”

“汉使的意思，是打算承认对诅咒大酋之事负责？”橙宇立刻把矛头转向庄助。庄助话语强硬：“唐副使此来，正是要向殿下说明此事原委，殿下也已同意，莫非左相没仔细听？”

橙宇只好恶狠狠冲唐蒙道：“有话快说，有屁快放。你到底是怎么在南越王宫行巫蛊之事，玷污我国气运的？”唐蒙装作没听见，施施然走到大殿中央，先环顾四周，然后拜见赵眛：“小臣昧死拜见殿下，是为澄清辩明，所谓巫蛊木偶，绝无此事，纯属污蔑。”

殿内群臣小小地哄了一声，都有些失望。他们还以为庄助拼死争取来这个机会，唐蒙会有什么惊人之语，谁知上来就是一顿苍白无力的辩白。赵眛态度不置可否，橙宇哼了一声，甚至懒得跳出来驳斥。此前人赃俱获，你说不是就不是了？

唐蒙继续道：“当日小臣确实离开宫中庖厨，擅闯独舍，但不是为埋设人偶诅咒，而是为了另一桩更为要紧的大事！”

“哦，是什么？”赵眛用右手支着下巴，懒洋洋的。可下一瞬间，他整个人就像被雷劈中似的，猛然直起身子。因为唐蒙陡然提高了嗓门，让大殿内每个人都听得清清楚楚：

“小臣前去独舍，是为了彻查三年前南越武王之死。查得并非意外，而是谋杀！”

无声的海啸，拍过整座大殿，官员们个个惊得面无人色，身子几乎站立不住。这家伙知道自己在说什么吗？

橙宇喝道：“你不是说要交代巫蛊诅咒的事吗？扯到武王他老人家做什么？”吕嘉不疾不徐道：“橙左相，你这么紧张干吗？莫非心里有鬼？”橙宇的双眼越发凶黄：“我心里没鬼，只怕有些人借鬼生事，把今天要议的正事给忘了。”吕嘉故作惊讶：“哦？您是说，武王之死不是正事？”

橙宇一噎，这招诛心是自己惯用的，今天却被吕嘉用在自己身上。

赵眛原本萎靡的神情，被刺激得支棱起来，忍不住身体前倾：“唐副使，你说武王之死……是谋杀？”唐蒙道：“不错！”赵眜等了半天，见他没往下说，忍不住催促道：“然后呢？”

唐蒙看了橙宇一眼：“武王之死，毕竟是三年前的事。就算小臣和盘托出，也会有人提出质疑。所以不妨用另一种方式，向殿下展示。”

“什么方式？”赵眜好奇。

“爰书上说，武王之死，乃是误咽壶枣睡菜粥中的枣核所致。今日甘叶的女儿就在这里，请她熬上一釜壶枣稻米粥，真相立现。”

荒唐！橙宇忍不住又要开口叱责，可唐蒙已抢先大声道：“久闻殿下以纯孝治天下，想必为了武王瞑目于九泉，不会吝惜这一炊之时。”

是言一出，橙氏一系的官员面面相觑，登时都沉默下来。谁不知道武王对赵眜的影响，这一顶孝顺的帽子扣下来，南越王不答应也得答应了。谁敢反对，那就太有嫌疑了。

庄助站在一旁手扶断剑，表情略微放松。唐蒙这家伙开局不错，先抑后扬，不知不觉把众人从“称帝”带到“武王之死”的话题中来。

果然，赵眜点头允诺。唐蒙走到甘蔗面前，拍拍她的肩膀：“还记得我的叮嘱吗？请你按照你阿姆的烹制方法，仔细给大王煮上一釜壶枣粥。”他把“叮嘱”二字咬得很重，甘蔗会意，点了点头。

橙宇这时又试图阻止：“她是罪臣甘叶的女儿，让她熬粥，岂能放心！”唐蒙道：“一应炊具原料，皆用宫中所存；具体下厨的活计，也由宫厨代劳，她只动嘴不动手，这总可以了吧？”

橙宇仍旧不放心，坚持把宫厨叫上殿来，反复交代，不允许甘蔗在庖厨里触碰任何东西，这才放他们前往庖厨。

大殿里变得安静下来。这场面颇有些荒唐，南越国文武百官济济一堂，却都在等着一个小酱仔熬粥。有些人试图开口说点什么，可再一想，那釜粥事关武王之死，现在说什么，都会被另外一方攻讦为转移话题。秦人和土人之间的嘴仗打了三年，双方都摸出点门道，宁可沉默，别留话柄。

所以在无数眼神交错和牵制中，大殿愈加安静。赵眛以手托脸，又昏昏欲睡，亏得赵婴齐在旁边屡屡去拽父亲衣袖，把他一次又一次唤醒。

庄助手执断剑，矫矫而立，像是一个最严厉的监督者。这时唐蒙一脸轻松地走到橙宇面前，伸出胳膊。橙宇以为他想动手打人，焦黄的面皮上显出一丝惊慌，旁边众人急忙阻挡。谁知唐蒙从他面前桌案上的小碟里，抓了一把橄榄，然后回到原位嚼了起来。

赵婴齐忍不住“扑哧”笑了一声，唐蒙伸手要分给他一点。赵婴齐却不敢去接，似乎对他有些畏惧，也不知这畏惧从何而来。

过了好一阵，殿角传来脚步声。百无聊赖的众人精神都是一振，同时去看，只见两个侍者抬着一釜热气腾腾的壶枣粥进入殿内，甘蔗和宫厨紧随其后。

橙宇先问宫厨，甘蔗可曾沾手？宫厨老老实实道：“甘蔗姑娘只是指挥了一下，我亲自下厨，所用食材俱是宫库存货，也已请奴仆尝过，并无问题。”

唐蒙笑道：“橙丞相是否放心了？”见对方没反应，他便自作主张，取来四个大碗，分别给赵眛、赵婴齐、橙宇和吕嘉盛了满满一碗，正好分光釜里的粥。

“请殿下与诸位品尝。”唐蒙道。

四人满脸狐疑，端起陶碗吹了几口热气，试探着喝起来。这壶枣粥熬得火候有点急，不那么黏稠，好在因为掺入了枣泥，白里透红，口感颇好，而且里面还多了一丝若有若无的鲜味，与枣泥的甜味相得益彰。四人吸溜吸溜，一会儿便下去半碗。

“哎呀。”赵眛喝到一半，忽然觉得嘴里多了一个硬物，吐出来一看，却是一枚枣核。殿上立时大乱，两代南越王喝粥都遇到枣核，这可太不吉利了。

橙宇率先站起身来，铁青着脸喝道：“怎么回事？”甘蔗倔强地仰着头，原地不动，反而是宫厨吓得“扑通”一声，跪倒在地，连声辩解：

“丞相明鉴，这壶枣粥里的枣泥，都是事先把去核的枣子磨碎，再加入粥里。小人全程都看着，不可能混入枣核的。”

“哦，那就是有人故意放进去，为难大酋喽？”橙宇逼问。宫厨汗出如雨，不知该如何回答。橙宇霎时转向甘蔗：“是不是你？嗯？为了替你阿姆报仇？”

甘蔗每次与他的黄眼对视，都会下意识地一哆嗦，感觉被什么猛兽盯上。这时唐蒙站了出来，笑眯眯道：“不要为难一个小姑娘，那枣核是我刚才盛粥的时候，顺手放进去的。”

此话一出，别说橙宇，就连赵眜父子和吕嘉都是脸色一变。如果他存有歹心，刚才已然下毒成功了。唐蒙却双手一摊：“多谢橙丞相的讲解，就不必我多说什么了吧？”

赵眜反应比较慢，眼神还很茫然，吕嘉、橙宇这两个成精的老怪物，却已立刻意识到问题所在。

正常壶枣粥里，不可能掺入枣核。如果吃到枣核，肯定是有人故意放进去的。当年武王在独舍，自然也是同样的情况。

橙宇一贯喜欢利用对方一个小错大加渲染，没想到这次却被唐蒙利用，反替他做了解释。橙宇双腮气得鼓了鼓，面皮似乎变得更黄：“且不说武王如何，你今日众目睽睽之下，企图谋害大酋！这总没错！”

唐蒙顺势走到赵眜面前，请他把枣核放到自己掌心，高高托着给周围的人展示：“枣树乃是中原特产，于南越水土不合。诸位可见，这里的枣子偏小，只有豆子大小——若我存心要害死南越王，用这玩意儿能噎死吗？”

橙宇道：“南越也有北方的干枣进口，谁知道你会不会挑个大的放进去。”唐蒙笑起来：“这么小的枣核，王上尚且能吃出来，那么大一个东西混进粥里，难道他会硬吞下去不成？”橙宇正要说什么，突然发现，自己还是在帮他的论点辩护。

这两个人一问一答，无形之中证明了两件事：枣核不是无意中混入的，而是有意为之；武王不可能被枣核噎死。

倘若是唐蒙自己陈说，那么必然会有一番细节争论。可橙宇这么一驳斥，反而与唐蒙成了同路人，事到如今，再想改口也难了。这时吕嘉在一旁提出疑问："既然独舍的枣核噎不死人，那放进去有何意义？"

这个问题问得恰到好处，唐蒙环顾大殿一圈："我今日不说，诸位便会一直以为，武王是被枣核噎死的——这就是意义！"

是言一出，大殿之内顿时响起一阵惊叹之声。无论是两位丞相，还是站立在外侧的官员们，无论是头束竹冠的秦人还是垂下两缕散发的土人，都因这一句话定在原地，动弹不得。

大家都不是傻子，听出这句话的意思是说，这枣子只是掩盖武王之死的手段。

武王统御南越七十多年，殿中几乎所有人都在他的羽翼之下长大，如同神祇一样的王上与大酋，竟是被人害死的？

赵眛的神情变得前所未有地严峻，他缓缓站起身来，盯住唐蒙："你还查出些什么？"话里隐隐带着怒气，但不是对唐蒙，而是对周围其他所有人。如此之大的失误，简直是对武王的亵渎，他的肩膀此时因为愤怒而微微发抖。

不论是吕嘉还是橙宇，都默契地闭上嘴。他们两个当夜也见过武王，如今任何言辞都可能被解读为做贼心虚，还是静观其变为好。

于是唐蒙轻轻俯首，不受干扰地把自己的推测一五一十讲出来。让庄助和橙宇都很奇怪的是，他的讲述里完全没提及橙水的阻挠，亦没有为自己辩白。事实上，唐蒙没有按照自己的调查经历来讲，而是从甘叶的视角复述了整个故事：

她当夜正要熬制壶枣睡菜粥，发现枸酱用光，急忙外出去莫毒商铺取新货，却不知枸酱罐子里已被下了毒。她按正常厨序熬完粥，送到赵佗面前。赵佗吃到一半忽然毒发身死，刚刚离开的吕嘉与橙宇二人闻讯急忙折返，赵佗已然去世。

待得唐蒙讲完，众人半晌都没吭声，都需要花点时间才能消化这惊人的信息量。即便是庄助，也是第一次听到如此完整的版本。

还是吕嘉最先捋髯疑惑道："如此说来，那个凶手若要动手，得甘叶恰好用光枸酱，这未免太巧了吧？"

唐蒙胸有成竹道："您说反了。不是'恰好'凶手动手；而是凶手为了动手，制造了这一个'恰好'。"吕嘉没听懂："愿闻其详。"

唐蒙竖起指头，侃侃而谈："蜀枸酱在南越国并无出产，甘叶需要每两个月通过莫毒商铺，从夜郎捎来两罐。所以她量入为出，按两个月来分配枸酱用度，每次旧货将尽，新货即来。但在三年前的七月，莫毒商铺延迟了两日交货，导致甘叶的枸酱库存，出现了一个小小的空档。"

"你这么说，可有证据？"赵婴齐道。

"甘蔗的家里，挂着很多榕树叶，就是计时之用。而我查过莫毒的账簿，略加对比，就会发现他们七月捎带的蜀枸酱，准时运抵番禺港，不存在延误，时间恰好是武王去世前两天。但那一份契简的日期离奇地被人削改过，改成了武王去世当日到货。换言之，甘叶连夜去取新枸酱之事，是被刻意制造出来的。"

橙宇觉得脸颊有些瘙痒，一边挠一边道："照你这么说，莫毒商铺才是主谋？"

"不，莫毒商铺已经持续送货送了十几年，信誉极好。恐怕是被真凶要挟，迫不得已才如此做的。"

"真凶如何要挟他们？"

唐蒙看了一眼甘蔗："诸位有所不知。其实莫毒商铺每次捎来南越的蜀枸酱，不是两罐，而是三罐。他们给甘叶两罐，自己会留下一罐，抵作行脚费用。这一罐，莫毒商铺向来是进贡给东家。也就是说，谁是莫毒的东家，谁就是真凶。"

"你这个假设，未免太累赘了，老夫倒有另外一个更简单的揣测。"橙宇看了眼赵眜，见主上并没什么反应，便开口道："那个凶手，应该就是甘叶。”

两道炽烈如夏日阳光般的视线，从甘蔗的双眼射出，牢牢地钉在橙宇身上。可惜这对橙宇毫无影响，他从容道：“甘叶直接在壶枣睡菜粥里下毒，待武王毒发之后，偷偷地把加工剩下的枣核，放入粥中误导别人——我这个解释，是不是更简洁合理？”

“不错，我最初也怀疑过。她做这些事最为便当不过。”唐蒙先表示了认可，然后陡然提高了声调，“可动机呢？她好好做着宫厨，为什么要杀武王？”

“哼，这谁说得清楚。受着武王恩惠去反武王的人，可多了。”橙宇瞥了吕嘉一眼，后者摇头苦笑。

“甘叶上直前夜还答应女儿，说等闲下来给她做裹蒸糕，结果转天她便莫名投江，剩下一个孤女受尽欺凌。试问她如果是真凶，能从中得到什么好处？”

橙宇双颊鼓鼓，一时间答不上来。

“甘叶很明显就是替罪羊，被人所害，伪作畏罪投江。她没有害死武王，她是清白的！”唐蒙大喝道。

甘蔗身子晃了晃，终于绷不住放声大哭起来。悲戚的哭声，回荡在空旷的大殿之中，回荡在司掌南越命运的诸多官员之间。一直沉默的赵昧，似乎有所触动，终于开口道：“唐副使，你所说的这些，虽说合乎情理，可并没什么证据。武王之死，兹事体大，只凭臆测可不妥。”

这一句话说出，殿中大部分人都面露意外。这位南越王一直神情恹恹，这句话倒问得颇见睿智。

唐蒙正色道：“我无法证明，三年时间，现场就算有证据也早湮灭无存了……”就在赵昧脸色变沉之前，他又补充道：“但凶手已经帮我证明了。”

“哦？”赵昧不由得身体趋前。

“武王去世不久，甘叶投江自尽，任延寿吃了莽草果中毒身亡，莫毒商铺的老管铺溺水而死，就连任延寿家的一个齐姓厨子，也很快失足淹死了。所有与武王之死相关的人，都在短短一段时间内，全部死亡。你们觉得这是一系列意外巧合，还是处心积虑地灭口？”

“任延寿也是被杀的？”赵眜和赵婴齐不约而同地叫出来。

唐蒙趁机把沙洲的事详细讲述了一遍。在这炎炎夏日里，大殿内的所有人都不寒而栗，似感到一丝阴冷寒风掠过。

“所以……这个凶手是谁？你可知道？”赵眜的声音微微发颤，里面既有恐惧，也有愤怒。

“请南越王少安毋躁。”唐蒙一拱手，“我难以指认，但食物可以。食物至真，只要稍做等候，这一釜壶枣粥，便会让真相立现。”

赵眜本来以为，这一釜粥只是为了证明武王不是误吞枣核而死，如今一看，竟还藏着别的用意？他侧过头对赵婴齐道：“我儿可看出什么来吗？”赵婴奇摇摇头：“唐副使眼光卓异，心思缜密，儿臣远不能及，不过……”

他欲言又止，赵眜问：“不过什么？”赵婴齐迟疑道：“听唐副使描述，他擅闯独舍，真的是为了调查而已。那橙氏说他行巫蛊之事……”赵眜“嗯”了一声，似乎对此并不意外，拍拍赵婴齐的肩膀：“且看，且看。”

唐蒙拿起一杯清水来咕咚咕咚一饮而尽，大殿里的众人盯着他的动作。大家都很好奇，他葫芦里卖的什么药，一釜枣粥，怎么就能让凶手现形？

有人猜测，也许根本和粥无关，他是在等一个关键证人；也有人揣摩，他在故弄玄虚，给自己争取时间圆谎；甚至有人以为，唐蒙掌握了中原什么神奇的巫蛊之术，可以通过粥面占卜……一时间什么怪心思都有。

唐蒙放下水杯之后，径直走到甘蔗身旁。甘蔗双眼红肿，流泪不止，他怜惜地摸摸小姑娘的脑袋，宽慰道：“快了，快了。”甘蔗点头，垂下头去。旁人听在耳朵里，也不知道这“快了”是什么意思。

庄助执剑站在一旁，暗暗钦佩。这家伙真是巧舌如簧，如今已没人关心什么巫蛊诅咒，甚至称帝之事也被忽略了，议题的走向，被他完全控制。自己当初坚持带他来，果然是对的，庄助先有些得意，可一想到自己褫夺了其副使身份，不免又陷入愧疚。

约莫过了两个水刻，就在赵眜和其他人的耐心耗尽之前，变故果然出现了。

不过这变故不是来自粥，而是来自人，而且是个大人物。

只见橙宇的头面以及颈项处，不知何时浮起密密麻麻的疹子，一块块红斑格外鲜艳，上面缀有大量凸起的小颗粒，看上去脓水充盈。橙宇不由自主拿起手去挠，一挠就抓破一片，有脓水渗出来，看起来触目惊心。

赵眜关切地投过目光来，说：“左相要不要歇歇？”橙宇叹息道：“多谢大酋挂念，这是老毛病了，没想到今天心情一时激荡，在殿上发作，真是罪该万死。”旁边的随从急忙从布袋里取出一个竹筒，去掉一端的布头，倒出一些黄色的药粉，橙宇和水吞下，跪坐着养神。

这药粉颇见功效，赵眜见橙宇脸上疹子稍褪，转头道：“唐副使，这粥何时能显出真相啊？”唐蒙道：“回禀殿下，已经显现了。”

“啊？”赵眜和其他人看向碗里的粥，并没任何变化。唐蒙微微一笑，伸手指向橙宇：“您看，这不就是吗？”

橙宇陡受指控，只是冷哼一声，不屑接话。对面吕嘉好心开口解围，训斥唐蒙道：“橙丞相公忠体国，久病缠身仍不忘国事。这一身疹子，可都是累出来的，你最好把话说清楚。”

这话阴阳怪气，橙宇却无暇顾及，瞪向唐蒙道：“你说！老夫这一身毛病，怎么就成真相了？”

唐蒙先施一礼：“武王祠中我初见到左相时，便很好奇，为何您双眸状如黄玉。所幸我略通医道，知道此乃湿热入体，黄疸久郁，以致身目俱黄——请问我断得可对？”

橙宇不耐烦道：“岭南气候潮湿，湿热之症十分寻常，我这病已有一二十年了。”唐蒙道：“那么此症的饮食宜忌，左相也是十分清楚喽？”橙宇道：“忌食葱姜、桂圆、茱萸、海味等等，怎么了？”

唐蒙拍手笑起来：“果然是这样。我适才让甘蔗去熬粥，其实不完全是依照甘叶的方子，里面还多加了一样东西。”

橙宇脸色骤变，右手不由自主地捏住喉咙，想要呕吐。赵眜见状，把那个倒霉的宫厨叫过来，厉声问怎么回事，那宫厨吓得面无人色，反复说他全程亲自操作，绝无下毒可能。赵眜追问，粥内除了稻米与壶枣，还有什么特别之处？宫厨颤声道：“唯一和寻常不同的工序，是甘蔗姑娘让我们取来三十枚新鲜的牡蛎，上甑蒸透，然后把每一枚里的汁液倒出来，放入粥中。”

赵眜眉头一皱：“你没觉得奇怪？”

“回禀大王，这种取汁之法，在闽越国也是有的，唤作‘蛎炖’。牡蛎受热，会自行分泌汁液。汁液蓄积壳内，反过来又把牡蛎肉炖煮一番，尽取其中风味，是佐餐的上品。”

“哦，怪不得刚才喝的时候，多了一丝鲜味。”赵眜脸上浮现一丝回味。可他随即板起面孔，向唐蒙怒道：“唐副使，你明知橙丞相有黄疸之症，却给他的粥里加入海味，是打算害死他吗？”

“不敢，不敢。”唐蒙摆手，“橙丞相身边常备解药，怎么会出问题呢？”他一脸轻松地走到橙宇面前，向那侍从讨要竹筒。

侍从怯怯看向橙宇，橙宇冷哼一声：“给他，看他有什么花招！”唐蒙接过竹筒之后，从里面倒出一撮黄色粉末，嗅了嗅：“若我猜得不错，这应该是龙胆草粉，治疗湿热黄疸有奇效，对不对？”

“不错。老夫有病，所以身旁常备此药。大酋知道，右相也知道，整个朝野谁都知道，这算什么真相？你今日若不说出个道理，罪名里就要加一条谋害重臣！”橙宇蓄积着怒火，一旦唐蒙露出破绽，就会倾泻而出。

唐蒙不慌不忙："据我所知，岭南只有西边的桂林郡才产龙胆草，而且品质不佳。橙左相身份贵重，肯定看不上这等货色。这龙胆草粉气味浓烈，药性十足，恐怕用的是夜郎国的六枝龙胆草吧？"

橙宇没承认，但也没否认。唐蒙突然变换了语气："而番禺港市舶曹的文牍记得分明，整个西南亭，能进口夜郎六枝龙胆草的，唯有莫毒商铺一家而已！"

唐蒙没有给众人留出更多思考空间，继续道："我前几日为了寻找蜀枸酱的来源，找到了莫毒商铺。一进门，管铺正在研药，那味道十分熟悉，与我在橙左相身上闻到的味道完全一样。"

橙宇忍不住大声道："我有病，他有药，正常买卖而已，难道还犯法不成？"

"买药是不犯法，可包供就不寻常了。"唐蒙抬眼，"我在莫毒的账簿里，可不是只找到那枚涂改了到货日期的蜀枸酱契简，还看到了一枚龙胆草的契简，上面写得清清楚楚——包供橙府。"

橙宇的怒气，一下子凝滞在了脸上，他感觉到有许多视线投到自己身上，冰冷且狐疑。

包供的意思，是只供一处，余者不卖。除非商铺与买家有极深的关系，否则极少会这么做。此前唐蒙已经有言在先，莫毒商铺的东家，杀死武王的嫌疑最大。如今他揭破了两者的包供关系，其意不言自明。

"倘若单纯只是毒死武王，任何时间都可以。凶手煞费苦心，逼迫莫毒商铺修改到货日期，非要在那一天将下好毒的枸酱送入独舍，原因只有一个：他知道那一天，他也会去见武王，可以顺手在粥碗里投入一枚枣核，把整个局面营造成一个意外。"

唐蒙至此亮出了最致命的一击，直接把汹涌的潮水引向了最初的质疑者。

赵眛父子怔怔看向橙宇，眼神变得复杂。吕嘉并没有第一时间跳起来发难，而是在原地沉吟不语。这时候不需要再说什么，沉默会让事态发酵得更快。随着大殿内安静的时间越来越长，橙宇发现，身后的官员们纷纷不动声色地向后挪，反而将他孤立出来。

橙宇面颊上的疹子愈加红艳，最好的六枝龙胆草也压制不住湿气发作。他起身上前，对赵昧道："大酋，我家与莫毒商铺，只有这一味药材的包供，纯为治病而已，不涉其他。不信您可以调莫毒的契简来看，也可以来我橙氏府上彻查，可不能听信汉使的挑拨离间！"

见老头一脸可怜巴巴的表情，赵眜微微有些心软。这时赵婴齐拽了拽他袍角，轻声道："父王，此事还有不明之处，不可早早下定论。"橙宇像看到救命稻草一样，连连点头。赵眜看向自己的儿子："你有什么主张？"赵婴齐道："您莫忘了，武王去世之后，仵作是检查过的，并无中毒迹象，似与唐副使所说的被枸酱毒杀相矛盾。"

赵眜恍然，看向唐蒙。唐蒙嘿嘿一笑："殿下与世子英明，枸酱里面确实没有毒。"是言一出，殿内又是一片哗然，很多人的心脏，无法承受这种百转千折。

不料唐蒙道："但这不代表枸酱里没有害死武王的东西。要知道，食物有宜有忌，养人亦能害人。比如说……左相日常服用的龙胆草，乃是大寒之物，倘若心弱之人误食，可致心力衰竭。"

他没有往下说，殿上之人都反应过来了。怪不得仵作查不出毒发痕迹，武王一个百岁老人，又罹患心疾，吃了龙胆草粉，自然抵受不住，心衰而死。难怪他临死前的动作，是紧抓住胸口。

这也解释了为何任延寿试膳时没反应。这根本不是毒，而是药，一个壮年人和一个老人吃下去，自然效用不同。

"不对，任延寿尝不出来，难道甘叶也尝不出来吗？"橙宇大叫。

唐蒙舔了舔舌头："这就是凶手为何一定要把龙胆草粉掺在枸酱里。因为枸酱味浓，可以遮掩龙胆草的苦味，这在庖厨里被称为'压味'，以酒压腥，以酸压咸，以香去涩，盖是同理。"

这时赵婴齐双眼发亮，失声道：“我知道了！这就是任延寿和甘叶被杀的缘由。倘若有人对粥起了疑心，问起这两人，也许会发现真相。”

唐蒙赞许地点了点头：“世子睿见。中车尉橙水曾经跟我提过一个细节，说任延寿回去任家坞之后，一直抱怨嘴里发苦，不停喝酒。如今想来，这大概是吃过龙胆草粥的反应。”

橙宇倏然瞪圆两只黄眼，指着唐蒙唾沫横飞：“放你的狗屁！橙水乃我橙氏子弟，怎么会跟你说这些！”唐蒙道：“真的，我俩在勘察独舍时，他亲口讲给我听的。”

橙宇冷笑：“橙水都跟我讲过了。你们勘察独舍时，只谈到了枸酱，根本就没提龙胆草的事！”他话刚说完，忽然发现唐蒙胖乎乎的脸蛋抖了一抖，似乎笑得很开心，一种不祥的预感涌上心头。

“哦，橙左相也知道，我在独舍不是去埋巫蛊人偶啊。”

橙宇眼前一黑，感觉到一阵强烈的晕眩。这个混蛋几乎每一句话，都是圈套，一个套一个，比山间藤蔓缠绕更复杂。他被前面一大通辩驳绕晕了头，完全忘记了唐蒙来到阿房宫的初衷，正是要辩白巫蛊之事。

可怜橙丞相一不留神，就亲口否定了自己指控唐蒙的罪名。

唐蒙不动声色地补充道：“我在独舍调查时，却突遭橙水袭击，栽赃我埋设人偶，行巫蛊之事；后来我侥幸逃走之后，又去了莫毒商铺调查，结果再一次被橙水袭击。这次他不光抓了我，而且封存了莫毒商铺的账簿和人员——不知这些事，殿下是否都知道了？”

这时黄同从队列最末端站出来，忐忑不安道：“此事我可以做证。他从监牢逃出来之后，是我陪他去的莫毒商铺。”

南越王赵眜的脸色越发难看起来。这些事情，闻所未闻，橙氏这是背着他做了多少事？他投向橙宇的眼神，变得锐利起来。如果说之前唐蒙指控橙宇是凶手时，他还只是将信将疑，这一桩巫蛊栽赃之事的揭穿，让橙氏的信用彻底崩塌。

前面橙宇花了多少力气渲染这桩巫蛊案，现在就有多少力气反噬回来。

“橙水何在？他一个中车尉，为何今日议事不来？”赵眛大吼道。

橙宇脸色顿时有些尴尬：“呃，这个，橙中车尉在执行公务时出了意外，数日前身故了。”

赵眛和吕嘉看向橙宇的眼神，更不对劲了。如此重要的一个人，偏偏在大议之前意外身故，实在太可疑了，这可不是简单用“巧合”就能搪塞过去的。

这时唐蒙大袖一摆，轻声道：“小臣向殿下申明，橙水之死，绝非橙丞相所为。”

众人一阵惊讶，怎么他又开始替橙氏说话了？只有橙宇不敢接话，生怕又是一个坑。唐蒙道：“他的死亡，纯属意外，因为我当时就在旁边。橙中车尉把我押去幽门，其实是想谈一笔交易。”

赵眛眉头一皱：“为何他不在宫中审你，反而跟你私下谈交易？交易什么？”

唐蒙知道火候到了，微微一笑：“此事说来话长，容臣从橙水、黄同与任延寿三人结义说起。”他看了眼站在队伍末尾的黄同，娓娓道来。大殿之内鸦雀无声，无论君臣都听得格外仔细。

“……抛开黄同与橙水之间的关系不说，他们两人与任延寿的情谊，都极为深厚。所以在我发现任家坞的真相后，耿耿于怀的橙水也着手展开调查，决心找到杀害他兄弟的真凶。橙中车尉比我更熟悉南越情形，今日我在这里展现给诸位的结论，相信橙中车尉不难得出同样的结果。”

“你又怎么知道?!”橙宇试图反驳。

“因为他做的这些调查，都是私下进行的，此即明证。”唐蒙轻声回了一句，“我曾问过橙中车尉两次，武王忠诚、兄弟情谊、家族利益这三道菜，他最想先吃哪一道？您猜他怎么回答的？”

他讲得绘声绘色，众人纷纷竖起耳朵，等着下文。唐蒙停顿片刻，把胃口钓足，这才回答：“第一次是在进莫毒商铺之前，我提出这个问题，橙中车尉回答得毫不犹豫，说武王、延寿与橙氏皆是南越人，国利即为家利，三者本为一体，谈何先后。”

赵眜和橙宇俱是微微颔首，橙水这个回答，可谓得体。赵婴齐忍不住问道：“那第二次呢？”

唐蒙道：“第二次是他把我带去幽门之前，逼问真相。我反问他这一句，这一次他却恼羞成怒，拔刀要杀我。诸位可知缘由？”他有意拖长了声音，直到众人眼神里有了反应，才继续道：

“因为他彼时做过调查，隐约触摸到了真相，发现这三者彼此之间是冲突的，忠义、情谊和利益之间，他只能选一个。橙中车尉那么热爱南越，根本没法抉择，只好偷偷逼迫我说出更多线索，试图找出一个能三全其美的理由，好解除他内心的纠结——很可惜，并没有。”

在场的人都听出来了，只有橙家利益与南越利益发生了冲突，橙水才会如此纠结。他每一句都在说橙水，但每一句都直指橙宇。

橙宇僵立在原地，除了满腔恼怒，更多的是不解。明明这个可恶的胖子全无真凭实据，满嘴破绽，可这一路辩下来，怎么反而是自己的阵势一步步崩坏？

眼看赵眜的脸色越来越难看，橙宇突然一个激灵。对了，对了，这不是公堂审问，而是御前大议。要争的不是道理，而是气势，是君心，这明明是自己最擅长的招数。

念及此，橙宇决定不在这些细节上纠缠。他挺直身躯，试图握紧拐杖，一下子没站稳，差点倒在地上。随从连忙伸手要去搀扶，却被他挥动拐杖赶开，他倔强地一步步走到赵眜面前，整个人仿佛苍老了十几岁：

“大酋明鉴，小子得蒙武王青眼，从一介乡蛮土著提拔入朝，授官予爵，一直铭感于心。武王对小子，对橙氏，对土人，有开化再造之恩。没他的刻意栽培，便没有我橙氏今日之局面。没他的呵护，便没有我土人今日之兴旺。若说对汉使栽赃陷害，我认！那是为了维护我南越国格；但若说我害武王他老人家，绝无可能。就算我不是君子，不喻于义，只喻于利。那么试问武王去世，于我土人又有什么利？”

他的声音嘶哑，双目噙泪，不知是真情有所流露，还是演技拔群。赵眜听到这里，似乎又有动摇。而赵婴齐和其他大臣也陷入沉思。橙宇说得没错，土人是在武王治下崛起的，何必冒偌大的风险去杀害武王？根本没有理由啊。

庄助和吕嘉对视一眼，同时微微颔首。现在的大议已从讨论细枝末节，上升到了族群国策的高度。唐蒙已经完成了任务，接下来该是更高层面的对决了。

吕嘉轻咳一声，正要讲话，不料唐蒙居然又回到大殿正中，大大咧咧地站在那里，对赵眜道：“橙丞相的疑问，在下知道答案。”

吕嘉顿时尴尬起来。

“你说什么？”赵眜表情凝重。

“请大王调武王死亡的爰书一阅，答案就在其中。”

吕嘉眼皮急跳，恨不得亲手把唐蒙揪下来。你已经成功击垮了橙宇的信誉，不要节外生枝了！

可惜为时已晚，赵眜已开口吩咐，命令殿中侍者迅速去取爰书来。不料这时唐蒙又提出一个匪夷所思的要求：

“这份爰书，不可在阿房宫内宣读。还请殿下与诸位移步独舍之内，武王方才一灵不昧，感应相召。”

这个要求，引起一片哗然。好好的大殿议事，怎么又要改到那个荒废的独舍里？所有人都不知这唐蒙到底要干吗。就连庄助也满心疑惑，这家伙之前可没提过这个，他难道真要搞楚巫那一套，现场来个招魂祭仪不成？可千万不要弄巧成拙啊。

但疑惑归疑惑，殿上每一个人都不敢提出反对意见，甚至橙宇也硬气道：“好，就去独舍！武王在天有灵，断不会让奸人陷害南越忠良！”

于是这一大群人离开阿房宫大殿，前往独舍，只苦了那些侍者，又得临时打起伞盖为南越王遮阳，又得为那一干重臣提前开道清扫，忙得不可开交。

唐蒙一个人坦然走在路上，没人敢在这个时候靠近，生怕被猜疑。只有甘蔗亦步亦趋地跟着，她的手里抱着一罐壶枣睡菜粥，那是唐蒙让她带上的。小姑娘咬着嘴唇，双眼发亮，她虽听不懂之前那些艰深论辩，但势头还是能察觉到一些的。

这一百多人浩浩荡荡地进入独舍园囿。这里荒凉依旧，与之前没有半点区别。他们把那间老房子前的空地挤了个水泄不通，级别比较低的官员，只能退到更外围的枯枣林中。

待得所有官员都站定之后，爰书也已送到了。赵眛和橙宇、吕嘉三人先依次检验一番，这爰书里包括了武王的尸检细节及相关人士的证词，封泥处盖有橙宇和吕嘉的大印，代表官方认可。

三人确认无误之后，唐蒙接过去，敲开封泥，挑出其中一简，交给赵婴齐："请世子大声读出。"

赵婴齐先是莫名其妙，低头一扫简上文字，登时有些面红耳赤。但他还是大声念起来："吾儿孙不济，乃祖之忧，今知之矣。"

在独舍前的群臣，纷纷露出尴尬的神情。这是赵佗去世当晚会见橙宇、吕嘉两人之前，对任延寿说过的话，后者如实汇报，也被如实记录在爰书里。唐蒙之所以请赵婴齐读出，正是因为他是唯一适合读出来的人。

但大家更好奇的是，唐蒙单提起这一段话，是什么用意？

这家伙从开始议事时，便句句为营，所有废话和漫不经心的举动，无不暗藏心思。也没人敢跳出来质问，都安静地等着他往下说。

唐蒙环顾四周，沉声道："武王年岁已高，仍旧心忧国事。从儿孙不济四个字中可见，他最担心的，就是继任者不能把自己的基业经营下去。"

唐蒙说到这里，停下来向赵眛行礼致歉。赵眛并不气恼，反而抬了抬袖子："我比祖父差远了，又有什么好掩饰的？唐副使尽管畅所欲言。"

唐蒙这才继续道："武王有这种担忧，实属正常。但诸位仔细想想，为何他要对任延寿讲？又为何特意提到其祖先任嚣？"

任嚣让位给赵佗这段掌故，南越人人皆知。赵佗如今这么说，莫非也是有让贤之意？

唐蒙毫不避讳地把这层意思点了出来："武王如此说法，未必没有效法任嚣当年的心思，关键是——他若是当年的任嚣，谁是当年的武王？"

群臣面面相觑。当着赵眜的面，这问题不能回答，也不好回答。但大家心里都在琢磨，无论是吕嘉还是橙宇，比起当年赵佗在南越的威望，都差得太远，而其他人更没资格。

"诸位想想就行了，不必说出来。我替你们讲出答案。"唐蒙一挥手，"论睿智，论谋略，论胸襟，整个南越，根本没人有资格接替武王，镇守岭南一方。"就在众人微微松了一口气时，唐蒙话锋一转，"……但倘若放宽视野，不限在南越一地呢？"

橙宇像被人用烧红的铁钩捅了一下屁股，跳起来大吼道："放屁！又是内附汉朝那一套陈词滥调！大酋，臣生死无所谓，切不可中了这家伙的圈套！"唐蒙似乎退缩了，抬起双手："好，好，我们且不说这个，只说说这罐壶枣粥好了。"

他伸手一指，让甘蔗把那个陶罐高高举起。

众人面面相觑，开始他们以为，这粥是为了证明武王不是被枣核噎死的；然后又发现，这粥是为了诱发橙宇的湿症，证明他和莫毒商铺的关系；现在唐蒙第三次提起这粥，难道里面还藏着什么名堂不成？

"南越并不产壶枣，为何武王如此嗜好壶枣粥？以至于每晚都要喝上一碗？"唐蒙发问。这次主动回答的是赵眜，他与武王关系亲厚，最有资格：

"他老人家跟我说过，说真定那地方苦寒穷僻，不像岭南物产丰富，想吃甜的，唯有壶枣。他小时候只有赶上生病，母亲才会专门熬一釜壶枣睡菜粥。他老人家说，只要一喝到这口粥，整个人就暖洋洋的，仿佛又见到了母亲一样。”

唐蒙道：“倘若只是喝壶枣粥，直接从大汉进口干枣就可以了。为何武王还要大费周章，派人去真定运回枣树，在独舍附近种植？”他说完看了一眼站在队伍末端的黄同，后者的命运，正是因为那一次运树行动而彻底改变。

赵眛愣了愣：“自己采摘，总比进口方便一点吧？”

“可南越明明风土不同，枣树难活，如今还有几棵健在？”不必唐蒙多说，他们身边的那些枯树就是明证。

“那我再问殿下，武王临终那几年，为何放着华丽的宫殿不住，偏要来这破旧的独舍待着？”

这一次，赵眛没有回答。唐蒙把视线转向橙宇、吕嘉和其他人，每个人都保持着沉默，最后只有赵婴齐怯怯地答道：“因为武王思念故土，所以模仿家乡风物，以资怀念？”

“不错！”唐蒙道：“那请问世子，武王为何思念故土？”

这下子赵婴齐就答不上来了。唐蒙轻轻叹了口气：“我告诉你们吧。武王这么做，只因为两个字：孤独。”

众人听到这两个字，无不一阵错愕，很多人以为听错了字眼。吕嘉忍不住道：“唐副使，你这话未免荒谬。整个南越王宫有几千人，王室宗族同住者百余人，世子世孙晨昏定省，我等宫外群臣也时常觐见，未敢有片刻懈怠，谈何孤独？”

唐蒙道：“吕丞相你与橙丞相觐见武王，是因为你们是臣子；殿下和世子拜谒武王，是因为他们是儿孙；南越王宫几千人，都是他的臣民与奴仆。你们人人皆有求于他，听命于他，唯独不是他的……朋友。”

他见众人眼神中犹有不解，挥动一下手臂：“武王寿数绵长，非常人可比，可身边的人没这个福分。他老人家活得越久，身边的熟人就越少。当年的战友、曾经的同伴、一起从真定出来的老乡，一个个地凋零、老死。他想说说话，怀怀旧，已经找不到人来分享。身边的人越来越多，但你们无论秦、土，皆生于岭南，长于岭南，遥远的北土是何模样，你们见都没见过，怎么跟他老人家聊？”

说到这里，唐蒙环顾四周，随便选中一个秦人官员道：“你可见过，漫天飞雪是什么样子？”秦人官员有些惊慌地点了一下头，又摇了摇头，解释说听过听过。唐蒙又点中另外一个土人官员：“你呢？可曾见过春暖花开、河流解冻？”土人官员“呃”了一声，不敢多言。

唐蒙转回赵眛面前：“请殿下想想看，一个耄耋老人，面对着汹汹人群却无话可讲，满腔思念无人能懂。偌大的宫殿里，连个聊旧事的人都没有，这岂不是最可怕的孤独吗？”

赵眛的胸口明显起伏，情绪也随之激动起来：“确实，武王有时候会跟我讲从前的事，我不太懂，只能礼貌地听着。他应该看得出来，经常发脾气说不讲了不讲了，原来……原来竟是这样……”

唐蒙忽然又看向庄助：“庄大夫，请问大汉遣使来南越，一共几次？”

庄助一愣，脱口而出：“近三十年来，一共十四次。”

“每次使者前来，会在南越逗留多久？”

“少则三月，多则半年。”

唐蒙这次把视线放在吕嘉身上：“每次汉使来，是否武王都要挽留在宫中，时常召见？”吕嘉点头道：“不错，武王重视邦交，向慕大国，如此是以示敦睦之意。”

唐蒙嘲讽地摇了摇头：“哪有那么多国家大事，要相谈那么久？因为对武王来说，使者是家乡来人，可以陪他聊聊中原风土啊。”

吕嘉和橙宇俱是一哆嗦，而赵眛已忍不住道：“我有几次陪侍在侧，确实他与汉使只是拉拉家常，几乎不涉及军政大事。”

“其实……岂止汉使这一件事。为何他要大费周章，从真定运回壶枣树苗，又在枣林里建起独舍？只因为在这里，他才能假装回到了家乡，稍解孤独；为什么他对死在涿郡的黄同祖父如此愤怒，为什么对狐死首丘四个字反应那么大？因为他的内心，分明是有些欣慕；为什么不许那几个老秦兵返回中原省亲？因为他害怕，害怕他们这么一走，自己将陷入彻底的孤独——你们做臣子做晚辈的，难道从来没有觉察吗？”

这一连串的感慨澎湃吐出，如珠水潮涌，将全场都浸没在沉思的水下。

“他风烛残年之际，你们每次去独舍，总是谈着自己的事，根本没人能体察到，他一个老者的孤独与悲凉。你们把他当神一样敬奉，却从来不把他当一个老人去理解。”

唐蒙伸出手去，猛地拍了一下身旁枯树的树干，残存的几片枯叶飘然落下：“想想看，武王百岁之后，举目整个南越，皆是臣民，再无一人可以开怀畅谈，他能怎么办？只能开设独舍，移植枣林，聊以自慰，这何等寂寞，何等孤苦！你们还记得白云山下专为武王制酱的老张头吗？已经没人买他的酱了，他还是坚持做那么咸的东西，因为那是他生命中唯一熟悉的东西了，武王也一样。”

一边说着，唐蒙一边走到甘蔗跟前，把那罐壶枣粥高高举起：“食物至真，映照出的是人的本心。这粥对南越国其他所有人，只是一罐粥，对武王来说，却是仅存的慰藉。他夜夜食粥，是因为日日内心都孤独至极，希冀能从这粥里，找回一点点家乡的记忆啊。”

他激动的声音，回荡在整个园囿之中。赵眜听得泪流满面，用衣袖不住地擦着眼角，连声呢喃着：“孙儿不孝，孙儿不孝……”

这时橙宇一声断喝：“你说得好听，武王既然这么怀恋故土，为何还要颁布转运策，禁绝北人入境？”

“人的意志，会随着身体的变化而变化。当年任嚣健康之时，也没考虑过交权给武王，直到病入膏肓，才被迫托孤，对不对？十六年前，武王尚算康健，自然有他的考量，可随着年老体衰，意气衰减，所以才会对任延寿发出那么一句感慨——乃祖之忧，今知之矣。任嚣临终前的考虑，我也能体会到了。”

“所以武王到底什么意思？”赵眜急切道。

"普天之下，能让武王放心把南越交托出去的，还能有谁呢？"唐蒙道。赵眜周身一震，他再愚钝，也听出了答案的意思，双眼下垂，慌乱地喃喃道："难道……难道这才是武王的意思？"

唐蒙说到这里，缓缓把视线对准了橙宇："我不知道武王的这个想法，是何时萌生的。我只可以确定一点，武王的心思转变，对某些人来说，是一个极大的打击。尤其是到了那一夜，某些人大概觉得再不动手，只怕无法挽回……"

赵眜强抑住惊惶，身子前探："两位丞相，那一夜，武王到底跟你们议的是什么事？"橙宇还没回答，吕嘉抢先伏地道："武王所议，乃是转运之事。"

吕嘉说得含糊，但结合之前唐蒙那一番感慨，任何人都能听出暗示。

转运策已持续了十六年，武王突然召集两位重臣连夜商议，莫非是心境有了大变化，要改弦更张？橙宇怒不可遏："吕嘉你这个混蛋，简直胡说！"吕嘉一捋胡髯："难道不是？"橙宇吼道："是这些事，却不是你说的这个意思！"吕嘉同情地看了橙宇一眼，根本不屑辩驳，默默退开。

橙宇的脸色从红至白，又从白至青，密密麻麻的疹子鼓到几乎要爆开。他发现自己仍未从唐蒙的陷阱中挣脱。那家伙根本不是在辩驳，而是在一步步营造着情绪，在心理上持续做着暗示。一旦形成了氛围，任何事情都会粘在上面，有如一团渔网，看似全是漏洞，实则难以挣脱。

橙宇终于想明白了，不能被唐蒙牵着鼻子走，那只会越来越被动，只能从最根本的动机上去否定对方，于是他扬声质问道："你一个汉使，瞒过南越所有人，偷偷跑去独舍调查武王，目的何在？"

唐蒙咧开嘴，露出一个单纯的笑容："我说我是为了蜀枸酱，你信吗？"说完之后，他冲赵眜深施一礼："臣一面之词，揣测而已。至于是非曲直，还请殿下亲自审验。"说完一甩袍袖，站回甘蔗身旁。

"你……"橙宇大怒，正要训斥，赵眜已冷下脸，径直拔出佩剑，看也不看橙宇，直接对吕嘉道："吕丞相，请你派人去莫毒商铺查封账簿、收押相关人等，一定要给本王彻查到底！敢有阻挠者，有如此案！”

一道锐光闪过，赵眜面前的桌案登时缺了一角。这位南越王，还从未如此果决过。

吕嘉面无表情，拱手称是，转身对吕山吩咐了几句，后者立刻离开大殿。直到这时，赵眜这才转过脸来，对橙宇淡淡道：“左相，兹事体大，本王不会轻信任何一方的言语，需要彻查才好。您身体有恙，暂且先回府休息吧。”

话虽这么说，可赵眜居然让吕氏去查案，倾向已极为明显。橙宇知道此刻说什么都没用，一挺胸膛，席地而坐，双手掌心朝上摊开：“老夫不走！老夫从没有加害武王，问心无愧！我今天就在这里等着，看他们能从莫毒商铺查出什么来！”

这是岭南部落的辩罪习俗。谁若被指控有罪，就会摆出这样的姿势，当着整个部落辩白，即使是酋长也不得干预。赵眜既然被土人尊为大酋，也只能按这个规矩办事。

被橙宇这么一硬顶，谁也不敢离开。众人被炎热的日头晒得有些发昏，又不敢进那老屋，只好分散到一棵棵枣树下。可惜枣树早已枯萎，再没办法为他们遮蔽艳阳了。

庄助走到唐蒙面前，兴奋几乎遮掩不住。这次不光绝地翻盘，把橙氏几乎扳倒，还在众目睽睽之下确认了赵佗临终前的政治倾向。以赵眜对祖父的亦步亦趋，再加上吕嘉作为盟友的配合，接下来国策必会变化，这可比在五岭之间寻一条通路更有价值。

“唐副使，没想到……你还是个纵横家啊。”庄助真心实意地称赞道。唐蒙大病初愈，一口气讲了这么多话，有点虚弱，只得无力地对庄助点了点头。庄助也知道他的状态，一拍胸膛：“你好好休息，接下来的谈判，就交给我好了。”

他一整衣襟，阔步走向吕嘉。这时候一定要趁热打铁，敲钉钻脚，把大事定下来。

吕嘉今天格外安静，即使眼见宿敌吃瘪，也不见他有任何激动，他就那么平静地站着。直到庄助走到跟前，吕嘉才睁开眼笑道：“没想到汉使之中，竟还藏着这等犀利人物。老夫真是看走眼了。”

庄助此时正在兴头上，不计较他话里的隐隐挑拨，对吕嘉道：“接下来可要倚仗吕丞相了。”吕嘉颇有深意地看了他一眼：“现在？不再等等？”庄助道：“我等在南越的时日有点长了，怕陛下等着着急。”

他与吕嘉早有约定，如今橙氏将倒，那么受益最多的吕氏，也该有所回报才是。吕嘉捋髯一笑，从容说道：“也好，总不能功劳都让外人占去，倒显得我等无能了。”

赵眜正半靠在老屋墙壁上，伸手用力揉着太阳穴，刚才那一番刺激，恐怕他的失眠会更严重了。赵婴齐小心地端着一碗庖厨刚送来的蜜水，站在旁边伺候。

吕嘉走上前去，跪倒在地，刚才还从容不迫的神情，突然间变成泪如雨下：“我等无能，竟不知武王临终之前是这般心绪。我们做臣子的，疏忽如此，实在是有愧于武王，也有愧于王上。”

赵眜用袖子擦了擦眼睛，也是泪流不止：“别说你们，连我这做孙子的，都体察不到他老人家的苦衷，实在不孝，不孝啊。”他哭了一阵，对吕嘉道：“别的先不说，武王之灵，你看该如何告慰才好？要不要再去白云山祭祀？”

吕嘉思忖片刻：“武王之憾，乃在怀恋故土，只在白云山致祭，恐怕无济于事。”他把视线转向旁边的赵婴齐，顿了顿道：“世子年纪也不小了，不妨请他代表殿下，身携武王灵位北去，到祖籍致祭，如此，方可以告慰祖灵。”

听到这个提议，在一旁伺候的赵婴齐手腕一哆嗦，差点把蜜水碗打翻。

吕嘉所言，可不光是致祭的问题。南越王的世子若去真定拜祭，必得大汉朝廷批准才行，而且去了真定，肯定还得去长安向皇帝致谢。这个提议，本质上就是送世子去长安做人质，只不过换了一个更加“孝顺”的说法罢了。

庄助站在唐蒙身旁，一直望着那边。只见吕嘉不时顿首，似乎不停地在讲话，赵氏父子偶尔插上一两句话，态度不甚激烈，可见谈得颇为妥顺。赵昧性格柔弱，并没有什么明显倾向，赵婴齐更是心慕中原，只要扳倒搅风搅雨的橙氏，便没什么障碍了。

想到这里，他整个人终于放松下来，这时才注意到，自己的内袍已然溻透，极少出汗的身体，在刚才居然遍体沁汗。

吕嘉很快就谈完了，回到庄助身前。庄助问如何，吕嘉稳稳一笑，只说了四个字：“幸不辱命。”庄助双眼发亮，一份偌大的功勋，浮现在眼前。他转过头去，看向那位真正的功臣，发现他正背靠着枣树，啜着蜜水。

这蜜水是宫厨送来的，却被甘蔗抢着端过去，还小声对唐蒙说：“他们这里的蜜水调得不好，等下出去，我给你弄点好喝的。”唐蒙知道这是小姑娘表达欣喜的方式，摸了摸她脑袋道：“你阿姆这次总算清白啦，等此间事了，去莫毒商铺问明白你父亲的下落。到时候转运策一废，他就能来南越跟你团聚啦。”

甘蔗对转运策是什么懵懂无知，这一句“团聚”却听得明白。她双手捧着的水杯里出现了涟漪，一圈一圈，在小小的杯里欢欣地震荡开来。

就在这时，殿外忽然传来噔噔噔的脚步声，听起来急促无比。就在众人纷纷把头转过去时，那脚步声已经到了殿口。

吕山神色惶然，匆匆直入独舍，顾不得行礼，径直跪下来，大声对赵昧及吕嘉道：“启禀王上，那莫毒商铺……刚刚燃起一场大火。卑职赶到之时，已烧成一片白地。”

“啊？”

惊骇的声音，从三个人口中同时发出。一个是赵昧，一个是橙宇，一个是甘蔗。

赵昧的惊讶是因为这太巧了。这边刚要启动调查，那间铺子便离奇焚毁，里面的人证与物证尽皆付之一炬。他看向橙宇的眼神，霎时冰冷起来，带着凛凛如刀的寒意。

“怪不得橙左相如此笃定，原来如此，原来如此。”赵昧恨恨道。

之前他谋害了武王，又杀了甘叶、任延寿、齐厨子、莫毒的老管铺灭口，如今竟然连整个莫毒商铺都彻底焚毁，倒也是一而贯之的毒辣手段。

橙宇一时间瞪凸着双眼，红艳的疹子已鼓到极致，整个脸如同一条吸饱了血的水蛭一样，肿胀狰狞。他突然站起身来，发了疯一般冲向赵昧，吓得赵昧向后仰倒，差点摔在地上。幸亏赵婴齐及时觉察，挡在两人之间。

与此同时，唐蒙感觉到，自己的胳膊被一股极大的、绝望的力气抓住，一低头，发现是甘蔗。小姑娘瑟缩着身子，惊慌地呢喃着什么。唐蒙需要凝神，才能勉强听到她的哭腔：“我怎么去找阿公，怎么去找阿公啊……”

是啊，只有莫毒商铺的人，才跟夜郎那边有联系。如今人统统死光，卓长生这条线岂不是断了？唐蒙先前一门心思要扳倒橙氏，忽略了他们狗急跳墙毁灭证据的可能。他暗暗骂自己太粗心，赶紧整理思路，忽然耳畔响起橙宇一声大吼：

“既然没了证据！凭什么说我橙家是莫毒的主家？也可能是他吕家的产业啊！”

橙宇开始胡搅蛮缠，到处乱咬。可他这个论点，一时倒也难以反驳。橙氏是南越大族，如果拿不出一个确凿罪证，南越王也不好处置。

唐蒙正冥思苦想，看有什么反击之策，这时一个意想不到的人越群而出，挥舞着双手大喊道：

“有证据！我有证据！”

众人定睛一看，居然是甘蔗。这小姑娘脸上的泪水还没擦净，就这么涕泪交加地冲出来。唐蒙一惊，正要伸手去拉，却见甘蔗从怀里掏出一个小白罐，高举着晃动："我阿公用来盛蜀枸酱的陶罐，颜色偏白，和南越本地产的质地不同。我家里攒了很多，一个都舍不得丢弃。"

她说得有点乱，声音也带着哭腔。赵昧还没反应过来，赵婴齐、吕嘉与唐蒙却同时一惊。

对啊，莫毒商铺每次捎来三罐，其中一罐会送去东家那里。这白陶罐颇为精致，不至于用完就砸碎，极大可能被留作他用。只消去庖厨附近搜一搜，看有没有这小白罐，一切便会真相大白。

凶手行事再周密，也断然想不到遮掩自家庖厨，更来不及去销毁白罐。

"好！搜我橙府也可！只是他们吕府也不能例外，要查大家一起查！"

橙宇看向赵昧，虎视眈眈。赵昧被黄玉虎目一瞪，顿时有些不知所措，这时吕嘉大袖一摆，趋前淡淡笑道："吕山，你现在就带人，去左相府上好好搜一搜！这次可不要疏忽了。"

橙宇先是冷哼一声，随即意识到什么，瞳孔一缩，从中流淌出愤怒与惊惧，他一只手指着吕嘉发抖。吕嘉冷笑："左相放心，这次无论如何，都会给国主一个交代！"

是言一出，只见橙宇胸口剧烈起伏，体内情绪紧绷到了极点，突然一口殷红血水从嘴里喷出来，划过一条弧线，直直泼洒到吕嘉的面孔上。吕嘉坦然受着，就这么带着一脸血污，冷冷地看着橙宇整个人栽倒在地，没了声息。

他这一倒，独舍之中瞬间变成一口沸腾的鼎镬。所有的人都意识到，朝堂即将发生剧变，他们在喧嚷，在议论，在寻找着新的立足之地。在这一片喧嚣之中，只有甘蔗怀抱着小白罐，孤独地站在枯壶枣树下，没人在意这个瘦弱女孩。

就在这时，一只大手抓住了甘蔗。

"走！"唐蒙哑着嗓子道。甘蔗茫然看向他，不知要去哪里。唐蒙再一次狠狠一拽，语气凶巴巴：“去码头！”甘蔗的双眸倏然亮了起来。也许那边还没烧光，也许还有机会找到线索。

汉使拽着小酱仔，拨开纷乱的人群，朝着独舍外面走去。不远处的庄助注意到了这一幕，他皱了皱眉头，却没有出言阻拦，因为吕嘉已经走了过来。

“算了，大事既定，由他去吧。”庄助拂了拂袖子，迎了上去。

唐蒙带着甘蔗一路离开南越王宫，径直冲到西南亭。他们根本不用分辨，只用循着冲天的黑烟去找，很快便看到一片漆黑的断垣残壁，靠近时仍能感觉到一股灼热。这火烧得彻底，无论里面藏着什么，如今都不可能留下来了。

甘蔗绝望地看着这一切，肩膀轻抖。唐蒙却一指码头边停泊的货船：“甘蔗你别急着哭，我们搞错重点啦。要扳倒橙宇，需要莫毒商铺里的证据；但想要知道你阿公的下落，不用这么麻烦，只要问问船上的水手不就行了？”

经他这么一提醒，甘蔗才反应过来。莫毒商铺常年跑夜郎那条线，同船水手一定也知道交接货物的细节。他们日常都是待在货船上，不会被商铺起火所影响。

唐蒙走到码头前，看到莫毒商铺的那条货船已被卫兵们团团围住。他上前亮出身份，向卫兵询问船上的情况。卫兵已听说了这位汉使的威名，不敢不答，恭敬回答说：“莫毒商铺刚才把所有水手叫去商铺商议工钱，结果一并烧死了。”

“啊？”唐蒙顿时觉得手脚冰凉，“怎么这么巧，偏偏这时候去商议，难道一个也没剩？”

“是的，我们点验过人数，所有人都去了。所以上头让我们把守空船，免得被别人偷了东西。”

唐蒙眼前一黑，这橙氏做事真是绝，一个活口都不放过。他忽然感觉到右手被松开了，一转头，却看到甘蔗踉跄地走到码头边缘，面向着西南方向的浩淼水面，身躯晃了晃，整个人再也支撑不住，扑通一下跪倒在地。

没有哭声，或者说唐蒙听不到。一个人哀痛到极点，失望到极点时，是哭不出来的。

唐蒙不敢上前相劝，这时任何宽慰都是虚伪的。他只敢隔开几步站定，任凭自己淹没在愧疚与失落之中……

第十四章

大议五日后。

一艘煊赫大船停泊在番禺港码头边，大帆拉满，即将朝着大庾岭方向出发。

在码头之上，华丽的仪仗队分列左右，鼓吹乐班的演奏仍在继续。南越王赵眜站在最前方，不时在江风中咳嗽两声，萎靡的神色里带着浓浓的怅然，那是属于一位父亲的无奈。在他面前的青年，同样露出依依不舍的表情。

南越王世子赵婴齐，即将在两位汉使的陪同之下，奔赴中原。他将代表南越王，把武王赵佗的牌位供奉在祖籍真定，以示纯孝，然后还要前往长安，觐见大汉皇帝。随同赵婴齐前往的，还有黄同，他将作为侍卫陪同左右。

赵眜身后的百官队伍，与以往不同。为首的只有右相吕嘉，左相橙宇因为湿病发作，积劳成疾去世。橙氏官员都去守灵了，不在队列之中。连头发下垂的土人官员，都比之前要少很多。

在港口围观的南越城民们，对这个转变还不太适应，但他们或多或少嗅到了不一样的味道。官府对北人的敌意突然之间消退了，据说还抓了十几个此前借机闹事、搞出人命的无赖，于是他们也消停下来，一哄而散。

庄助一人站在仪仗队之前。他身着长袍，风度翩翩，腰间更换了一把全新的汉剑，看起来整个人英姿勃发。不过面对南越君臣的，只有他一个人，另外一个使者此刻在码头另一侧，正忙不迭地收着东西。

“喏，这是五个裹蒸糕，都已经蒸熟了，我用冬叶包好了。”

“这一兜子五敛子用蜜渍过，三天之内都不会坏，不过还是要尽早吃掉。”

“这几个小罐子里，是蚁酱和卵酱，你不是一直想吃没吃到嘛。老张头家的酱就算了，不给你拿。”

甘蔗絮絮叨叨，把一样又一样东西塞进唐蒙的藤箱里，搞得后者哭笑不得：“好了好了，我已经吃了五个裹蒸糕了，真的吃不下了。”

甘蔗紧抿住嘴唇，手里却不停地往里放。唐蒙见她那副样子，忍不住叹了口气：“如果你有机会跟我去北边就好了，我带你去吃遍中原的美食。”

“可惜我要进宫做厨官呢。王上喜欢吃我阿姆做的菜，希望我女承母业。”甘蔗一撩额发，语气却不甚兴奋。

一听这句话，唐蒙顿时不吭声了。大事过后，吕嘉提议，任命甘蔗为南越王宫的厨官，算是王室对甘叶含冤而死的一点补偿。本来唐蒙还打算申请带她北归，这么一来，只好放弃。

“对不起……到最后我也没能帮到你。”唐蒙嗫嚅道。甘蔗却伸出手去，拍了拍他肥嘟嘟的脸颊：“如果没有你，我阿姆还是冤死的，我也还是个码头的小酱仔呢。”

“可我明明答应过，帮你找到你阿公……”

甘蔗看向珠水，眼神清澈：“我听莫毒商铺的人说过，珠水的上游，联通着另外一条大江，枸酱就是从那边捎来的。如果我阿公在江边住的话，说不定阿姆能见到他。说不定她还会游回来，在梦里说给我听。所以啊，我不能离开番禺，中原离珠水太远了，我怕阿姆找不到我。”

唐蒙望着甘蔗清秀的面孔，一时间心下凄然。甘蔗越是不提，他就越是郁闷。这是食言之苦，也是无力之痛，更是来自过去的某种心结作祟。

甘蔗双眼闪动，正要开口讲话，这时黄同走过来，催促唐蒙送别仪式要开始了。甘蔗不甘心地转动身子，终于还是失望地闭起嘴巴。

唐蒙拎起那一箱吃食，深吸一口气：“我走了啊。”他伸手用力揉了揉甘蔗的脑袋，这才跟着黄同去仪式现场。

码头上的繁文缛节持续了足足两个时辰，才算结束。庄助和赵婴齐疲惫地回到船上，水手们驾轻就熟地挂起大帆，沿着来时的水路缓缓西去。

不过按照礼仪，两位汉使和世子还得留在甲板上，直到大船离境为止。唐蒙注意到，赵婴齐手扶船舷，面露哀伤，怅望着越来越远的番禺大城，年轻人口中忍不住出声吟道：

> 黄鸟黄鸟，无集于榖，无啄我粟。此邦之人，不我肯穀。言旋言归，复我邦族。
>
> 黄鸟黄鸟，无集于桑，无啄我粱。此邦之人，不可与明。言旋言归，复我诸兄。
>
> 黄鸟黄鸟，无集于栩，无啄我黍。此邦之人，不可与处。言旋言归，复我诸父。

这是《小雅》中的《黄鸟》篇，乃是流亡异国不得归乡者的愁苦之歌。看来庄助在南越的文学教诲相当成功。世子已可以精准地选择《诗经》词句，来表达自己的心意。

赵婴齐反复吟诵，吟到后来，竟莫名开始流泪，不得不向两位使者致歉，返回舱室之内。

庄助见学生如此，心中也有些郁郁。这时唐蒙走过来，手里捧着两个胥余果，开口插着两根芦苇管，把其中一个递过去。

庄助这次没有嫌弃。两人趴在船舷旁，默默无声地吸吮了一阵，庄助忽然对唐蒙郑重道："这一次出使南越，我寸功未立，反倒是唐副使你居功至伟。这一次回长安，我会向陛下表奏你的功劳。"

"还是庄大夫你自己去吧，我得回番阳。离开太久，还不知那边搞成了什么样子。"唐蒙淡淡道。

庄助并不吃惊，这家伙素来胸无大志，是被自己拖来南越的，恐怕已烦到极限。他双手举起胥余果，施以敬酒之礼："多谢，抱歉。"

这四个字里，包含了各种复杂情绪。唐蒙喝光手里的胥余果汁，擦了擦嘴："我向来对仕途没什么兴趣，反倒是庄大夫，立此大功，为何还是愁眉不展？"庄助哼了一声，摇摇头："立什么大功，咱们到底还是被吕嘉那老狐狸给耍了。"

唐蒙一阵愕然，南越王世子都老老实实交出来了，这不是谈得挺好的吗？

庄助叹了口气："起初吕嘉承诺得好好的，橙氏一倒，他会拨乱反正，废除转运策，恢复对大汉的藩属关系。可等到橙氏真倒了，他态度却一下子变了，只谈质子称藩，废策却不置一词。"

唐蒙劝慰道："庄大夫不是说，本朝政策是守虚让实吗？南越王愿意送来质子，也算一大胜利了。"

庄助恨恨拍了一下船舷："我这一次出使南越，本意是凿空五岭，给大汉争取到对南越的主动权。结果五岭巍巍仍在，只带了一个质子回去，心有未甘啊……你知道吗？我向吕嘉要求他遵守承诺，废除转运策，开放国境给汉商。你猜他怎么说？他说五岭险峻，商队转运不易，此事容后再议。你看，又是拿五岭来要挟我。可见五岭天险不解决，无论送多少质子过来，也改变不了大汉与南越的态势！”

庄助倒不是失败的沮丧，而是未竟全功的遗憾。

“再者说，赵婴齐是赵眛的儿子，又不是吕嘉的儿子，他送得当然慷慨！我到今天才算明白。他们吕氏付出什么了？什么都没有！只藏在幕后说了几句便宜话，扳倒了自家的对手，送走了别家的孩子，唯独他们获得转运的大利。嘿嘿，橙氏倒台，赵氏割肉，吕氏得利，真是好算计。”

两个人忽然之间，都理解赵佗生前把土人扶植起来，就是为了牵制秦人，避免威胁到王权。事实摆在眼前，橙氏一灭，吕氏立刻一家独大，连赵氏都算计上了。以赵眛的暗弱性格，恐怕这南越日后，将是吕氏的天下，赵佗的担心还是实现了。

庄助气道：“唉，我原以为，秦人与我们汉人同源，应该心向往之。如今才想明白，什么秦人土人，根本没有分别，土人把咱们视为妖魔，恶言排斥；秦人呢，跟咱们虚与委蛇，赚着中原的钱，骨子里与土人也没什么分别，连南越王都敢拿来算计。归根到底，什么族群之别，都是为了自家利益罢了！”

听到庄助这句气话，唐蒙的双手突然一震，胥余果没拿稳，竟“扑通”一声掉进水里。

“怎么了？”

唐蒙脸色有点发白：“我忽然想到，我在独舍那一番推测，似乎有一个大疏漏。”庄助有些纳闷，怎么又提到这件事了？

“其实我当时就觉得古怪，橙宇最后那种愤怒态度，不似伪装，而是发自真心。”唐蒙咽了咽唾沫。

“怎么？你想说他是冤枉的？”

“庄大夫你刚才也说了。秦人土人本无分别，归根到底，都是为了自己的利益。你想想，如果赵佗的立场转向内附中原，对橙氏固然是灾难，对吕氏难道不是吗？橙宇有杀人的动机，难道吕嘉就没有吗？橙宇有谋害的条件，难道吕嘉就没有吗？”

庄助仿佛被蛇咬了一口，脸色急剧变化。

原本他有一个判断，土人抗拒与中原交通，秦人支持与大汉修好。一切判断，皆以这个前提展开。

可在吕嘉拒绝废除转运策之后，他深深体会到，这个前提是错的。土人固然反汉，秦人也未必见得亲汉，他们只想维持现状，居中渔利而已。所以赵佗流露出了内附之心，起杀心的可不光是橙氏一家。

“你的意思是……”庄助顺着这个思路推演下去，觉得嗓子有点发紧。

他发现，把整个赵佗死亡事件里的“橙氏”都换成“吕氏”，所有的指控也完全成立。橙宇所有的嫌疑，同样可以套入吕嘉；橙氏能做的一连串灭口，吕氏也有能力做到。两者间唯一决定性的不同，就是莫毒商铺的归属。而那间莫毒商铺的离奇大火烧得恰到好处，既坐实了橙宇的嫌疑，又毁灭了所有的证据，到底对谁有利，也很难讲……

唐蒙猛然瞥见甲板上走过一个人影，突然一怔，这一处点破，万窍皆通，他当即气势汹汹地冲过去，一把揪住对方的衣襟：

“黄同！是不是你干的？”

黄同本来是要找赵婴齐的，忽然被唐蒙拽住，一脸莫名其妙。唐蒙双目圆睁，狠狠瞪着这个老兵，死活不肯松手。

越来越多的不自然，纷纷浮出水面。唐蒙发现，每次他调查的关键节点，都有黄同的影子，而且每次都引导得不露痕迹，以至于让唐蒙产生了都是自己发现的错觉……他不由得咬牙切齿，大喝道：“橙水带我去幽门的时候，你怎么会突然那么巧现身的？是不是一开始就跟在后面？”

黄同试图辩解，唐蒙却又想起一个细节：“那几个无赖城民是不是你引去的？我记得那里面有一个家伙，正是入城时扔我五敛子的城民，也是围攻驿馆的城民！怎么总是他？”

面对质问，黄同脸上的疑惑霎时消失，取而代之的是一种混杂着自嘲的苦涩神情。那一大块烧伤的疤痕，开始在脸上扭曲、蠕动，让他变得暧昧而虚弱。

唐蒙没有继续问，他从对方的反应已经知道了答案。

“武王忠诚、兄弟情谊、家族利益这三道菜，橙水一直犹豫不决，看来只有你，早早就决定了享用的次序啊。”唐蒙冷笑。

一听到橙水的名字，黄同四肢一瞬间失去了挣扎的欲望，整个人软软的，就像一尊任人摆布的木偶：“不是我，我没动过手，我真的没有……”

唐蒙相信黄同说的是真的，这人应该同这一系列阴谋与灭口无关。他只是一枚远贬边关的弃子，只因为汉使俘虏了他，吕嘉才物尽其用，让他把形势朝另一个方向引导。

他不想问黄同，为杀死任延寿的凶手效命是什么感觉；也不想问橙水的死，是意外还是有人刻意安排。唐蒙想知道的，是另外一个问题：

“你舍弃了那么多，最终得到了什么？”

这一次吕嘉指派黄同随侍世子，而赵婴齐在长安至少要待上十年，届时黄同如果还活着，也已六十多了，他就像一块丢在路上的芭蕉皮，就算侥幸回国，也不会有任何前途。

黄同面对质问，伤疤抽搐，却缄口不言。唐蒙还要逼问，旁边庄助过来按住他的肩膀，脸色冷峻：“好了，不要再说了，这件事已经过去了。真相如何，并不重要。”

“可这对甘蔗很重要！”唐蒙的情绪激动起来，“如果是真的，岂不是说杀她阿姆的人、毁掉她父亲唯一线索的人，此时还堂而皇之地待在南越城里，和她待在一起，没受到任何惩罚？这你让我怎么走得安心?!”

“唐蒙！”庄助喝道，“我们只是被误导了，错不在你！”

“可我辜负了她！”唐蒙胸口剧烈起伏，“我骗了她！”

“我们是大汉使臣。你先把他放开，大局为重！”

这一声“大局为重”，令唐蒙心中那一股激荡了几十年的不平之气，再一次充盈于胸。

唐蒙当年费尽心思找出家族覆灭的真凶，只是换来郡守一句“大局为重”，个人冤屈从此被彻底埋没，无处伸张。听着庄助严厉的呵斥，看着黄同惊恐的神情，回想着甘蔗的凄苦模样与那一对姐弟，唐蒙再次感受到那种强烈的无力感。

吕嘉如今权倾南越，即使是大汉朝廷，也不可能为了一个小酱仔对南越加以追究。政治的残酷，从不因个人境遇而动摇；正如天地之不仁，以万物为刍狗。身处其中的每一个人，都只能随波逐流，只要稍微流露一点人性，便会被旋涡所吞噬。从赵佗到橙水，从唐蒙到甘蔗，概莫能外。

越是如此觉悟，唐蒙内心的愧疚感越是强烈。他的胃袋像是被一只大手狠狠攥住，剧烈地痉挛起来。他实在不能忍受，终于松开黄同，趴在地上大口大口地呕吐起来，之前吃下去的裹蒸糕碎渣，混着黄褐色胃液与黄绿色胆汁，流淌了甲板一地。

庄助不顾污秽，赶紧俯身猛捶唐蒙后背，免得他噎死。

恢复呼吸的黄同惊魂未定，揉着脖子上的勒痕，一脸苦笑。那些坚守的人都死了，只有他这样不知坚守什么的无根之人还活着，这到底是诅咒还是幸运，只有黄同自己知道答案。

庄助一边捶，一边冲黄同使了个眼色：“还不快滚？”

黄同什么也不敢辩解，默默地转身离开。这个老兵整个人像是中了什么诅咒，就在这短短一瞬，苍老了几十岁，脚步茫然，仿佛不知自己是谁，也不知该去哪里。

唐蒙好不容易吐无可吐，这才缓缓恢复精神。庄助把他搀扶到船舷旁边，吹吹江风，还把自己的胥余果让过去，让他润润被胃液灼伤的喉咙。

“我要回去，快让船掉头！我去告诉她！”唐蒙挣扎着。

“事到如今，你回去又能如何？”庄助无奈地劝道，“难道你要告诉她，她的杀母仇人如今贵为丞相，你却无能为力吗？”

唐蒙的动作僵住了。庄助说的是沉甸甸的现实，与其让甘蔗面对残酷的现实，还不如糊涂一些为好。这些唐蒙明白，可胃袋越来越紧。他实在不知该如何做，只得啜着甘甜的胥余果汁，迷茫而疲惫地望向船舷之外。

不知不觉，大船已经行驶到了那一块海珠石的附近水域。唐蒙忽然双瞳紧缩，赫然看到，在那块圆润如珠的礁石之上，竟站着一个娇小的熟悉身影。他揉揉眼睛，确定自己没看错，那身影瘦弱娇小，一阵江风吹起，枯黄的头发在空中飞舞。

唐蒙的心脏猛然加速，是甘蔗！

海珠石距离码头有十几里地，难道说她刚一离开码头，就朝着这边赶了？不知她一个小姑娘，如何渡过汹涌的江水跑到江心，又是如何克服恐高，攀上礁石的。

大船不可靠礁石太近，只能远远地平行而走。唐蒙跑到船头，冲那边挥动手臂，甘蔗也冲这边用力挥手，口型变化。只可惜江风太大，隔得太远，她说什么唐蒙听不清，但她的脸上，始终挂着笑容。

刚才码头人实在太多，甘蔗没来得及说出最后一句告别的话。所以她特地跑这么远，来与唐蒙单独再见一面。唐蒙心中暗叹，这样也好，此时的他可没勇气近距离与甘蔗对视，就这么远远地告别一次好了。

庄助刻意让船工放缓了速度，让两个人能对望得久一些。唐蒙望着甘蔗模糊的面孔，看着她口型变化，耳畔蓦地想起了她银铃般的声音：“珠水的上游，联通着另外一条大江，枸酱就是从那边捎来的。如果我阿公在江边住的话，说不定阿姆能见到他……”

也许在珠水边上，她才最开心吧，唐蒙像是在开解自己。

奇怪的是，这一句话反复在他的耳边回荡，挥之不去，往复叠沓。突然之间，一股长风平地而起，一下子吹开灵台之上的重重迷雾，令唐蒙精神一振，眼前一片澄澈。

他扑到船舷边缘，极力探出身子去，声嘶力竭地大喊道："甘蔗，我一定会找到你父亲！绝不食言！绝不食言！"

唐蒙从船头一路跑到船尾，不停地大喊着，也不管甘蔗能否听到。直到大船开远了，他才扑通一声蹲坐在甲板上，气喘吁吁。

庄助伸手欲要搀扶，却看到一张极为严肃、刚刚下了重大决心的肥胖面孔：

"庄公子，我不去番阳了，我要跟你回长安！去觐见陛下！"

转眼一个月过去。

唐蒙忐忑不安地站在宣室殿前，小腹一阵翻腾，之前喝的肉羹几乎要反上来，这是过度紧张的表现。当年孝文帝就是在这小殿内接见的贾谊，现在即将轮到他了。

一个小黄门走出来，说天子召见。唐蒙咽了咽唾沫，习惯性地看向身旁，可庄助并不在。

他们两个人与赵婴齐回到长安之后，引起了极大的轰动。这么多年来，还没有哪位汉使能带回南越王的世子，一时间朝野交相称赞。庄助并未食言，他为唐蒙争取到了一次觐见天子、单独奏对的机会。

唐蒙跟随小黄门走进宣室，殿内惊人地朴素简单，只有一扇屏风、一个桌案和一尊香炉。屋子里采光尚可，但微微带着一股寒意，让人不由自主地精神起来。

年轻的大汉天子正在桌案之后，捧着唐蒙绘制的南越地理舆图在看，看得很仔细，几乎贴到眼前。一番叩拜的礼节过后，小黄门悄然离开，只留下他们两个人。唐蒙伏地道："臣所绘舆图，在南越国已被收走。这是回长安之后，臣凭记忆重绘的，中间多有不确切之处，请陛下恕罪。"

天子"嗯"了一声，将绢帛徐徐放下："你这图画得倒精细，只是有些地方看不太懂。"唐蒙急忙趋前，向天子一一解释每条线的意义。经他这么一分说，天子豁然开朗，原来这纷乱的线图自有章法，只要遵循某种规则，眼前便可浮现山川真貌。

天子好奇地重新审视良久，不由得感叹道："啧，五岭逶迤，阻塞岭南，外有崇山峻岭，内有水路纵横，这些事原来朕也知道，可一看这图，更是豁然开朗。"

他没有继续往下说，显然在等着唐蒙开口。唐蒙忙道："臣这次在南越国有一个发现，或可解陛下之忧。"天子微微抬了一下眉毛，淡然道："讲来。"

唐蒙换了个稍微舒服点的跪姿："不知陛下可听过蜀枸酱之名？"天子明显有些不悦，明明在说地理大势，怎么又扯到食物上去了？唐蒙道："此物虽是小食，却关系到南越国的生死命脉，且容臣与陛下详述。"

然后他便从甘叶与卓长生相恋之事讲起，一口气讲到甘蔗独留番禺。天子之前读过庄助的奏报，但那个比较官方，这一次唐蒙讲得更为细致生动，不由得听得津津有味。听完之后，他笑起来："倒也是一桩奇事，说得朕都想尝尝那蜀枸酱的滋味了，长安城里可有？"

唐蒙道："臣一到长安便找来蜀籍的商人询问，当地确有此物，偶尔也会北运至长安。"

"你说了半天，这与南越国的生死命脉有何关系？"天子很快回到正题。

唐蒙从容道："臣初遇此物，一直不解。明明大汉与南越国并无枸酱贸易，为何蜀中产物却能出现在番禺城里？经历了诸多事情之后，臣方知道，原来那蜀枸酱，是从夜郎国向南越国运去的。”

天子隐约明白到了唐蒙的意思了，示意他继续。

“此事看似寻常，其中却藏有关键。据说那夜郎国有一条大江，可联通珠水，水量充沛，足可行大船，南越特意设置了西南亭来管理商贾，规模可见一斑。而我国与夜郎国之间，恰好也是有道路可通的……”

唐蒙摊开那片绢帛，上面除了五岭，还有大片空白。他先在蜀中方位点了一个墨点，向南连到夜郎国，随即再从夜郎国横着向东边画去，一直画到番禺城的位置。最后，他再将蜀中与长安相连，一条墨线，在整个地图的西南方向拐了一个大大的弯，绕过巍巍五岭，把长安与番禺城连接在了一起。

天子注视着那条墨线，呼吸不觉粗重起来。夜郎国、南越国，一个在西南，一个在东南，先前从来没人把这两个国家联系到一块。谁能想到，一罐小小的蜀枸酱，竟吹开了地图上的迷雾，让视野比从前更加开阔。

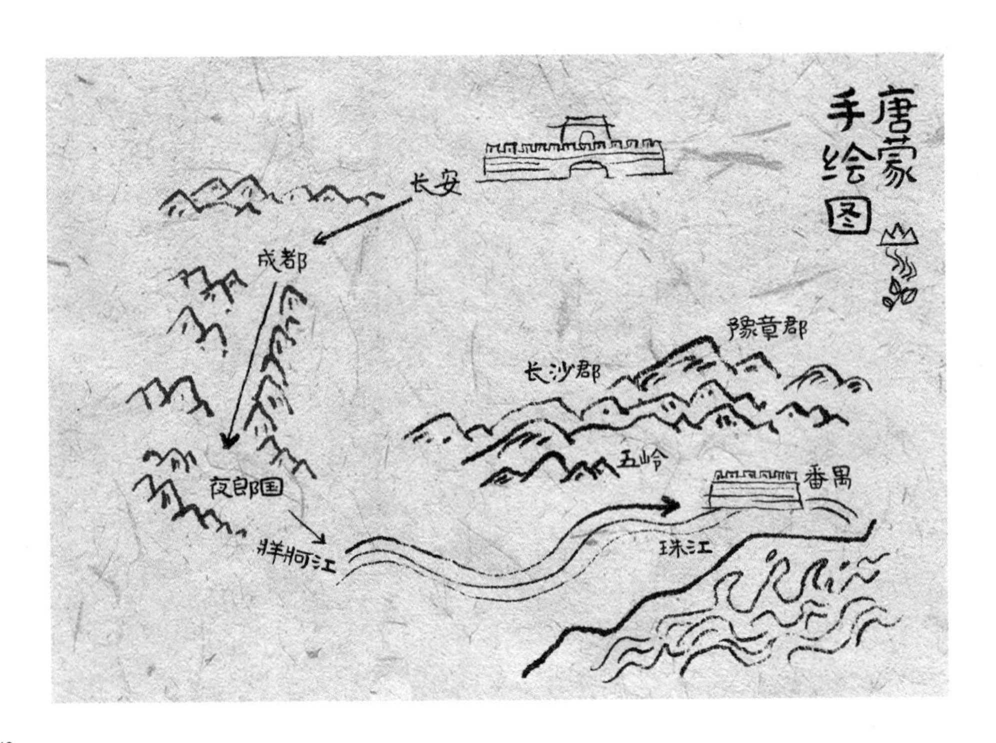

天子伸出手指，顺着唐蒙的墨线走了一遍，不由得霍然起身，连桌案都差点被踢翻：“你是说……朕只要借道夜郎国，便可以绕过五岭险阻，从水路顺流直下，直抵南越腹心？”

唐蒙伏地恭敬道：“陛下睿见。”

天子的双眼闪亮起来。大汉多年来拿南越国无可奈何，就是因为把眼光局限在五岭南北，如今在这舆图上视野放宽，才发现这五座讨厌的山岭，并非两国之间唯一的通路。

“好，好，你这枸酱没白吃！舆图画得好！”天子连声赞道，兴奋之情溢于言表。

唐蒙趁机挺直胸膛，郑重开口：“不过臣适才所奏，只是图上推演。至于从蜀中至夜郎、夜郎至南越的道路，是否适合大军与辎重通行，还须实地勘察一番，方才踏实。臣自请亲赴西南，勘察沿途形势，将这一条路线踏访得明明白白，为陛下分忧。”

天子“哦”了一声，对这个请求有点意外。

唐蒙这个说法，很是持重。军国庙算，不能只靠一张未经证实的舆图，确实需要有人实地去走一趟。只是……之前庄助特意提醒过，说唐蒙此人能力很强，性子却很疏懒，不愿任事，请陛下不必强逼做事。可朕还没开口呢，他倒主动先把最苦的活给揽下来了，这和庄助描述的不太一样嘛。

要知道，西南夷那边全是各种蛮荒部落，遍地瘴气毒虫，山林艰险奇苦，勘察路途是个极苦的差事，搞不好会丧命。看唐蒙双目灼灼，不似作伪。天子好奇问道：“你为何要主动去夜郎？”

唐蒙腮帮子抖了抖：“臣……想见识一下枸酱的制法。”

天子忍不住笑出声来，差点没维持住威严。这家伙脸胖嘟嘟的，说起笑话来也是个好手，不逊于东方朔。

“你若想知道枸酱的制法，去蜀中打听不就得了，何必去夜郎呢？”

唐蒙道：“臣试吃过长安的蜀枸酱，味道不对，怀疑和南越所吃的不是一种东西。得去夜郎看看，才能释然。此臣之执念，请陛下成全。”

天子本想叱其荒唐，但突然转念一想，不对，这应该是个借口！夜郎国不是傻子，如果大张旗鼓派人去勘察路线，他们必然心生警惕；倘若派人去“寻访美食”，对方也就不会在意了。这唐蒙果然心细如发，连这个因素都提前考虑好了，真是良臣！

他听从意见，大手一挥：“好，朕准了，就委你做枸酱郎中将，前去西南夷诸国寻访美食。”

说完之后，皇帝自己忍不住大笑起来，仿佛这个头衔滑稽至极。

日复起落，月相盈亏，人间又是五个月过去。

一只大手深入陶罐的大口，从里面捞出一把湿漉漉的细茎，放在一片洁净的荷叶上面。这些细茎俱是一寸见长，已被腌渍成了暗褐颜色，与翠绿的荷叶形成鲜明对比。随后那大手又抓来一把切碎的野葱白，浇上一勺藤椒籽榨的浊油，抓在一起随意搅拌几下，端到客人面前。

唐蒙耸动鼻子，先闻到一股奇妙的气味。那气味强烈到无以复加，宛如一根蘸了屎的树枝直接往鼻孔里捅。好在他身经百战，并不因此惊慌，用竹筷夹起数根，直接放进嘴里咀嚼。

在那一瞬间，唐蒙感觉自己变成中了十面埋伏之计的项羽。一时间酸、臭、辛、苦、腥诸路大军齐出，四面八方围着唐蒙穷追猛打。这细细的芽茎里，竟蕴藏着如此丰沛的兵力。唐蒙眯着眼睛，嘬着牙花子，用尽心神抵挡着冲击。

周围的夜郎人见他脸色一阵青、一阵白，忍不住哄笑起来。一个皮肤古铜色的夜郎青年笑嘻嘻道：“蒙啊，这是你要找的枸酱吗？”

唐蒙被呛得说不出话来，只是频频摇头。夜郎青年道：“这叫鱼腥草，也叫臭猪巢。俺们都是拿盐和醋腌过，拌上野葱吃。入口有点臭，但嚼一会儿就香了，清爽得很呢。”唐蒙强忍着不适，依言而行，嚼着嚼着，确实开始涌现出奇异的快感。一旦坦然接受了这味道，他甚至不想停下来。

他很快把荷叶上的鱼腥草都嚼完，脊背上出了一层汗。那股腥呛味如同一队严厉的宿卫，把湿气从体内尽数逐出，感觉很是畅快。

唐蒙擦了擦汗。夜郎这里的饮食与中原迥异，与南越国也大相径庭，碗釜里不乏惊悚之物，但若不带着偏见去细细品味，每一样都颇有妙用。食物果然不会骗人，既然有人在吃，自然有其道理。

“可惜啊……还是不对，不对。”他微微感叹，转身离开这一处洞窖。洞窖之外，林壑幽深，藤萝满目，俨然是在莽莽深山之中。

五个月之前，唐蒙从长安出发，先去了蜀中，然后南出筰关，沿着一条五尺小道深入西南夷。此路叫作“僰道”，相传当年蜀王杜宇从朱提出发，即是顺着此路前往成都。不过如今这条路叫作夜郎道，是蜀中通往西南夷的唯一通道。卓长生从蜀中去夜郎，走的应该就是这条路。

夜郎道极为险峻，天无三日晴，地无三里平，行人需要不停地穿壑过岭，越涧涉河，还被瘴气毒物侵扰。唐蒙一边赶路一边勘察，很快悲观地发现，这条路连驴车都无法全程通行，想要修出一条可供数万大军通行的大路，那将是一项旷日持久的大工程，想都不要想。

看来绕路西南这个计划，终于是镜花水月——好在唐蒙本意也不在此，他真的是来寻访美食的。

他历经艰险，好不容易才抵达夜郎国。国主起初对这位大汉使者颇有戒心，派了自己的儿子由同陪同监视。由同陪着唐蒙在夜郎国转悠了几个月，发现这位汉使没有说谎，他大部分时间不是钻腌菜的洞窖，就是赶集会的庖厨，听到什么新鲜做法和食材都要尝尝，乐在其中。夜郎王听说之后，便由着他去了。

如今几个月过去，唐蒙已完全是一副夜郎人的装扮，头缠布条，身着开襟短衫，皮肤晒得黝黑油亮，唯独那肥嘟嘟的身材丝毫没变。

由同陪着他离开洞窖，忍不住道：“蒙啊，咱们这一路找了这么久，您说的那个枸酱，到底是什么滋味呀？”唐蒙扶着手杖，眯起眼睛：“很难描述，但你吃过就一定不会忘，我们下一站去哪里？”

由同道："哦，咱们之前是从夜郎国北边一路吃过来的，翻过眼前这座山，就是夜郎国的南境了。那边有一条牂牁江，非常宽阔，江对面就是滇国。"

唐蒙闻言，精神一振，连声说："我们走，我们走。"他寻访了这么久，一直就是在寻找一条大江。只要找到大江，就能找到商路，找到商路，便有机会找到枸酱。

蜀中贩卖给夜郎国的枸酱，唐蒙已经吃过了，但味道不对，和在南越国吃到的完全不是同一种。种种迹象表明，卓长生送给甘蔗的"蜀枸酱"，大概只是借用一个家乡熟悉的名字罢了，其酿造方式是他独有的，只有找到这个人才行。

由同带着唐蒙，一路翻山越岭。待得两人离开山区之后，眼前赫然出现一道壮阔奔腾的江流，目测江面得有百余步宽，水面波涛起伏，足可以行大船，一路奔流向东而去——这便是当地人所言之牂牁江了。唐蒙望着江水，脑海里一幅地图渐渐勾勒成形。

一般在江、山会接之处，都会有港口或聚落，以便汇集百货。导游说牂牁江沿途有数个规模差不多的小港口，唐蒙提出，要去卖六枝龙胆草的那个椳戛港看看。

当初莫毒商铺就是从这个港口采购六枝龙胆草的，顺便捎带枸酱，也就是说两者产地距离不远。只要找到这个港口，枸酱想必就不远了。

两人很快便来到了椳戛港内。这里所谓的"港"，跟番禺港的规模没法比，甚至比番禺港西南亭的货栈码头都不如。只是在牂牁江岸边搭了两道竹栈桥，周围起了几个简陋竹棚而已。

这里既非夜郎国所辖，亦非滇国所有，这两个国家学不来中原的管法，连税吏也没有。无论是部落民还是外商，都是自由来去，也没固定摊位，就在竹棚下交易，乱糟糟的，倒别有一番生气。

唐蒙不出意料地见到了几条挂着南越国旗帜的商船。他拐弯抹角地打探了一圈，莫毒商铺的六枝龙胆草的生意已被其他商家——都是吕氏掌控的——迅速接手，但没人知道枸酱从何而来。

唐蒙早有心理准备，可终究有些怅然。如果在这里都查不到，便真的山穷水尽了。两个人在港区转悠了一个上午，唐蒙有些乏了，便习惯性地问由同，这里有什么当地特色美食。

由同说牂牁江里有一种白条鱼，肥嫩无比，用酸汤烹煮之后，味道很好。唐蒙一听，食指大动，连声说找来尝尝。由同打听了一下，得知这半年来，椶戛港吃酸汤白条鱼最有名的地方，不在岸上，而是在一条渔船上。

开始唐蒙以为所谓“渔船”，不过是个酒肆的噱头，没想到还真是一条货真价值的渔船。他和由同登上船之后，船老大扯开船帆，晃晃悠悠来到牂牁江的江心。只见他把一种特制的扁竹篓扔下水，逆流置口，不一时便捞上好几条活蹦乱跳的白条鱼。

船老大把鱼就地杀好，分斫成块，丢进船尾的小釜里，然后从船舱里抱出一小罐酸汤，咕咚咕咚倒进去，再放入香茅、香蓼、大芫荽等一堆碎料，升灶煮了起来。待得火力上来，一股浓郁的酸味从釜里散发出来，弥漫整个船舱。

唐蒙在夜郎已经待了几个月，知道这种酸味不可猛吸，而是要细细地吸，在鼻子内转一圈，再从嘴里徐徐吐出。待酸气尽数吐净之后，再静下心来，去回味残留在鼻腔、口腔里的那一点点香气。

他循环吐纳了几轮，忽然鼻翼一颤，捕捉到一缕熟悉的醇厚味道。这味道似酒非酒，虽说很淡，却颇为顽强，不会被浓重的酸味所掩盖。唐蒙眉头忽皱，快步走到釜前掀开盖子，只见一块块鲜嫩白肉在暗褐色的浓汤里翻滚，釜口洋溢着一种复杂的香气，难以一言蔽之。

他拿起一个木碗，舀出半碗不带鱼肉的酸汁，由同笑着说：“蒙你挺会吃啊，这种酸汤白条鱼，都是先喝汤水。”唐蒙低头先啜了一小口，不急着咽下，含着汤汁细细品味。

那一条舌头堪比抄家老吏，在口腔里来回搜检。味无巨细，皆被逐一盘诘，任何一点蛛丝马迹都不放过。“砰”的一声，唐蒙把木碗搁下，起身抓住船老大的胳膊：“你这酸汤……哪里来的？”船老大自夸道：“都是我自家做的，别处您可寻不到。”

有夜郎国的王子在场，船老大倒也不藏私，把适才盛放酸汤的小罐子拿来，给唐蒙看里面的残渣。原来这种酸叫作虾酸，乃是用牂牁江中打捞出的鲜虾，晾干以后抹上盐水，放进罐里沤至发臭，然后再加入碎姜、蒜末、盐巴、酒汁，再沤数月，捣碎成酱。

唐蒙注意到那小罐子是浅白色质地，当即双眼一眯：“你这虾酸里面，是不是掺了别的东西？”

船老大一怔，眼前这位贵人是怎么回事，鱼都要煮老了，还在追问这样的细节？唐蒙目光灼灼，整个人快顶到对方鼻尖：“你掺的不是酒，而是一种酱的汁水，对不对？”

船老大惊慌地点了一下头。唐蒙又问：“那种酱汁很黏稠，微甜而有醇酒味，对不对？”船老大勉强“嗯”了一声。唐蒙忽地一指那虾酱罐，大声道：“那酱汁每两个月才得三罐，是不是？就是这样的陶罐盛放的。”

船老大一屁股坐在船舱里，脸色煞白。这贵人莫非是神仙，怎么喝了一口汤，就什么事都知道了。于是他不敢隐瞒，老老实实交代了。

原来这位船老大长年在牂牁江上行船，除了打渔，还经常帮人捎带些小宗货物到梭戛港。江畔附近有一户人家，每两个月便会请他带三罐蜀枸酱，转交梭戛港的莫毒商铺，已经持续了十多年。船老大有一次无意中偷尝了一点，发现这种酱汁加入虾酸中极为适宜，所以偶尔会偷一点留下，给自家打打牙祭。

“半年前不知为何莫毒商铺的人不来了，酱罐无人接收。我想留着也是浪费，就自作主张带回家，但我没多用啊，就是做虾酱的时候稍微掺点，对外做点小营生……”船老大结结巴巴辩解，还没说完，唐蒙猛地抓住他双肩，双目放光：“说，是谁把这酱交给你的？”

船老大一哆嗦：“呃，梭戛港上游几十里，江边有一个叫多龙的寨子，是一个叫阿鱼的人给我的。”

“快带我去。”唐蒙急不可耐地扔出几枚铜钱，连声催促。

船老大不敢怠慢，赶紧上帆摇橹，朝着牂牁江上游开去。此刻唐蒙已无心再细品酸汤白条鱼，留下由同一个人津津有味地吃，自己焦躁地站在船头，目光钩住不断后退的江岸风光，用力拖拽，仿佛这样可以让船走得更快一些。

那罐虾酸里的味道，他印象太深刻了。当初刚刚抵达番禺港，那道嘉鱼里，就带有这种奇妙的滋味；后来在壶枣睡菜粥里，也有这般味道。它太有特点了，如同黑暗中的一束烛光，几乎不可能被忽略。

渔船在江水里行进了约莫两个时辰，终于缓缓靠近一侧江岸。这一带怪石嶙峋、山崖错立，几乎所有的石隙之间都填塞着粗大而盘曲的藤蔓。放眼望去，江边好似竖起一道连绵起伏的青绿长城。甚至有几处石峰倾向江面，以至于天空都显得有些逼仄。

渔船停泊的地方，正是这道“长城”之间的一处低矮豁口，这里有一条长石伸入江中，形成一条天然栈桥。船老大说，下了长石，沿着一条痕迹明显的小路前行，尽头即是多龙寨。

唐蒙和由同下了船，很快便来到一处寨子里。这是个典型的夜郎寨子，十几间高脚竹棚错落分布在山坳里的一处空地四周。棚子与棚子之间被一块块翠绿草甸填满，如同在粟米饭上洒了一把绿油油的葱花。

一见有外人来了，村民们颇有些紧张。好在由同出面，跟他们叽里咕噜说了半天。由同转头告诉唐蒙，确实有个汉人住在这里，但不在村内，而在更深处的山脚附近。

于是他们再往里走了一阵，穿过一片几乎密不透风的凤尾竹林之后，前方豁然开朗，眼前是一座典型的中原小院，正坐落在一片青崖之下。一股浓郁的烟气从后院蒸腾而起，飘至半空。

院落上方的崖面上有一条条的黑黄色痕迹，显然是常年被烟熏火燎。看这烟渍的浓度，绝非寻常人家的炊烟，至少有一个作坊级别的大炉子。

唐蒙走到院门口，发现自己居然有些紧张，先伸手整了整头巾，才迈进院子。一个肤色黝黑的夜郎少年正蹲在一盘粗藤跟前，一片片择着上面的叶子。他看到有生人靠近，吓得逃回屋子里，口里喊着："鱼，鱼。"

很快一个中年人闻声走了出来，眼窝深陷，颧骨高耸，也是夜郎人的典型面相。

"请问阁下是阿鱼吗？"唐蒙躬身问道。

中年人点头："你们是谁？"他中原话不算流利，应该很久没说了，发音里带着蜀中味道。

唐蒙挺直胸膛，声音有些发颤："在下是汉天子敕封使节唐蒙，前来寻访蜀枸酱的来源。"阿鱼微微有些惊讶："哦？你们怎么知道这里有蜀枸酱？"唐蒙心中一定，看来没找错，笑着拱拱手："因为我是来探访一位故人的——卓长生可是隐居于此？"

一听这个，阿鱼的态度立刻大不一样："哦，是卓老师的朋友啊，快请进，请进。"他热情地把两人迎进屋子里。屋子里杂物很多，灰白色的小罐堆得到处都是，原来这里还有一处小陶坊，容器都是自己烧制的。唐蒙一看，心里更加笃定。

夜郎人没什么讲究，大家席地而坐。阿鱼端来两个小泥盅，里面盛放着一小口黏稠的透明醇液。唐蒙倒入口中，眼睛一亮，这味道确实就是蜀枸酱的酱汁，但应该经过再次提纯，酒味更加醇厚，辛辣感如一条火线从喉入腹，散至四肢百骸。

他旁边的由同，捏着空空的小盅，眼睛瞪得浑圆，完全被这种味道摄去了魂魄。

"我话说在前头，这里的蜀枸酱产量极为有限，而且从不发卖。尝尝没问题，想买是没办法的。"阿鱼熟练地先提了个醒，想必之前也曾有人过来询问。唐蒙道："实不相瞒，我这一次来，不光是想买，更是想知道这蜀枸酱的做法。"

这个问题，其实有点冒犯。各家做法皆是不传之秘，若被外人偷学了去，岂不是断人财路？但古怪的是，阿鱼非但不怒，反而松了口气：“若只问做法还好。我带你们去后院一看便知，几句话便能讲明白。”

“真的吗？”唐蒙没想到会这么顺利。

阿鱼耸耸肩：“卓老师没说不许外传，而且外传了也没什么用，说了无妨。”唐蒙从这一句话里，敏锐地捕捉到了两个关键信息：这个蜀枸酱的酿造法，果然是卓长生搞出来的；而且这种酿造法大概有什么限制，就算被外人知道关窍，也无所谓。

阿鱼站起身来，坦坦荡荡引着唐蒙与由同两人来到后院。一进院子，唐蒙就注意到，后院是一个很大的露天土灶台，台上有四个灶眼，每一个灶眼上都搁着一个古怪的器具。再仔细一看，这器物由一釜一甑构成，甑上有个圆盖，甑左右两边各自有一个伸出来的流口。在流口下方，放着一个承接用的小陶碗。

那个少年学徒正站在灶边，把满满一竹筐的叶子往甑里倒。唐蒙走过去，抓起一把叶子，叶形如阔卵，嗅之有微微的清香。阿鱼在旁边道：“这是山藤上摘下来的叶子，我们当地人叫老藤叶，卓先生叫它蒌叶，这是蜀枸酱最重要的原料。”

唐蒙“嘿”了一声，怪不得南越的那些酱工想破头，也想不出这枸酱的原料是什么，原来竟是蒌叶。这种植物只有西南与蜀南才有产出。但光有蒌叶，似乎也做不出那样的味道，应该还有妙法未揭。

阿鱼又把一个灶上的甑盖掀开，唐蒙探头去看，只见里面分了两层，上层铺着三四层叶子，内壁上有一条条凹槽，顺着引到下层。

“这法子也没什么出奇的。就是灶里用小火焖蒸，日夜不停，直到把蒌叶里的精气蒸出来。精气在甑盖上会凝结成油，顺着凹槽流下来，从流口滴入陶碗。”

阿鱼一边解说，一边给客人指向一个流口。唐蒙看到，流口那里确实挂着一滴晶莹的小油珠，下方陶碗里已积聚了一小汪。

“这个……是不是有点慢？”唐蒙默数了一下，好久也才看见这一滴。阿鱼笑道：“我之前不就说了？这里的产量十分有限。我和我弟子两个人，熬一个月下来也只得一罐半而已。”

唐蒙吐了吐舌头，这可真是集腋成裘。原来他还笑卓长生小气，每两个月只送来三罐，现在看看这做法，三罐已是竭尽全力了，多一点都没有。

阿鱼又带着他们走到后院的另外一端。在这里摆放着十来个笸箩，笸箩里晾晒着许多红色小果，果实有拇指大小，还带着几片穗子。

“这是蒌叶的果实。我们摘完叶子，便会把这些果实带穗一起晒干，碾成碎末，掺入精油之后，拌成酱料。”阿鱼拿起一个小果，递给唐蒙。唐蒙尝了尝，有一种熟悉的辛辣味。

“最后一道工序，把酱料放入罐子，再添加一点点米曲，以酒熟之法焖酿，就成了。”

唐蒙认真地听着阿鱼的解说，心中惊叹不已。

这套厨序，实在是天才一般的设想。蜀中处理蒌叶，往往只用其叶，而舍其果，因为果实太过难吃。而卓长生别出心裁，将蒌叶的果、叶分开处理，叶蒸出油，果捣成酱，再相合一处，各取其精粹，又确保味道出自同源，可谓纯而不杂。

更绝妙的是，蜀枸酱明明是一种调味的酱料，他却别出心裁，引入了酿酒的焖熟之法。怪不得蜀枸酱的汁水，比酱本身还受欢迎，醇厚辛辣，这分明就是果酒啊！而且是经过了蒸催之法与焖酿之法的果酒，比如今流行的米酒、麦酒更加精纯上口。

这法子说出来似乎平平无奇，但唐蒙知道，能把每一个环节都做到极致有多难。

有那么一瞬间，唐蒙甚至在脑海里对这套工艺做了买椟还珠式的改造：不要酱，只要那汁水，当成酒来卖。不过这念头稍现即逝，因为阿鱼接下来的话打破了他的幻想：

“若要做出这样的味道，蒌叶须用多龙寨所产，水也要取用这一段牂牁江的江水，米曲亦是附近的野稻，尤其最后在罐子里闷酿的时候，非得在多龙寨不可。卓老师与我试过，叶、水、曲、酿，这四个环节只要有一处离开多龙寨，味道就完全不一样了。阳地的芭蕉阴地的瓜，林子里的生灵，都只在命定的地方生长啊。”

唐蒙一听，登时熄了心思。怪不得阿鱼坦荡无比，人家心定得很，知道离开这地方，味道就不对了，你记住工艺也没什么用。

阿鱼见唐蒙沉默不语，知道他被打击到了，微微一笑。唐蒙收了心思，问阿鱼道：“卓老师在哪里？我想去拜见一下，呃，替他的家人捎来一句话……”

阿鱼一怔：“家人？”唐蒙道：“他的女儿在南越的番禺城里，叫作甘蔗。她特意托我到夜郎来，想见见她的父亲卓长生。”

一听到“甘蔗”这个名字，阿鱼的表情立刻变了。唐蒙索性把自己在番禺遇到甘蔗的事，简明扼要地说了一遍，诚恳道：“甘蔗日思夜想，就是希望能见到父亲一面，可惜她无法离开南越。我既然答应了她，就一定要做到。”

阿鱼沉默片刻，一挥手，说：“好吧，我带你们去见他。”

于是唐蒙跟着阿鱼离开院子，沿着小院后面的山路一直朝上走。七弯八绕之后，居然走到了那道青崖的顶上。一踏上崖面，整个视野霍然开朗。这时唐蒙才注意到，这道山崖微微倾斜，前端几乎要伸向江面。站在崖尖上，整条牂牁江一览无余。

在崖尖最突出的地方，居然立着一处小小的坟堆，坟前立着一块青石。这青石未经打磨，形状凹凸不平，颇似人形，远远看去如同一位青衫客在凭崖远眺，上面用丹砂歪歪扭扭涂着“长生”二字。

阿鱼走到青石坟前，拍了拍：“卓老师啊，有人来看你了。”唐蒙其实之前已有所预感，可一看到这石碑上的字样，还是忍不住颤声道：“他，已经死了？……”

“死了，三年前就死了。”阿鱼叹了口气，开始讲起卓长生的事情来。

原来十六年前，卓长生被迫离开南越，返回蜀中。家里本来要给他张罗姻亲，安排职事，但他全部拒绝了，一门心思想要再去南越。可惜当时五岭断绝，两国交恶，卓长生挣扎了很久都没有办法，遂生出一个疯狂的想法：在五岭之外，另外寻一条入南越之路。

于是他告别家族，南下夜郎，一头钻进西南群山之中，最终在牂牁江边找到了梭戛港。但当时南越的转运策十分严厉，只允许南越商船往返梭戛港，不得搭载外人。卓长生没办法，索性就在当地定居，一旦南越开放，便可立刻动身。

不过卓长生没有选择在梭戛港附近住，反而跑来多龙这个小寨子里。他略通医道，数次帮寨子熬过瘴疫，在当地颇有声望。村民为了感激他，就主动建了一处中原院落。这个阿鱼，就是卓长生收下的学徒。

多龙寨这里，有整个夜郎最好的蒌叶，所以卓长生决定隐居于此，潜心酿造。可惜人手有限，只有卓长生和阿鱼两个人忙活，每两个月也只得三罐。

阿鱼本以为卓老师是打算做买卖。但每次枸酱成熟之后，他就会请一条渔船，把所有罐子捎去梭戛港，交给之前与卓氏有业务来往的莫毒商铺，请他们运回番禺，自己一点不留。阿鱼问起，卓长生就说自己还有妻女在番禺，这些酱料，是能够让她们娘儿俩生存下去的保障，也是他与她们保持联系的唯一办法。

一晃十几年过去。卓长生隐居在多龙寨里，一直不知疲倦地做着枸酱，几乎没有一日中断。可惜他重返南越的愿望，迟迟不得实现。直到三年前，卓长生从梭戛港的南越商人那里得知一个晴天霹雳：甘叶犯了大错，投河自尽。他大受刺激，回来之后一病不起，很快就不行了。

“老师在临终前，嘱托我要继续把酱做下去，继续捎给他在番禺城的女儿甘蔗，然后咽下了最后一口气。”阿鱼面露哀伤，“老师的嘱托，我不敢不遵从，所以也收了一个弟子，保证向番禺港的供货不断。”

唐蒙听到这里，才明白为何甘蔗能收到枸酱，却接不到来自父亲的只言片语。原来……竟是这样一个缘由。

阿鱼长长叹息了一声："老师自从到了多龙寨之后，我经常见到他站在这个崖边，望着牂牁江发呆。我知道，他心里一直渴望有机会顺流而下，去番禺城探望自己的妻女。老师去世以后，我把他葬在这里。我们夜郎人认为，人死会后魂魄会化在水里，也许这样一来，老师就能跟随着江水，去到番禺城了。

唐蒙走到青石坟前，站在崖边极目远眺。只见眼前一条壮阔大江汹涌喧腾，浊浪起伏，以无可阻挡的气势蜿蜒东去，不由得感慨万分。卓长生和甘叶这一对异国夫妻，分别死在了江头与江尾，冥冥之中似有某种注定。希望这奔腾的江水，真的能让他们的魂魄重聚吧，让他们的魂魄一起顺着江水去番禺看看甘蔗吧。

他想到这里，俯身从坟上取下一把土，郑重放入身边的一个浅白陶罐中，看着青石上"长生"二字，开口道："卓兄，你我虽未谋面，渊源实多。这一条你为了与妻女重聚而走的路，因为枸酱被我发现。你寄托在这罐中的思念，我一定会转达给甘蔗，让她知道，她的父亲从未停止过思念，也从未停止过与她团聚的努力。"

唐蒙深深拜了一拜，转身对由同道："我们走吧。"

"啊？去哪儿？"由同对这个酱汁颇有些留恋，听说要走，颇有些舍不得。

唐蒙道："你把我送到梭戛港就可以了。接下来我会找一条船，完成最后一段旅程，我还有最后一个承诺没完成。"由同没明白："你要回大汉了吗？"

"对，但不是原路返回，而是从南越归国。"唐蒙仰起头来，眼神追寻着牂牁江的滚滚流向。

如今唐蒙在西南夷转了一圈，对地理大势了然于胸。只消顺牂牁江直到珠水，再从番禺北去五岭，即可回归中原，比重走夜郎道方便多了。

正所谓“舆图即人心”，随着舆图不断拓展，人的认知也会发生变化。在唐蒙眼中，夜郎、岭南等地，已不再是一个个分散的点，而是一块块可以嵌入大汉版图边缘的拼图，与中原构成一幅完整的燕几图。

由同琢磨了一阵，一拍大腿：“哎，南越不是有个什么转运策，不许外人入境吗？”

“他们不敢拒绝一位大汉使者，尤其是一位枸酱郎中将。”唐蒙把罐子抱得更紧了些，眼神变得坚毅。

五天后，一条挂着西南亭旗帜的商船驶入番禺港。从商船的船舱窗子看出去，巍峨的番禺城一如既往，并不因城中之人有所改变而变化。

水手抛下石锚，商船晃了几晃，稳稳停靠在码头上。可舱内之人没急着起身，一管毛笔，正在绢帛上稳稳地勾画出最后一笔墨线。

待得笔尖稍抬，可以看到，这条长长的墨线，将西北的长安，西南的益州、夜郎，以及东南的番禺，连接成了一个完美的闭环。旁边还有密密麻麻的注释，将沿途的路程远近与险峻之处一一注明。

唐蒙拿起绢帛，吹了吹墨汁，轻叹一声。

这是一封调查文书，也是一封宣布失败的奏报。

蜀中—夜郎—南越这一条路线，唐蒙业已勘察明白。这条夜郎道山高水深、险峻非常，小队商旅可以走，但大军辎重完全无法通行。如果想要把整条路重修拓宽，除非请来夸娥氏的两个儿子，重演愚公移山才行。

也就是说，绕路西南的计划终究是镜花水月，陛下的一番希冀雄心，怕是要落空了。他这个枸酱郎中将辛苦一场，唯一的收获就是枸酱而已——唐蒙对此倒是毫无愧疚之心，他早说过是为了寻访美食，可没骗陛下。

他把绢帛郑重叠好，和一个浅白小陶罐塞在一处，准备下船。就在这时，一个清脆的女声，在船下的码头响起：“卖酱咧，上好的肉酱鱼酱米酱芥末酱咧，吃完回家找阿姆咧。”

唐蒙闻声手腕一颤，激动地走上甲板，却看到外面吆喝的是一张陌生的面孔。他敲了敲脑袋，真是关心则乱，甘蔗已经贵为王宫厨官了，不必再在码头卖酱为生。

“贵人买点酱吧。”小姑娘娴熟地仰头喊道。

唐蒙掏出几枚铜钱，换了一罐豆豉酱，开盖嗅了嗅，抬头问道：“你是从白云山下的张记酱园进的货吗？”小姑娘笑道：“客官您真熟悉。这可是绝品了，老张头前些日子寿终，这么咸的豆豉酱没人会做了。”

当年的老人，一个一个接连故去，就连坚守到最后的老张头，也终于弃世而去。从此之后，恐怕南越全境一个正统北人都没了。唐蒙一边感慨，一边下船走出码头。

他有一个大汉使节的身份，码头小吏不敢阻拦，殷勤地安排了一辆牛车。唐蒙坐着牛车，再度进入番禺城，一路晃晃悠悠朝驿馆驶去。番禺城内，各色花木旺盛依旧，墙壁下，小摊小贩的吆喝声此起彼伏。之前的那场宫廷剧变，对他们并没有什么影响，该怎么生活还怎么生活。

牛车缓缓走过几个路口，唐蒙忽然开口道：“停车。”车夫连忙停下，唐蒙从车上跳下来，径直走到一处悬着“梅香酌”酒幌的酒肆门口。

“二两梅香酌。”唐蒙走进酒肆，对曲尺柜台里的老板娘喊道。

梅耶正在柜台前发呆，听到吆喝先是习惯性地应了一声，正要弯腰沽酒才觉得不对劲，赶忙起身一看客人，一瞬间像被蛇咬中脚趾似的，僵在原地。

唐蒙冲她笑笑：“一年不见，你这生意越发兴旺了啊。”梅耶的表情有些僵硬：“你……你怎么又来南越了？”唐蒙道：“我是奉天子之命，寻访美食，自然先来这里品一品你的梅香酌。”

按照规矩，汉使回到驿馆之后，必须先觐见南越王。可唐蒙着急要见甘蔗，于是中途下车绕到梅耶的酒肆这里，她应该是番禺城里跟甘蔗最亲近的人了。

“甘蔗现在在哪里？她应该不住在榕树下了吧？我给她带了点东西。”唐蒙拿起一个浅白色的小罐，晃了晃。

可奇怪的是，梅耶没有立刻回答。唐蒙又问了一遍，才抬头发现，对方双手捂住脸颊，泪水扑簌簌从指缝流淌而出，随之还有蚊蚋般的虚弱声音：

“甘蔗她……已经死了。”

梅耶说完，对面半晌没有动静。过了良久，才有一个干瘪的声音响起：“怎么回事？”

梅耶深吸一口气：“就在你们离开后不久。她去为王上搜集食材，不小心跌落悬崖，摔死了。南越王很是惋惜，特意下令掩埋遗骸，准许她埋在白云山下。”

“带我去看。”唐蒙站起身来，面无表情，右手紧紧抓着陶罐。

一股凌厉而炽烈的气息，自汉使身上升起，仿佛一团被尘灰盖住的火炭，只要轻轻一颤便会显露真容。梅耶不敢多说什么，急忙收了店铺，带着他离开番禺城，直奔白云山。

白云山中，有一片背阴的僻静小山坡，远离大道，不近水边，又是个断边斜翘的形状，谈不上什么风水宝地。这里无甚大木，只覆了一片浅浅的青草，夹杂着星星点点的无名小花。甘蔗的坟冢，就设在坡上，不过一个方圆两丈的小小土包，唯有坟前一束白色的栀子花，开得正好。

唐蒙定定望着小坟，下巴不受抑制地哆嗦起来，眼前不期然浮现出那个站在海珠石上向自己挥手的黄毛丫头。直到这时，他才分辨出她当时的口型变化：“我相信你，我会一直等你过来。”

念及此，唐蒙颤抖着双手，从怀里掏出小白陶罐，轻轻放在栀子花边上：“甘蔗，这是你父亲卓长生坟前的土，我帮你把他带来啦，这下你们可以团聚了。”梅耶一怔：“他……他也死了？”唐蒙没理她，盘腿坐下，对着坟冢娓娓说起多龙寨的事情。

梅耶听唐蒙一口气讲完，喃喃道：“甘叶，长生、甘蔗，这一家人太苦了，怎么会这么苦？”

唐蒙伸手抚住坟冢，闭上眼睛，回想着与甘蔗的点点滴滴，他惊讶地发现，每一段回忆里，都藏着一种食物的味道：在码头初见甘蔗时，让他想起嘉鱼的香醇；在白云山下两人和解，勾起壶枣睡菜粥的清香；番禺城里的几番交心，令他口中多了几分裹蒸糕的甘甜……脑海中闪回诸多景象，诸般味道也自舌尖滑过。

“不对！”

他心中突然涌起一股古怪的感觉，仿佛有什么提示从坟中涌起，顺着紧贴坟包的手掌，传至脑海。他一下子站起身来，双眼严厉瞪向梅耶：“你刚才说她是采集食材跌落悬崖？”

梅耶道：“至少对外是这么说的。”唐蒙面色越发不善：“采集食材，不是有专人负责吗？她一个宫廷厨官，为何要亲自动手？是取什么食材？”梅耶嗫嚅道：“我打听过，据宫厨的人说，甘蔗是去揭阳海边采集燕窝时，不小心摔死的。”

唐蒙眉头一皱：“燕窝？”

之前在南越王宫，他差点就吃到了这种南越特有的食材，也听南越王讲过来历。梅耶以为他不熟悉，解释道：“采集燕窝，需要从崖头缒下绳子去，十分危险，时常会有人坠死。”

唐蒙先是仰天惨笑了数声，然后厉声道：“可是，甘蔗她恐高啊！她连一人高的墙头都不敢爬，怎么可能去崖间采燕窝！”梅耶“啊”了一声，脸色渐渐变了：“难道说，甘蔗之死竟不是意外，她是被人……”

唐蒙冷笑道：“甘蔗与汉使、南越王关系都很密切，所以动手之人必须做个遮掩，才不会被事后追究。亏得他们想出采燕窝这个理由，只可惜不知甘蔗的脾性，露出破绽——否则，否则我还怎么替她报仇?!”

唐蒙几乎说不下去，重重地捶了一下地面。梅耶发愣：“可……可她一个孤苦伶仃的小厨娘，谁会下这样的毒手？”

一个名字，突兀地跳入唐蒙的脑海。

吕嘉。

赵佗之死，被枣核所遮掩；任延寿之死，被毒蛇所遮掩；甘叶之死，被自杀假象所遮掩。这个人最擅长用一桩寻常意外，来遮掩真实手段。

不过唐蒙心中疑惑丝毫未减。橙氏已败，吕嘉独揽大权，何至于要对一个毫无威胁的小姑娘下手？

唐蒙望向甘蔗的坟头，希望她在天有灵，能给些提示。一阵山风吹过，吹得坟前那朵栀子花微微向右侧倾去，那边正是唐蒙刚搁下的小白陶罐。

他一瞬间怔住了。

凡是有关美食之事，唐蒙向来记得极牢，事无巨细，皆铭刻于心。他猛然想起，当日在番禺港外烹制嘉鱼时，黄同说过的一句无关紧要的话。

当时他们正打算烹制第三条嘉鱼，黄同叫来甘蔗，买她的枸酱，然后解释了一句："这番禺城里除了吕府，也只有她家才有这种酱。"

这一句话落入心湖，激起了一圈圈的涟漪。更多的话语，次第从记忆中复响。

"我们莫毒商铺捎带两罐给客人，再留一罐贡给东家。"

"谁是莫毒的东家，谁就是真凶！"

"我阿公用来盛蜀枸酱的陶罐，颜色偏白，和南越本地产的质地不同。我家里攒了很多，一个都舍不得丢弃。"

万千线索飞旋，逐渐汇成一年前独舍内的情景。

当时橙宇大势已去，却还在负隅顽抗。这时甘蔗站出来，提出了一个致命证据：谁家庖厨里有白陶罐，谁就是真凶。然后橙宇顺势嚷嚷了一句："搜我橙府也可！只是他们吕府也不能例外，要查大家一起查！"

现在回想起来，当时全场最惊恐的人，恐怕正是吕嘉！

他是莫毒商铺的真正东家，吕府的庖厨里肯定堆满了白陶罐。万一南越王真的为示公平，两府皆搜，真相便大白于世了。所以吕嘉当时抢先出头，故意用言语挑衅橙宇，诱其发病，好歹把这件事遮掩过去了。

事后吕嘉肯定第一时间处理掉了庖厨里的小白罐，但整个计划里仍有一处隐患——甘蔗。她暂时还不曾把吕氏与莫毒商铺联系起来，但万一她觉察到吕府曾用过枸酱烹鱼，便可能会推想出真相。甘蔗不是汉使，不用顾全大局，她只会再次把事情掀开来。

这件事可能发生，也可能不发生，但吕嘉不会赌。

他已经杀死了任延寿、甘叶、齐厨子、橙水和莫毒商铺上下十几口人，并不介意再灭一次口。一俟汉使离开南越，他就迫不及待开始动手。

“怪不得，怪不得他们不许我带甘蔗北归！原来从那时起，吕嘉就已起了杀心，推荐她做厨官，只是为了把她绊在南越而已。”

唐蒙痛苦地一下下捶着坟包，捶到鲜血迸出，不停地痛骂着自己的愚蠢。他明明返程时就知道吕嘉是幕后主使，怎么就没想到甘蔗可能会被灭口呢?

海珠石上的少女身影，从眼前的世界逐渐褪色。无穷的悔意，如白云山一样倾压下来，让唐蒙的胃剧烈痉挛起来。他痛苦地蜷曲着身子，却无法抵消内心的痛楚。

梅耶俯下身子，把那朵栀子花微微扶正，轻轻问道：“你……要怎么办？”

唐蒙的动作骤然停住了。是啊，我该怎么办?

身为大汉使者，不可能为了一个小厨官，去斩杀南越丞相。即便是天子，也不会批准这种鲁莽行为，一切都要以大局为重。

大局无法保护甘蔗，却可以轻易杀掉她，何等讽刺。

梅耶冷眼看着眼前这个男子，嘴角带着一丝嘲讽。男人总说大局为重，当年卓长生百般纠结，到底还是舍弃甘叶离开；如今的唐蒙，比之当年的卓长生也没什么不同。她早就预见到了结局。

可在下一个瞬间，梅耶眼前开始飘起雪来。

她并没见过雪，只听人说过，那是一片片白色的碎片。此刻在眼前飞舞的，正是纯白色的无数细碎。莫非这就是雪？岭南怎么会下雪？

梅耶再度凝神观望，才发现这不是雪，而是碎帛。只见唐蒙站在坟前，从怀里取出写给大汉天子的那份宣布失败的奏表，一块块撕了个粉碎，每撕一把就扬到天上，看它飘旋着落在坟头。

撕完绢帛之后，唐蒙身上发生了微妙的变化。他如今变成一团凝实的桑炭，无烟无焰，却炽热无比，一身的疏懒尽数被蒸发。

他摘下坟前那朵栀子花，对着天空，郑重起誓道：

“甘蔗你在天有灵，且看着我。人人都说，要以大局为重，要以大局为重，那就让我用大局，来为你报仇吧！”

尾声

二十三年后。

大汉伏波将军路博德缓缓走到江畔，隔着宽阔珠水，望向远处那一座巍峨的番禺城。

那高大的城墙与从前一样，几乎没有变化，但城中主人，却已变换了数次。

赵眛已死去很多年，曾在长安寄住十多年的赵婴齐回到南越即位，没过几年也弃世而去。如今在位的，是赵婴齐年仅七岁的幼子。唯一不变的，唯有丞相吕嘉。这位元老重臣依旧牢牢把持着南越朝政大权，甚至连丞相前的“右”字都去掉了，成为独一无二的权臣。

但这种权势，在大局面前已变得毫无意义。

去年天子派遣使者前往南越，商讨内附之事。不料在吕嘉刻意煽动之下，整个番禺城陷入癫狂，竟至攻杀了汉使，与大汉彻底决裂。天子闻之大怒，调遣数路大军，与南越开战。

吕嘉故技重施，封闭五岭关隘，以为可以耗到汉军撤退，一如既往。可这一次他没料到，一支庞大的汉军从遥远的益州出发，借道夜郎国，顺牂牁江一路东下，突然出现在珠水上游。

几十年来，南越人早已习惯，汉军不可能逾越五岭。这一支奇兵的出现，给南越军队造成了极大的士气打击。一夕之间，军心大乱，从未陷落过的五岭防线顿时崩溃。然后汉军主力趁机越过山岭，第一次杀入南越腹心地带。

如今伏波将军路博德的大军，已进抵珠水北岸，与番禺城隔江而望。到了这地步，即使是路博德自己，都无法阻止南越国的覆亡了。

“唐校尉。”路博德忽然喊起一个人。

一个头发斑白的中年胖子应声走来，手里还捧着一个胥余果，果壳已开，一支苇管插在其中：“路将军，先喝些汁水去去暑气，等下再吃点裹蒸糕。”

路博德接过胥余果，却不急着啜饮：“珠水上游的水军，何时可到？”唐校尉略加沉思，很快答道：“南越在珠水没有防备，大军顺水而下，算算该是今日会到。”

路博德点点头，既然如此，那么就先不急着攻城。等诸路聚齐，一举攻拔则可。

他索性寻了块石头坐下，捧起胥余果啜了几口，确实口感甜美，滋味上佳。他喝得舒服了，斜着眼睛看向番禺：“这南越国上下，也忒托大了。珠水不设防也就罢了，你看那番禺城的城门，居然连个瓮城都无，真以为自己永远不会被兵临城下吗？”

唐校尉恭谨道：“南越偏安一隅太久，对于国境之外的事情向来不关心。大汉这些年的种种布局，他们茫然无知，只盯着五岭天险，浑然不知形势大变，焉有不败之理。”

一说起南越国，此人就浑身升腾起一股犀利肃杀之气。路博德饶有兴趣地看了他一眼。这个胖子一头沧桑白发，身材虽说臃肿，却有一种凝实锤炼过的坚韧，唯有腮帮子肥嘟嘟的两团肉，撑得面颊几乎没有皱纹。

路博德很敬重他，因为这个叫唐蒙的人，干成了一件普天之下没人能做到的奇迹。

多年之前，他给天子上书，请求开拓夜郎道，打通西南。当时朝野反对声极大，认为这种工程根本不可能完成。但唐蒙以惊人的顽固说服了天子，主动请缨，亲赴蜀中主持修路。

这一修，就是足足二十二年时间。

当竣工的消息传到长安，整个朝野都被唐蒙所震惊了。要知道，那不是坦荡平阔的中原，而是瘴气弥漫、峰峦层叠的西南山区。换了常人，恐怕待上一个月都要崩溃，而唐蒙逢山铺路，遇水架桥，硬是在崇山峻岭之间，开辟出一条直通夜郎的大道，其过程之艰苦卓绝，令长安每一个人包括天子在内，都满怀惊叹与疑惑：唐蒙对这条路，为何怀有如此强烈，乃至于超乎理性的执念？

唐蒙从来没有解释过理由。他只是对天子谦卑地表示，当汉军抵达番禺城之时，希望自己能够在场，亲眼见证其陷落。

英雄的心愿，没有人会忍心拒绝。

“番禺城旦夕可破，你可有什么特别的要求？可以先提出来。”路博德掂了掂胥余果，神态轻松。

唐蒙摇摇头：“只要将军能成功入城，擒获吕嘉，便足够了。”路博德拍了拍他的肩膀：“吕嘉乃是南越祸乱之根源，陛下指名要抓的人。就算你不说，我也志在必得。别的要求呢？”

“城中有一个卖梅香酌的酒肆，若其尚在，还望不要侵扰。”

路博德听来听去，怎么他都是为别人安排：“你自己呢？就没什么想要的东西吗？”唐蒙沉默片刻，拿起一根树枝，在脚下的江滩划拉了一阵。路博德一看，这居然画的是一张舆图，上面番禺城、番禺港的位置清晰可见，就连附近白云山的范围也都标出来了。

“好精准的手艺。”路博德双眼一亮。

唐蒙在白云山中画了一个小圈，恭敬道：“待番禺城归降之后。这一片区域，请将军约束麾下，不要采樵割草，留个清净便可，蒙别无他求。”路博德问：“这是什么地方？可有标志？”唐蒙淡淡一笑：“只有一处故人的坟冢，这么多年，也不知在不在。”

路博德眉头一挑，感觉这背后有事。不过唐蒙无意解释，起身走到江边，负手轻声道：“昔日有人要我以大局为重，今日我便以大局还报之，也算是践诺了。”

他讲话时，眼睛看向番禺城头，不知是对谁在讲。路博德吩咐手下记下来，又道：“等到吕嘉受擒，番禺城降，你打算如何？”唐蒙笑道：“等到岭南平定，在下打算辞官。”

“哦？”路博德颇觉意外。好不容易平定南越，正是论功行赏之时，这家伙怎么反而要跑了？

唐蒙缓缓抬起头，苍老疲惫的面孔面向天空：“在下本是番阳一个碌碌无为的县丞，苟且偷生而已，风云际会之下，被推至这个位子，实在是德不配位。这些年在西南修路，自觉筋骨劳损，心神消磨。如今总算熬到南越归附中原，我也可以没有遗憾地离开了。”

路博德颇有同感地点点头。西南修路可谓艰苦卓绝，换了他，也要好好休息才是。

“你不做官，那去哪里？”

“我打算去牂牁江边，梭戛港旁有个小寨子。如果路将军有机会路过，我招待你吃酸汤白条鱼。我有个独家秘方，滋味妙绝，天下别的地方都吃不到。只消加些枸酱……”

唐蒙一说起这个，神情忽地变得兴奋起来。可惜路博德忽然起身，因为西方有哨旗摇动。

他们同时起身，举目望去，只见珠水上游一片帆樯如云，如大潮奔涌，朝着番禺城倾压而来，仿佛连天地都随之震动起来。

南越的最后时刻，即将到来。

唐蒙意态平静，从怀里掏出一朵花来。这是一朵刚刚自路旁采下的栀子花，花瓣上还带着露水。他胖手一松，小花便旋了几圈，落入珠江，很快便融入碧绿色的江水之中。

全文完

后记

本文的源起，是《史记》的《西南夷列传》里的一段记载：

建元六年，大行王恢击东越，东越杀王郢以报。恢因兵威使番阳令唐蒙风指晓南越。南越食蒙蜀枸酱，蒙问所从来，曰“道西北牂牁，牂牁江广数里，出番禺城下”。蒙归至长安，问蜀贾人，贾人曰：“独蜀出枸酱，多持窃出市夜郎。夜郎者，临牂牁江，江广百馀步，足以行船。南越以财物役属夜郎，西至同师，然亦不能臣使也。”……上乃拜蒙为郎中将，将千人，食重万馀人，从巴蜀筰关入，遂见夜郎侯多同。蒙厚赐，喻以威德，约为置吏……发巴蜀卒治道，自僰道指牂牁江……及至南越反，上使驰义侯因犍为发南夷兵。

因为一种食物而被灭国，这大概是中国历史上唯一的一例。

这个故事最有趣的地方，其实不是唐蒙这位美食侦探的经历，而是它所展现出的地理认知。

大家读文的时候，也许会替主角们着急——明明那么明显的地理关系，你怎么会想不到？是不是人设太弱智了？请大家一定要记住，我们今人不必俯瞰地图，脑海中自然会浮现出中国疆域的形状，这是属于现代人的观念。但这种地理观，并非与生俱来，也不是一瞬间形成的，而是经历了相当长的历史时期才能演化而来的。

在唐蒙的时代，张骞尚未凿通西域，南越尚未归附，东海之外茫然无知，西南也只能笼统地以诸夷来概括。在那个时代的西汉人眼中，中原之外的广大地区被重重迷雾所笼罩。若要把这些地图点亮，需要有勇气、有谋略以及有着超越时代的地理直觉。张骞有一次去大夏国，发现当地有蜀地产的布匹，问他们说哪里买的？当地商人说，这是从身毒（古印度）买的。张骞立刻意识到，说不定存在一条大汉通往身毒国的商路啊！他赶紧汇报给天子。天子派遣了使者前往西南寻找身毒国，可惜滇王得知之后，把这些使者强行留在昆明，这次探索无疾而终。但是整个西南地区的地理大势，在中原王朝眼中，又变得清晰了一些。

正是有唐蒙、张骞这样的人不断探索，才把“茫然无知”变成“显而易见”，开启了汉文化向外拓展的大潮，乃至形成今日之版图。地理认知改变的影响力，可见一斑。

最后说说本文的主角枸酱。

在《史记》的各处记载中，此物一直写作“枸酱”，而到了西晋年间成书的《南方草木状》，又将之写成“蒟酱”。至于它的真身到底为何，历来众说纷纭，从古至今猜想至少有十几种：蒟蒻、蒌叶、筚茇、竹茶、扶留藤、枸杞、魔芋、红籽树、枳椇、海椒、生姜等等，并无定论。

本文既然是小说，便选取了其中一种可能性，敷衍成文，并非定论，望读者察知。至于真实历史如何，只能寄希望于有朝一日发现唐蒙墓葬，而且唐蒙把自己这一件功绩留下详细记录陪葬，我们后世之人才能有机会一探究竟了。

书中涉及的南越国各种风土、掌故、用具、建筑风格等，皆有考古佐证。比如赵佗在独舍种下的那几棵枣树，即来源于南越王宫水井里出土的两枚竹简。上面赫然写着“壶枣一木”字样，足见赵佗思念家乡之心。大家有机会去广州的话，可以去南越王博物院看看。

马伯庸

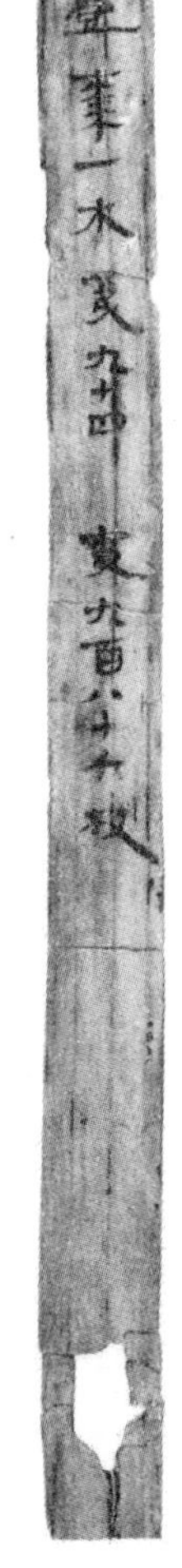

壺棗一木第九十四　實九百八十六枚

原文

南越木简　068

壺棗一木第百　實三百一十五枚

原文

南越木简　069

图片来源：南越王博物院